吉祥梵咒
Śānti Mantra

願所有人都充滿喜樂

Sarve'tra Sukhinah Bhavantu

願所有人都遠離身心病痛

Sarve Santu Nirāmayāh

願所有人都見到萬事萬物的光明面

Sarve Bhadrāṇi Pashyantu

願沒有人被迫遭遇苦難

Na Kaścit Duhkhamāpnuyāt

Oṇṃ Śāntih Oṇṃ Śāntih Oṇṃ Śāntih

一切祥和平安

脈輪與拙火瑜伽

Cakra & Kuṇḍalinī Yoga

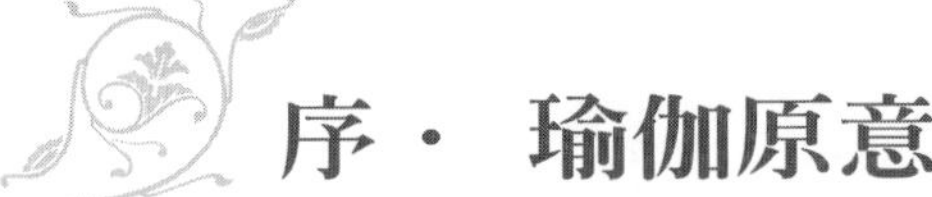

序· 瑜伽原意

瑜伽的盛行

最近十年來，不管是在海峽兩岸或世界各地，皆有無數的人積極地在研習瑜伽，也在其中獲得健康和種種收穫。台灣的瑜伽實際上已興盛近二十年，甚至還有為數不少的人已研習瑜伽近四十年。筆者從事瑜伽教學已有二十三年，也常前往大陸講學，在最近七年裡，因為有許多瑜伽老師和瑜伽愛好者，常問筆者有關瑜伽真正內涵等問題，為了幫助大家了解瑜伽的真諦，所以筆者特別譯註了《勝王瑜伽經》、《哈達瑜伽經》、《王者之王瑜伽經》、《博伽梵歌靈性釋義》和註解了《老子道德經與瑜伽心法》等五部書，但筆者發現這些絡繹不絕的瑜伽愛好者，即使日以繼夜以令人欽佩的精神持續不斷地努力，但可惜的是有許多人學到的還僅是瑜伽的表面，對瑜伽的理論哲學和精髓所知不多，觀念也不是十分正確。

瑜伽鍛鍊的目的是甚麼

以體位法為例，有人到國內外遍訪名師，數年內花了好幾萬美金，並且每天從事6至9小時的鍛鍊。練習正確者確實得到身體的健康，練習錯誤者，甚至造成內分泌失調，身體敗壞。至於心靈的成長則大都不在意，有的人甚至還以體位法自豪，傲視他人。瑜伽的鍛鍊是為了甚麼？在《哈達瑜伽經》1–17曾說：「體位法可帶來身心安定、健康和身體輕盈。」第一章上所列的式子，無不是為了通往究竟解脫的門戶而傳授的。體位法的目的是在淨化與平衡脈輪，喚醒和提升拙火，並為開悟和解脫打基礎。《勝王瑜伽經》1–2說：「將變形的心靈懸止稱為瑜伽。」1–3說「如此，目證者將安住於真如裡。」2–46說：「體位法是一種平靜、安穩、舒適的姿勢。」2–47說：「要精進不懈地以安穩放鬆的方式來鍛鍊，並入觀於永恆無限之上。」2–48說：「此後不再受二元性的干擾。」2–28說：「經由瑜伽八部功法（八肢瑜伽）的實修鍛鍊，可消除不純淨，並導引出明辨的智慧之光。」哈達的目的在勝王（《哈達瑜伽經》1–2），勝王的目的是究竟解脫與合一（《勝王瑜伽經》4–34，《哈達瑜伽經》4–77）。

從上述可以得知，獲得身體健康是練習體位法的第一個功效，得到心靈的平靜與淨化是第二個功用，而達到天人合一及解脫才是最高的目標。依照《哈達瑜伽經》和《勝王瑜伽經》的開示，若是要獲得第一階身體健康的功效，必須透過持戒、精進、體位法、飲食、呼吸控制法、內外五種生命能、鎖印（收束法）的鍛鍊。若要達到第二階心靈的平靜與淨化，則還須要加上身印、感官回收、心靈集中、諦聽祕音的鍛鍊。若要獲致天人合一和解脫則須淨化脈輪、喚醒並提升拙火、禪那冥想和三摩地。而要淨化脈輪、喚醒並提升拙火，絕對不是用目前時下以身體健康為訴求的體位法和呼吸法。

瑜伽鍛鍊的次第

依照瑜伽的理論哲學，身體層的鍛鍊屬惰性的鍛鍊（tāmasika sādhana），能量層的鍛鍊屬變性的鍛鍊（rājasika sādhana），心靈層與心靈導向靈性層的鍛鍊屬悅性的鍛鍊（sāttvika sādhana），而最終的靈性層鍛鍊則屬於超越三種屬性（triguṇa）的解脫鍛鍊（kaivalya sādhana）。但就每個層面而言，也有悅性、變性和惰性之分，以體位法的鍛鍊為例，沒有配合呼吸、感官回收、集中和禪那冥想的稱為惰性的鍛鍊，只配合呼吸、感官回收而沒有配合集中和禪那冥想的稱為變性的鍛鍊，有配合呼吸、感官回收、集中和禪那冥想的稱為悅性的鍛鍊，而只有當練習者進入最高的三摩地時，才是達到超越三種屬性的解脫鍛鍊。

甚麼是脈輪與拙火瑜伽，其目的為何

脈輪與拙火瑜伽是結合哈達、勝王、王者之王和博伽梵歌的教導而來。哈達的精神在於拙火的喚醒與提升並達到最高的三摩地；王者之王的精神在於脈輪的鍛鍊和了悟「真我」本自解脫；勝王的精神在於融合瑜伽八部功法的鍛鍊以了悟真我，達到天人合一；博伽梵歌的精神在於結合知識瑜伽、行動瑜伽、禪那瑜伽和虔誠瑜伽的修煉，念念上主。脈輪與拙火瑜伽的鍛鍊目的在於綜合上述四大瑜伽派別的精神，以達到平衡腺體、淨化脈輪與中脈，喚醒拙火並提升拙火，了悟真我，念念上主，天人合一的功效，也讓練習者在身心靈三方面都受益，且體驗到三摩地的全然喜悅。

撰寫本書的因緣

筆者與靈修結緣已滿四十年，也經歷了許多法門和派別，深深體會到靈修過程若沒有好的老師指引，甚至多花費一百倍以上的時光，也未必能找到正途。看到許多瑜伽的同好，那麼認真地在瑜伽道上前進，卻像是漂浮在大海中一樣的茫然，不禁慨然！為了讓瑜伽的愛好者，能以最少的時間和精力來從事瑜伽正法的鍛鍊，筆者不揣簡陋，將既浩瀚又深奧的瑜伽祕法以最簡單卻又完整的方式呈現給大家，希望大家能因此而大大受益。

本書的主要內容

本書的主要目的就是要幫助大家達到脈輪與拙火瑜伽的鍛鍊目的——平衡腺體、淨化脈輪、淨化中脈，喚醒拙火並提升拙火，了悟真我，念念上主，天人合一的功效，也讓練習者在身心靈三方面都受益，且體驗到三摩地的全然喜悅。然因為瑜伽的世界既深且廣，所以本書會結合理論與實修，先給大家一個完整的瑜伽基本哲學與理論，接著再提供大家一個正確且深入的瑜伽體式的鍛鍊祕法，此祕法有可能是大家未曾聽聞過的最深且最正確的瑜伽體式鍛鍊祕法。簡言之，本書的著眼點在於完整且正確的體式鍛鍊，除了幫助大家認識瑜伽的全貌外，在實務上也希望能幫助大家達到脈輪與拙火瑜伽的鍛鍊目的，而對於各個脈輪的差異因非本書重點，故未在此詳盡介紹，需待日後時機許可，再為讀者以專書解說。最後，筆者仍會建議大家能盡量撥空研讀我所譯註的《勝王瑜伽經》、《哈達瑜伽經》、《王者之王瑜伽經》、《博伽梵歌靈性釋義》和所註解的《老子道德經與瑜伽心法》等五部書，以增進對相關主題的了解。有關本書的研讀方式，會在下一篇介紹。

感恩與致謝

筆者一路走來，除了承蒙許多老師和同修的幫助外，更深深感覺到聖靈一直在冥冥中指引著我，此種聖靈之光、聖靈之愛常悸動著我的心，祂讓我感覺到我與祂沒有分別，我與一切萬有也沒有差異，如同佛教大涅槃經所說：「一切眾生悉有佛性，一切眾生皆可成佛。」是的，我們一直與一切萬有同在，也與聖靈同在，同在老天的懷抱裡。瑜伽不是宗教，沒有宗教信仰的差異問題，但有著宗教大愛的情操。希望所有瑜伽人就像一家人，也視一切萬有為你的一家人，共同分享愛、分享喜悅。

本書的出版要感謝諸位瑜伽前輩的教導，也要特別感謝吳妍瑩、邱淑芬、盧靜瑛、李政旺等諸位老師的體位法示範和編寫，還要感謝張祥悅、呂淑貞的校對與潤稿，周平的攝影，張詠萱、張瑜芳、左耳的美編，本書才得以順利完成。

此外，為了與更多人分享，筆者也將多年來研修瑜伽的心得寫在部落格(博客)裡，名稱為「靈性使者」(http://minibaba.pixnet.net/blog)。這裡面有許多瑜伽哲學與瑜伽修持心法，例如瑜伽派別、歷史、瑜伽飲食法、瑜伽斷食法、梵咒瑜伽、瑜伽梵唱、瑜伽療法(療癒瑜伽、瑜伽理療)、瑜伽常用梵中索引、瑜伽心理學、瑜伽解剖學、如何避免瑜伽運動傷害……等。歡迎大家常來瀏覽，並將此部落格(博客)介紹給需要的人，在此一併致謝。

2012年八月序於台北

本書導讀

本書共分四大篇，第一篇是脈輪與拙火瑜伽的基本理論與哲學簡介，第二篇是脈輪與拙火瑜伽的實務與心法，第三篇是體位法，第四篇是其它相關的理論哲學和解剖學，每一篇都非常重要。

本書是非常完整且深入的瑜伽鍛鍊課程，須要有良好的瑜伽理論和哲學基礎，而大部分的瑜伽愛好者和練習者對瑜伽的理論和哲學所知有限，因此筆者特別在第一篇編寫瑜伽的基本理論與哲學簡介，讀者最好能從此篇開始仔細研讀。雖說是簡介，但對大部分的人而言可能還是相當的深，所以要多讀幾遍。如果沒有這一篇的基礎，要鍛鍊好脈輪與拙火瑜伽幾乎是不可能的。

第二篇是脈輪與拙火瑜伽的實務與心法，是全方位且深入的實際鍛鍊法，有許多觀念對很多人而言是全新且陌生的。或許你已經研習瑜伽超過數千小時，或許已經學過近十個派別，但是對瑜伽整體鍛鍊的概念還是未能十分清楚。這也許是一種震撼，但沒有關係，只要你有心想學習瑜伽的正法，依循好老師的指導，一步一步的學習，你一定可以達到平衡腺體，淨化脈輪、中脈，喚醒拙火並提升拙火，獲得永恆喜悅的證果。此篇與第三篇有提到許多呼吸法和身印法，請參考筆者譯註的《哈達瑜伽經》，本書不再多做說明。

第三篇體位法共列舉了44個式子做示範與說明，或許你對這些式子都很熟悉，但是如果沒有按照脈輪與拙火瑜伽的鍛鍊心法，也許做起來在外觀上很像，但是不可能有平衡腺體，淨化脈輪、中脈，喚醒拙火並提升拙火的功效，然而這些功效才是瑜伽鍛鍊的最主要目標。要達到瑜伽體式鍛鍊的最高功效，須要有本書第一和第二篇的基礎，也須要有明白此法的老師指引，才不會在練習過程中產生猶豫、徬徨甚至驚嚇，因為拙火起來是多個層面且力量非常強大。

如先前所述，瑜伽世界是非常的廣，第四篇是筆者特別提供大家較直接相關的瑜伽理論哲學和論述，以做為最基本的延伸研讀和介紹。雖大都只是簡介，但是卻非常精采且重要，對於脈輪與拙火瑜伽的鍛鍊幫助也很大。

本書僅是完整瑜伽鍛鍊的基礎，除了應當練好基礎外，在因緣成熟時，若遇到真正的明師時，更應積極地參與高階課程的研習。「脈輪與拙火瑜伽」的鍛鍊屬筆者的第一階教授內容，筆者的第二階教授內容是「瑜伽呼吸法與身印法」鍛鍊，第三階是「五大元素與心靈轉化瑜伽」，期盼未來有機會與大家做進一步分享。若覺得本書不錯，請幫忙介紹給更多有緣人，也歡迎大家來參加筆者所開設的相關課程，在此向大家致謝。

脈輪與拙火瑜伽

第一篇

脈輪與拙火瑜伽的基本理論與哲學簡介

第1章

瑜伽的定義與眞諦

一、瑜伽的三個主要定義

1.將心靈的各種變形(vṛtti)、習性傾向懸止稱為瑜伽。
(Yogashcitta vṛtti nirodhah)

2.如果心緒傾向都懸止，那麼所有思想過程都會停止。
(Sarvācinṭaparityāgo nishcinta yoga ucyate)

3.個體意識(小我)與至上意識(大我)融合為一稱為瑜伽。
(Saṃyogo yogo ityukto jiivātmā Paramātmānah)

二、瑜伽的真諦

在第一種定義裡，只是將心靈傾向懸止或壓抑，一旦心理壓力去除，積習便又顯現，此一型態的瑜伽無法導向靈性上的進步。在第二種定義裡，所有思想都已停止(無念)，亦無法達到靈性上全然的成就。唯有第三種定義，個體小我與至上大我甜美的結合才是瑜伽的真諦，也如同中國所說的天人合一，也就是 yoga 的真正字義「融合為一」。

三、YOGA的字義

瑜伽乃梵語「YOGA」的音譯。YOGA是由動詞字根Yuj或Yunj加字尾ghain所組成。Yuj意為「加」，如 1+1=2；Yunj 意為融合如 1+1=1。瑜伽的真正意義是Yunj，即個體小我和宇宙大我(道)的結合，也如同中國所說的天人合一。在上述第3點的定義即是此義，而1和2的定義則是鍛鍊的過程而非目的。

註：

YOGA的正確念法為JOGA而非YOGA，依照佛經漢譯系統的音譯為瑜伽(今日口語化的音譯為瑜珈)，當今瑜伽風行全世界，其功用不僅是為了塑身、美容甚或健康而已，其實它還包括了知識瑜伽、行動瑜伽、虔誠瑜伽和帕坦佳利(Patañjali)所歸納的瑜伽八部功法(Aṣṭāṅga yoga：持戒、精進、瑜伽體位法、生命能控制法、感官回收、心靈集中、禪那冥想、三摩地)。瑜伽整體的鍛鍊對身、心、靈的提升幫助很大，它也提供了有心從事靈修者一條達到天人合一的途徑。一般我們所認知的瑜伽肢體動作，僅屬於瑜伽八部功法中的第三項瑜伽體位法(Āsana)，它是整體瑜伽鍛鍊的基礎功課。

第2章

瑜伽的淵源與古典的流派

一、瑜伽的淵源

1.希瓦(Śiva，Shiva)時代

大約在西元前5000至5100年間，有位聖者希瓦(Śiva)誕生於印度蒙古利亞人的家庭中，他同時精通密宗和瑜伽的修行，他把密宗(Tantra，非指佛教密宗，而是原始密宗)和瑜伽整理出一套完整的身、心、靈鍛鍊法，後世稱他為密宗和瑜伽之父，無疑地，他就是瑜伽的始祖。在那時就已有瑜伽體位法(Āsana)，瑜伽行者觀察到動物的活動、鬆弛、睡眠等的本能習慣及生病時的自然療法等動作，進而模仿一些對人體有益的動作得來。如蛇式、蝗蟲式、孔雀式、魚式、貓式、兔式……等。另外一些動作則是來自瑜伽行者自行體驗、試驗所創造出來的。

2.克里斯那(Kṛṣṇa，Krshna)時代

大約在西元前1500-1600年間，有位聖者克里斯那(Kṛṣṇa)誕生於印度的vṛndāva(vrinda'va)，他更進一步的把瑜伽發揚光大，其主要的教誨載於《博伽梵歌》(Bhagavad Gītā)中，此書被普遍視為瑜伽的最高聖典。

二、古典的瑜伽流派

1.哈達瑜伽(Haṭha yoga，Hat'ha yoga)

Haṭha的主要字義與功能有三個：其一為ha是人體第5個脈輪(cakra)的音根，ṭha是第6個脈輪的音根，此種鍛鍊試圖透過肉體的

鍛鍊進而控制心靈，但是在肉體老化衰弱時，將無法控制昔日暫時懸止的心靈力量。其二為ha是太陽或火的音根，ṭha是月亮或是冷靜的音根，當這兩個相對相反的波流，一個是代表右脈行動波流的ha和另一個代表左脈停止行動波流的ṭha強行合而為一時，即稱為哈達瑜伽。其三為ha代表太陽脈(sūrya nāḍī)，它是身體力量的音根，ṭha代表月脈(candra nāḍī)，它是心靈的音根，所以哈達(haṭha)的涵義為藉著身體的力量強迫地控制心靈。

依據《哈達瑜伽經》(Haṭha Yoga pradīpika，此經是Svātmārāma所著，它是哈達瑜伽最重要的經典之一)第一章第一節所述：「哈達瑜伽是達到勝王瑜伽的階梯」，而在第一章第十七節提到：「哈達瑜伽的第一個階段是瑜伽體位法(Āsana)的鍛鍊」。

在本書中，除了瑜伽體位法的鍛鍊外，也有不少呼吸、住氣(kumbhaka)、生命能(prāṇa)、身印(mudrā)、鎖印(bandha)、擊印(vedha)、諦聽祕音和觀想、冥想的鍛鍊，並且重視飲食調養。這些無非都是要幫助拙火(Kuṇḍalinī，又譯為靈蛇)的提升，以作為修煉勝王瑜伽的基礎。

2.勝王瑜伽(Rāja yoga，Ra'ja yoga)

Rāja的字義為〝王〞，所以勝王瑜伽又譯為王者瑜伽，是以達到和Onṃkāra(字義是onm的音，onm之義為至上)結合為最高境界。如同《哈達瑜伽經》(Haṭha Yoga pradīpika)第四章第七十七節所說的：「當心靈與一切成為一時是為勝王瑜伽(Rāja Yoga)，此時，瑜伽行者就等同上帝成為宇宙的創造與毀滅者」。其鍛鍊法不只著重瑜伽體位法、呼吸控制法，也包含了瑜伽冥想、禪定和三摩地等心靈與靈性的層次，所以勝王瑜伽是大多數瑜伽行者所追求的最高境界。

大約在西元前100-200年間左右(另一說法為西元前300-400年)，有位偉大的瑜伽士名叫Patañjali，將瑜伽各派精華蒐集整理成瑜伽經(Yoga Sūtra)，此經中第二章從二十九節起，教導瑜伽八部功法(Aṣṭāṅga yoga，Asht'a'nga yoga)，此八部功法如下：1.持戒(Yama) 2.

精進(Niyama) 3.體位法(Āsana) 4.生命能控制法(Prāṇāyāma) 5.感官回收(Pratyāhāra)6.心靈集中(Dhāraṇā) 7. 禪那冥想(Dhyāna，又譯為禪定) 8.三摩地(Samādhi)，它的修持法已涵蓋了身、心、靈三個層面，故瑜伽界普遍認為Patañjali的八部功法是勝王瑜伽的代表，而勝王瑜伽也被視為瑜伽的主流派別之一。

3.王者之王瑜伽(Rājadhirāja yoga，Ra'jadhira'ja yoga)

Rājadhirāja yoga的字義是〝王者之王〞。大約在西元前1500年，有位印度聖者阿士塔伐卡(Aṣṭāvakra)發明了一套控制脈輪和心緒傾向的功法，他寫了一本名為《阿士塔伐卡本集》(Aṣṭāvakra Saṃhitā，又稱為阿士塔伐卡之歌，Aṣṭāvakra Gīta)的書。這位聖者將這套鍛鍊的法門稱為王者之王瑜伽。在此法門裡，增加許多心靈導向靈性的功法。在當今瑜伽界裡，雖未如勝王瑜伽普遍，但它的確提供靈修者一條更精細更靈性的路徑。

4.知識瑜伽(Jñāna Yoga，Jina'na Yoga)

Jñāna的字義是〝知識〞，此處的知識特指內在真我的知。在此法門裡著重瑜伽哲學、心法的修習。此法把人類生活中一切身、心的覺受、變化和宇宙萬象的信息與Onm連結在一起。例如：1.將一千種心緒傾向(vṛttis)與知識都導向至上本體。2.人類生活的演化過程中，心智和物質層面都產生精細的改變，為對抗心智的缺點，所產生心靈世界的變化，亦稱之為知識瑜伽。

5.行動瑜伽(Karma Yoga，又譯為業瑜伽)

Karma 的字義是〝行為或業行〞，這個法門的功用著重在身、心的一切行為上，讓一切身、心的行為(業行)都導向Onm的最高目標上。例如：1.一切的言行、思維都在大宇宙的心靈裡面。2.人類生命的過程，由過去到現在不斷的身(心)演化，亦屬行動瑜伽。

6.禪那瑜伽(Dhyāna yoga，Dhya'na yoga)

禪那又譯為冥想，是心靈不斷之流，是一種經由冥想和定境的修持法。此法可開啟人真正的智慧，並使人心靈提升和擴展。

7.虔誠瑜伽(Bhakti yoga，又譯為信仰瑜伽、奉愛瑜伽)

Bhakti 是由 bhaj+ 字尾ktin組成，其意為〝心無二念的朝向至上；虔誠的呼喚著〞。其主要的心法是把祂(至上)的念帶入生活中的每一事物上，觀想著個體與至上(祂)合一，並視萬事萬物均為至上。

備註：

知識瑜伽、行動瑜伽、禪那瑜伽和虔誠瑜伽都是博伽梵歌上所教導的瑜伽功法。

8.梵咒瑜伽(Mantra yoga，又譯為真言瑜伽)

Mantra是由man(心靈)和tra(解脫)所組成。宇宙萬象均是一種波，存在、業力、生死也都是波。梵咒瑜伽的行者藉由持咒與觀想來淨化身心的業力、提升拙火(Kuṇḍalinī)，以達到與至高的Onm結合。個人修持的梵咒基本上都是由偉大的靈性上師，依個人的需要所給與的特定梵咒，也有一些是屬於普世皆可修的大明咒。

9.拙火瑜伽(Kuṇḍalinī yoga，Kun'd'alinii yoga，又譯為靈蛇瑜伽、軍荼利瑜伽)

Kuṇḍalinī的字義為〝捲曲的蛇〞，在修行的哲學裡認為Kuṇḍalinī是每一個人潛在的靈能。它蟄伏在人脊椎底端的海底輪，瑜伽行者藉著各種修煉法，就是要將此Kuṇḍalinī沿著中脈提升至頂輪(明點)，以獲得解脫。嚴格來說，它並不是某一特定法門，而是一位解脫者所必經之路。

10.深定瑜伽(Laya yoga，又譯為融合瑜伽)

laya的字義是消融、心靈不動搖的狀態。laya yoga是瑜伽派別的一支，其義為達到心靈不動搖或心靈消融的三摩地境界。

依據《奧義瑜伽論》(yogatattvopaniṣad)第19節：「偉大的瑜伽行

者Viṣṇu對Brahma說：依不同的鍛鍊法，瑜伽可分為許多型式，在這些型式中，最主要的有四個支別，梵咒瑜伽(Mantra yoga)、深定瑜伽(Laya yoga)、哈達瑜伽(Haṭha yoga)和勝王瑜伽(Rāja yoga)」。

在laya yoga裡較為強調的有三脈(nāḍī)、七輪(cakra)、拙火(kuṇḍalinī)、集中(dhāraṇā)和梵咒(mantra)，以喚起拙火消融於甚深三摩地為主訴求。

在laya yoga裡又分為吠陀式(Vaidika)和密宗式(Tantrika)兩種。密宗式並非不同於吠陀式，而是它改良了吠陀式，使之較適合大眾學習。

在密宗式的laya yoga裡共有9部功法(9種主要鍛鍊法)：1.Yama(持戒) 2.Niyama(精進) 3.Sthūlakriya(字義是粗糙面的修持，此處指的是肌肉的控制過程，與Āsana、mudrā相似) 4.Sūkṣmakriya(字義是精細面的修持，此處指的是呼吸的控制過程，與Prāṇāyāma相似) 5.Pratyāhāra(感官回收) 6..Dhāraṇā(心靈集中、念住) 7.Dhyāna(禪那) 8.Layakriya(心靈融入的修持) 9.Samādhi(三摩地)。這9部功法與勝王瑜伽的8部功法(Aṣṭāṅga yoga)相類似。

11.密宗瑜伽(Tantra yoga)

密宗(Tantra)的真義是探索宇宙的奧秘、尋找生命的本源、增進全體人類和萬物福祉的一種科學、道路或法門，而非特指佛教的密宗。

瑜伽和密宗有著共同的祖師希瓦(Śiva)，也有著共同的目標和非常多相似的修法。密宗瑜伽結合了瑜伽和密宗兩條路徑，它並非一般人所誤解的以男女性關係來鍛鍊的瑜伽，事實上，它是源自於上主希瓦所教導的密宗修持方法與理念，是一種身、心、靈的修持法門，它的修持法幾乎涵蓋了上述的九大類別，是一個非常完整的法門。

12.唯識瑜伽(Vijñānavāda或瑜伽行派(Yogācāra)或佛教唯識宗)

唯識瑜伽屬大乘佛教派別之一，與中觀派並列，為大乘佛教兩大理論基礎之一。相對於中觀派，唯識派又被稱為有宗、法相宗。相傳創始於彌勒，稱瑜伽行派，至無著、世親時，加入唯識的觀點，正式建立唯識學派。此派重要的經典為《解深密經》和《瑜伽師地論》。

唯識學派的主要理論有阿賴耶識、三自性(遍計所執性、依他起性、圓成實性)、三無性(相無性、生無自性、勝義無自性)等。因對於阿賴耶識認識不同，唯識學中又分為兩派：接近「說一切有部」的一派，稱妄心派，戒賢、玄奘法師屬於此派，以虛妄心為染淨的所依，清淨法是附屬的。接近「大眾、分別說部」的真心派，受如來藏(Tathāgatagarbha)，亦作佛性、覺性、自性、真如、實相、圓覺等思想的影響，認為當阿賴耶識擺脫了人、法二執之後，破除見思、塵沙、無明之惑後，就脫離一切虛妄而證得真如佛性。真諦三藏所傳攝論宗(又名法性宗、三論宗)則屬於此派。根據《百法明門論》，唯識學派對一切萬有諸法進行的分類，簡稱「五位百法」。(共分心法、心所法、色法、心不相應行法、無為法等五類，共計有百種法，所以稱為五位百法)

筆者在研習瑜伽的過程也曾研習過唯識瑜伽數年，依個人的淺見，前述十一個瑜伽派別講得比唯識瑜伽清楚明瞭，而且有實際的鍛鍊法可依循，畢竟「唯識」和「瑜伽」本就是瑜伽的精神與理論哲學，況且瑜伽的發展早於佛教約4000多年。當然如果時間有餘且有興趣者也可研習唯識瑜伽。

附註：　無上瑜伽淺解

絕大部分的人，包括許多瑜伽士和密宗的行者，都把無上瑜伽視為男女從事外在性關係的一種鍛鍊法，這可能是一樁天大的誤解。在瑜伽、密宗和中國道家裡都把拙火視為陰、明妃、姹女，而把頂輪視為陽、空性、嬰兒。無上瑜伽的真正內涵是引至陰的拙火上達至陽的頂輪，由於印度和中國在祕法的修持上都是用隱喻的，所以數千年來一至被曲解。盼有心修煉的人，還是要依止一位真正明白的上師或老師。

瑜伽鍛鍊的目的與功能

瑜伽鍛鍊的最高目的是天人合一

在《勝王瑜伽經》中一開始，帕坦佳利即將瑜伽最重要的定義及心法做一清楚明白的揭示——他說：「從現在起我要闡述什麼是瑜伽。」瑜伽是「控制物質導向的心靈，使心靈的各種習性和心緒傾向得以懸止，如此我們就能安住在真如本性中，最後得到與整個大宇宙合而為一的三摩地。」所以瑜伽真正的目的不在於形體的強健或者青春不老，而是與整個天道融合，尋獲我們此生最終極的存在意義，並得到解脫。瑜伽八部功法(八肢瑜伽)只是一種方法，它的目的是為了達到天人合一，天人合一才是瑜伽的核心思想。

瑜伽也提供人們在身心靈三個層面的成長

雖說天人合一是瑜伽鍛鍊的最高目的，但絕大部分有因緣接觸瑜伽的人，大都不是一開始就是為了了悟至上、了悟真我和天人合一的目的而來的。因為瑜伽還提供各種鍛鍊的功法，以幫助人在身心靈三個層面的成長，而非僅是為了最高目的而設計的。

瑜伽有適合各種根器者的鍛鍊方法

往昔偉大的瑜伽師們為了幫助各種根器的人達到天人合一，開發出包括瑜伽八部功法在內的一整套很有次第的功法，請詳見第二篇第一章。有關八部功法和各類功法的鍛鍊與功用請看本書其它章節，各位瑜伽的愛好者，可選擇與自己相應的方法練習。

瑜伽八部功法Aṣṭāṅga Yoga(Ashtanga Yoga)簡介(又譯爲八步功法、八肢瑜伽)

大約在西元前100至200年間左右。有位偉大的瑜伽士叫作Patañjali，將各派修行精華蒐集整理成瑜伽經(Yoga Sūtra)。其中最主要的內容便是在闡述瑜伽八部功法。簡述如下：

一、持戒(Yama，又譯為外在控制)

本條共有五項，告知我們什麼不應該做：1.不傷害(Ahiṃṣā，Ahims'a') 2.不虧於心的誠信(Satya) 3.不偷竊(Asteya) 4.心不離道(Brahmacarya) 5.不役於物(Aparigraha)

二、精進(Niyama，又譯為內在控制)

本條共有五項，告知我們應如何精進實行：1.潔淨(Śauca，Shaoca) 2.知足(Saṃtoṣa，Santos'a) 3.刻苦行(Tapas) 4.研讀經文(Svādhyāya，Sva'dhya'ya) 5.安住於至上(Īśvara Praṇidhāna，Iishvara Pran'idha'na)

三、瑜伽體位法(Āsana，又譯為調身)

體位法是配合適當的呼吸與觀想，將身體置於和平、安靜及舒適的姿式上。練習體位法，會使腺體、神經、組織、肌肉和身體的各部份都作用到。

四、生命能控制法(Prāṇāyāma，又譯為調息)

生命能控制法是一種呼吸控制的功夫，同時加上至上意識的觀想，它有助於心靈集中與冥想。呼吸控制法必須配合特定的觀想，亦即觀想在特別的點上，如果沒有與特定點的觀想結合在一起，它會影響自我的控制，而使心靈起伏不定。

五、感官回收(Pratyāhāra，又譯為攝心、制感)

感官回收是把心靈從外在客體中收攝回來，並且驅策這回收的心靈朝向至上意識，它應該永遠與集中聯結在一起(註1)。外在的感官回收指的是將心靈從原本對外在世界的注意力，收攝到內在的心靈世界裡；內在的感官回收指的是將心靈從海底輪收攝提升到頂輪，亦即令心靈從較低層次提升到較高層次，並與至上本體融合為一。感官回收在脈輪與拙火瑜伽的鍛鍊上，扮演著一個很重要的角色，它是總制法(saṃyama)(註2)的準備功課，詳見第二篇的實際鍛鍊法。

註：

1. 眼睛收攝法可閉眼、眼觀鼻或眉心、眼觀腦下垂體、調息、持咒、冥想；耳朵收攝法可塞耳、聽音、持咒、冥想；鼻子收攝法可鼻觀心、調息、持咒、冥想；舌頭收攝法可舌抵上顎、調息、持咒、冥想；皮膚收攝法可調息、持咒、冥想。
2. 請看下一段解說。

六、心靈集中(Dhāraṇā，又譯為凝神、住念)

心靈集中是制心於一處。這意味著將心念集中在人體內與五大元素(及相關脈輪)相應的控制點上，並從事至上的觀想。禪定是某種停住不動的狀態，亦即禪定的標的是固定不動的，集中則是隨著標的而移動。集中的本身是固定不動的，但是它的內涵是做至上觀想，所以它的標的會逐漸導向更高的層次，而達到最終的至上。

外在的集中是一種專住，內在的集中是指對專注對象的覺知。當心靈集中和禪那冥想、三摩地等一起合練時稱之為總制法(saṃyama)，是脈輪與拙火瑜伽最重要的鍛鍊功法。

七、禪那冥想(Dhyāna，又譯為禪定、靜慮、入定)

禪定是心靈質的不斷之流，將一切心靈傾向收攝回來並導向目標(至上本體)。在上一則裡提到禪定是某種停止不動的狀態，這裡所謂的不動指的是禪定的標的是固定的，但是一切的心靈傾向之流皆導向目標(至上)。

八、三摩地(Samādhi，又譯為三昧、定境)

三摩地的字義是與目標合一，又義為定境。三摩地的種類有很多種。可簡略分為無餘依三摩地(Nirvikalpa samādhi)和有餘依三摩地(Savikalpa samādhi)。無餘依三摩地是個體意識融入至上意識裡，是屬無限的融入，個體意識已不復存在。有餘依三摩地是一種有限的融入，可分為許多種，最高的一種是個體心靈已融入個體意識而不復存在。

解說

瑜伽八部功法是瑜伽最重要的理論哲學之一，一般的瑜伽練習者不一定知道有瑜伽八部功法，更不可能知道它真正的意涵，即便知道瑜伽八部功法，也只是把它當作可有可無的理論哲學，殊不知此套理論除了可幫助你的體位法達到不可思議的境界，也可以引領你達到解脫之境。脈輪與拙火瑜伽則是一套結合瑜伽八部功法的完整鍛鍊法，尤其是應用心靈集中、禪那冥想和三摩地在一起合練的總制法。此外，《勝王瑜伽經》4-6說：「由禪那所生的一切不受業識影響」，因此總制法除了可帶領你達到最高目地外，還可避開因果業報。詳細方法請看實務與心法篇。

瑜伽觀想與冥想法補充

1.冥想是心靈處於不動的狀態

嚴格來說，觀想與冥想是有些差異的。就內在心靈所應用的脈輪來區分，「思」是心田，以第四個脈輪為主；「想」是心相，以第五個脈輪為主；「觀」是頭，觀想指的是應用第六個脈輪；「冥」是空、黑、無邊無際，冥想是心靈處於不動的狀態，也就是沒有思惟，沒有影像，是一個超越第六脈輪而尚未達到第七脈輪的狀態，與中國所謂的「參」有一點相似。「觀想」的哲學意涵是，你觀想你就是你觀想的標的，因此仍處於二元性。「觀」之後在中國哲學上稱之為「參」，「參」是二元性趨向一元性。「參」之後稱為「悟」，「悟」者「吾性」也，屬純粹一元性。觀想仍會應用到腺體、心念和內在的感官，觀想你就是你觀想的標的，而當你的目標是至上時，在融入的過程中，你的心靈會消融掉，並逐漸與至上目標合一，這個就稱之為冥想。

在「想和思」之前叫作「集中專注」，「集中專注」所應用的脈輪是臍輪。你可以集中在某個東西，某個點，某個音聲。而到了應用第六個脈輪時，你會非常專注地融進你所觀想的標的，類似佛教的觀想唸佛，心靈逐漸不起作用。一旦超越第六脈輪，你會進入一種冥想的狀態，一種唯一的相，而融入至高目標。

2.「觀想」的主要目的是要朝目標前進

一般來講，我們容易誤把觀想當冥想，誤把幻想當觀想。觀想與冥想，幻想與觀想是不一樣的。什麼是誤把觀想當冥想，例如我們體位法做完，我們會觀想把手放鬆，腳放鬆，身體放鬆，力量交給大地，觀想你漂浮在海面上，觀想你漂浮在虛空中，這是觀想不是冥想。什麼是誤把幻想當觀想，當你的心靈不夠純淨，還有很多的好惡時，為彌補心靈的空虛和不平衡所生的念叫作幻想。今天我們要鍛鍊觀想和冥想，不是單獨去鍛鍊那個方法，而是要透過修煉。

你的心靈如果沒有往上修煉時，就會觀出愛情和錢，觀出好惡、是非對錯，因為生命能量沒有提升以前，都是名利恩愛，因為你想的不是超然的標的。與「觀想」的主要目的是要朝目標前進，「冥想」的目的是和至高目標合一有所不同，並不是用「心靈想」就是觀想與冥想。如果你只用到心靈淺層的層次在想，那是很難達到較高的境界。

3.觀想的要訣在調習、感官回收、專注和集中，並藉助你的潛意識

在做觀想練習前，要先練習調息、感官回收、專注和集中，並藉助你的潛意識。練習時，要運用內在的眼耳鼻舌皮膚，對你所觀想的標的內容要有實實在在的感覺，什麼是實實在在的感覺？比方說，當你觀想鳥時，你要想到鳥飛來飛去，鳥的叫聲，還有鳥的顏色和環境的情境等，也就是感覺牠的音聲、顏色、動作和味道，甚至有觸摸到的感覺，這就是觀想。但是在瑜伽裡，觀想的最好標的是達到與至上的合一，而非以達到世俗的欲求為目的。有關脈輪與拙火瑜伽的觀想法請參考本書的觀照法。

註：

1.感官回收與心靈集中練到極致時會進入禪那冥想和三摩地，一旦進入此境時，所體現的是「同時同頻振動」，此時任何一個念，任何一個點都是宇宙的全部，都可以引動全宇宙的力量，這也是三摩地的微妙處。「同時同頻振動」是說給我們聽的一種形容詞，其實合一之境並沒有時間和空間的概念，一即一切，一切即一，一花一世界，一葉一菩提。

2.有人說長時間的心靈集中等於禪那冥想，長時間的禪那冥想等於三摩地，這個說法不是很正確。心靈集中是一種專注，標的是改變的，禪那冥想是不斷觀想你就是你的目標，其標的是不變的，所以說長時間的心靈集中不等於禪那冥想。三摩地是你與你所觀想的目標合一，個體性融入本體性而個體性消失，這與禪那冥想是不斷觀想你就是你的目標有所不同，因此長時間的禪那冥想不等於三摩地。

第5章

持戒與精進(Yama & Niyama)

一、持戒(Yama)

1.不傷害(Ahiṃṣā)

不以思想、行為、語言去傷害任何人及物，正確意思是你不要去傷害所有的生命，但是你如果為了維持自己生命最基本的需求，則並不違反這一項戒律。當一個人已確立於不傷害之道時，別人的敵意會在其眼前消除。

2.不悖誠信(Satya)

思想、言語、行為皆應以慈悲為懷，而其終極目標則是達到至上本體。Satya的真義在於能夠完全合於真理、合於實際、合於誠信，所有的一切要真實地呈現。Satya不是只有說實話，實際上它所涵蓋的比說實話範圍更廣。當一個人已確立於不悖誠信之道時，其行與果是信實不移的。

3.不偷竊(Asteya)

不取非己之物，謂之不偷竊。可分為四種：1.實際偷取財物。2.雖未偷取，但心中有此念頭。3.未偷取財物，但剝奪他人應得的財物。4.雖未剝奪他人財物，但心中有此念頭。當一個人已確立於不偷竊之道時，所有珍寶都將近臨。

4.心不離道(Brahmacarya)

心念始終住於至上本體。心靈是個可精細可粗鈍之體，其精細與否，端視心靈之目標(亦即心靈接觸之物)是否精細而定，從事心不離道的靈性修持之意為，視所接觸、所看、所想的一切事物，皆為至上本體的種種不同顯示，而不僅是一些粗俗的形體而已。如此心靈雖處於不同的事物中，但不會遠離至上本體，並將心靈從趨向粗鈍事物導向於趨向真理，並且使對有限事物的慾望，轉向對無限偉大事物的渴望。當一個人已確立於心不離道時，便能見到所有事物都是至上的顯現。

附註：

有人將Brahmacarya解釋為保存精液，是一種誤解。沒有過多精液的形成，就不會有排解的慾望，所以重要的是如何使能量轉向精細，而不是轉向粗鈍的精液，更不是靠壓抑的方法，防止精液的流出。

5.不役於物(Aparigraha)

不沉迷於維持生命基本需求之外的逸樂。在享受任何事物時，對主體的控制，稱為「心不離道」，而對客體的控制，稱為「不役於物」。當一個人已確立於不役於物之道時，就能了知何故受生。

二、精進(Niyama)

1.潔淨(Śauca，Shaoca)

包括外在環境和身體內外，以及心靈的潔淨。當身體淨化後，會不執著於自己的身體，也不會喜歡與別人的肢體接觸。當生命淨化後，心靈喜悅，知根與作根得到專一控制，如此便能照見真我。

2.知足(Saṃtoṣa，Santos'a)

Saṃtoṣa是由saṃ(適當)+toṣa(滿足)所組成，其意是指適當的安逸狀態。從知足中可獲得最高的喜悅。

3.刻苦行(Tapas)

為了自身的修持和眾生的福祉而努力不懈時稱之。修刻苦行者可獲致身體、知根、作根的淨化與成就。

4.研讀經文(Svādhyāya，Sva'dhya'ya)

Svādhyāya是由sva (自我)+adhyāya (研習) 所組成，是一種自我進修的「解、行、證」功夫。研讀經文的目的在於參見自性。

5.安住於至上(Īśvara Praṇidhāna，Iishvara Pran'idha'na)

Īśvara是至上之意，Praṇidhāna是安住之意。是一種將身心靈都導向於至上的修持法。能安住於至上者可獲致三摩地的成就。

解說

持戒與精進是整體瑜伽鍛鍊的基礎，有助於身心靈的成長，因此脈輪與拙火瑜伽非常重視此項的修持。當你在靈修或生命的歷程中遇到問題或挫折時，持戒與精進可以提供你很好的省思。

三脈、七輪、拙火、腺體與心緒傾向(vṛtti) 簡介

一、瑜伽脈(Nādī)簡介

瑜伽脈並不是血管脈、神經或氣脈，而是比它們更精細的脈，它並非是肉眼所能看得到的，卻與心靈和生命能有關，是解脫者必經道路。最主要的脈有三支：分別是中脈(Suṣumṇā nāḍī)、左脈(Iḍā nāḍī)和右脈(Piṅgalā nāḍī)。

1.左脈

從脊柱底的左邊開始蜿蜒而上繞到左鼻孔，又稱陰脈，月脈，屬靜屬冷，又屬於心靈導向靈性的脈，掌管心靈與靈性間的關係，在生理功能上偏向副交感神經。

2.右脈

從脊柱底的右邊開始蜿蜒而上繞到右鼻孔，又稱陽脈、日脈，屬動屬熱，亦屬心靈導向靈性的脈，掌管心靈與物質間的關係，在生理功能上偏向交感神經。

3.中脈

由脊柱底沿脊髓往上至腦下垂體、松果體，屬純靈性的脈。

三脈補述

1.脈的梵文名是nāḍī。依照《哈達瑜伽經》所述，人體共有七萬兩千條脈，其中又以中脈為最重要。

2. 脈有很多種，像血脈、神經、氣脈等都是脈的一種，脈的主要功能有(1)能量傳遞、營養的運輸和廢物的排除(2)信息的傳遞(3)整體生命能的中央控制所在。

3. 中脈又名sarasvatī，左脈又名gaṅgā，右脈又名yamunā。而在某些派別裡，又稱中脈為avadhūtikā，左脈為lalanā，右脈為rasanā。

4. 在瑜伽的觀念裡，中脈並不是在人有形身體的中間。

二、脈輪(Cakra)簡介

脈輪(Cakra)又名脈叢結，是梵文用語，人的主要脈輪一共有七個，其位置是在脊髓裡和腦裡。前五個是在左脈、右脈與中脈的交會處(但第6個與第7個脈輪就沒有在三脈交會處上)，第六個脈輪在腦下垂體，第七個脈輪是松果體。有關脈輪名稱、對應位置、人體內五十個主要的心緒傾向(vṛttis，又稱為花瓣、音根)的個數、脈輪音根等，請見附圖和附表：

脈輪	對應位置	心緒傾向(花瓣)(vṛttis)	脈輪音根
頂輪sahasrāra	頭頂百會穴		
眉心輪ājñā	眉心	2	Ṭham
喉輪viśuddha	喉結	16	Ham
心輪anāhata	雙乳中間	12	Yam
臍輪maṇipura	肚臍	10	Ram
生殖輪svādhiṣṭhāna	前陰	6	Vam
海底輪mūlādhāra	會陰	4	Lam

脈輪在解剖學上可以看到的是血管神經叢所聚集的地方，它是人的生命控制中心，直接控制著生理、心理和靈性三個層面。脈輪也包含一些腺體、次腺體及血管神經叢，較高層的脈輪較不依賴下層的脈輪，而下層的脈輪較依賴上層的脈輪。

三、拙火(Kuṇḍalinī)的奧義

拙火的梵文名是kuṇḍalinī，音譯為昆大利或軍荼利，其梵文原意指的是捲曲的(蛇)，所以又中譯為靈蛇，那為何又譯作拙火呢？「火」字除了代表能量，也代表意識、元性。「拙」是指尚未開悟、淨化的元性。所以拙火指的就是尚未開悟、淨化的元性和能量，她以順轉三圈半(一圈代表誕生，一圈代表生活，一圈代表死亡，而還有半圈是再生，半圈的原因是因為尚未生，但必須再生，所以是半圈)，且頭咬著尾巴的形式蟄伏於中脈的底端，蟄伏意指沉睡。《哈達瑜伽經》3-110說：「左脈稱為恆河女神，右脈稱為賈姆那河，在左右脈中間的是年輕寡婦，稱為拙火。」3-109說：「在恆河和賈姆那河的中間有一位年輕寡婦的苦行者，必須強力地抓住她，以達到維世奴上主的最高席座。」3-1說：「就像蛇王支撐地球和高山森林，所有瑜伽行者以潛在靈能拙火做支撐。」3-2說：「由於上師的恩典，喚醒了沉睡的拙火，那麼所有的脈輪和脈叢結也都將被貫穿。」3-3說：「當中脈成為生命能的主要通道時，心靈會入住無依(nirālamba，又譯為獨立自主、空性、自性)，並超越死亡。」從以上可以得知，拙火是修行者開悟解脫的潛能，唯有喚醒她，使她從中脈上達頂輪(維世奴上主的最高席座)，才是超越死亡，獲得大自在的途徑。

脈輪與拙火不是只有瑜伽在重視，無論是佛教、基督教、密宗、道家，乃至儒家都無不重視，因為它是返本還原唯一的一條路。佛教密宗常用的兩個大明咒，唵嘛呢唄咩吽(AUM Maṇipadme Hum)和Om Ah Hum的Hum音即表示拙火在中脈上升的音根。道家常說的抽坎填離、採陰補陽；《詩經．大雅．旱麓》說：「鳶飛戾天，魚躍于淵」，亦代表引拙火上提至頂輪。基督教約翰福音第三章說：「摩西在曠野中怎樣舉蛇，人子也必照樣被舉起來，……」，蛇所代表的即是靈蛇拙火。在宗教上及哲學上常說到「千瓣蓮花朵朵開」，其義也是指拙火提升至頂輪(五十種心緒以五十朵蓮花

來代表，心緒經由十個感覺和運動器官，有向內和向外表發，所以50x10x2=1000心緒，亦即千瓣蓮花，因此代表控制全身的頂輪，其梵文名稱sahasrāra即是千瓣蓮花之意)。這些無不在講拙火上升的重要性，而拙火的上升則有賴於脈輪和中脈的淨化。瑜伽的種種鍛鍊如持戒、精進、食物、斷食、體位法、呼吸、身印、鎖印、靈性標幟、梵咒、冥想、三摩地、上師的恩典……等都有助於脈輪、中脈的淨化和拙火的喚醒。

每一個人的因果業力不同，因此其拙火的狀況也不同，所以在鍛鍊上使用的功法也會有所差異，例如會用不同的體位法、梵咒和修煉的功法。

附註：

1. Kuṇḍalinī又稱為Kula Kuṇḍalinī，Kula其意為脊椎底端。如經書上所說，大多數人身中的拙火是睡著的，甚至很多人不知道她的存在，也沒感覺到她的力量，而所有靈修的目的，就是為喚醒這神性的宇宙能量，使之沿著中脈上升，以達到頂輪，才能成為一個真正的覺人。
2. 有的瑜伽派別名稱就叫作Kuṇḍalinī，是專修拙火的法門，然而不管你的瑜伽派別名稱為何，只要是正確的瑜伽法門，其最終目的都是為了喚醒拙火，並引拙火上升至頂輪。
3. 當頂輪被稱為Śiva(純意識、空性)時，拙火又被稱為Śakti(原字義是造化勢能、運作法則)。
4. 拙火提升後，若是沒有持續地修煉，拙火還是會掉下來。

四、腺體(Granthi)、心緒傾向(vṛtti)簡介

(一)西醫的腺體(Gland)觀

依照一般醫學上來說，腺體是指可以分泌某些物質或激素的組織。這些激素稱為Hormone(荷爾蒙)。它控制著生命的種種機能，分泌過多或不足時都會產生某種病變。可分為：

1. 外分泌腺

外分泌腺是指腺體本身有特殊的管狀結構，腺體的分泌物經由導

管直接排出去作用，如唾液腺等。

2.內分泌腺

內分泌腺為無管腺，其分泌物直接被分泌至分泌細胞周圍的細胞外空間，而後進入微血管內隨血液循環被送至其標的組織發生作用。內分泌腺所分泌的物質即稱為荷爾蒙或激素。任何荷爾蒙要產生其效果，必須與〝標的細胞〞或〝標的器官〞的接受體結合，而改變它們的活動。身體的內分泌腺包括松果體、腦下垂體、下視丘、甲狀腺、副甲狀腺、(胸腺)、腎上腺、胰臟、卵巢、睪丸、腎、胃、小腸及胎盤。這些腺體中，有些是同時為外分泌腺及內分泌腺，例如胰臟。

(二)瑜伽的腺體瑜伽的腺體(Granthi)觀和心緒傾向(vṛtti)簡介

瑜伽的腺體觀指的是bindu visarga，也就是內分泌。且在瑜伽的觀念裡，腺體在心緒上的反應稱為vṛtti，vṛtti又代表心靈的變形。瑜伽認為腺體、vṛtti及其對應脈輪間的關係非常密切，每個脈輪掌控著不同數目的vṛtti，且它們(腺體、vṛtti、脈輪)的狀況也會深深影響著拙火的覺醒與提升，因此瑜伽的鍛鍊非常重視腺體的淨化、平衡與強化。因為腺體除了攸關生理功能外，也與心靈的提升有著密不可分的關係，幾乎各種鍛鍊法對腺體都有作用，本書則著重在體位法對腺體影響的描述。主要的vṛtti共有五十種，請見附表。

(三)在瑜伽上要如何鍛鍊腺體

腺體的最主要功能是分泌荷爾蒙，荷爾蒙的生理功能是調節各主要器官和組織的功能，並與神經合作，成為人最主要的兩個控制機制。但從瑜伽的觀點來看，其功能不僅如此，如上一段所述，腺體也影響心緒傾向，心緒傾向是心靈的變形，也扭曲了脈輪，若要淨化脈輪，勢必要藉由腺體的平衡、淨化與控制。為了達到此目的，首先來看荷爾蒙是如何達到它的標的器官，它是靠本能的頻率與作用器官相互吸引，除此之外，瑜伽有如下數種類鍛鍊的方法，這些

【人體內五十個主要心緒傾向列表】

脈輪	Vṛtti數	Vṛtti	音根	Vṛtti	音根
頂輪（千瓣輪、頂上蓮花uṣṇīṣa、大樂輪mahā sukha）		50×2×10＝1000			
眉心輪	2	1.世俗知識（aparā）	kṣa (ks'a)	2.靈性知識（parā）	ha
喉輪（報身輪saṃbhoga）	16	1.孔雀（ṣaḍaja）	a	2.公牛（rṣabha）	ā (a')
		3.山羊（gāndhāra）	i	4.鹿（madhyama）	ī (ii)
		5.杜鵑（pañcama）	u	6.驢（dhaivata）	ū (u')
		7.象（niṣāda）	ṛ (r)	8.創造的音根（onṃ）	ṝ (rr)
		9.拙火的聲音（huṃ）	ḷ(lr)	10.實現（phaṭ）	ḹ (lrr)
		11.發展世俗知識（voaṣaṭ）	e	12.精細層面的福祉（vaṣaṭha）	ai (ae)
		13.堅忍不拔、高貴的行動（svāhā）	o	14.臣服於至上（namah）	au (ao)
		15.排斥、惡毒（viṣa）	aṃ (am')	16.吸引、甜美（amṛta）	aḥ (ah)
心輪（法身輪dharma）	12	1.希望（āśā）	ka	2.焦慮、擔心（cintā）	kha
		3.喚起潛能的努力（ceṣṭa）	ga	4.愛與執著（mamatā）	gha
		5.自大、驕傲（dambha）	ṅ (una)	6.明辨（viveka）	ca
		7.心靈沮喪（vikalatāh）	cha	8.自負（Ahaṃkāra）	ja
		9.貪婪（lolatāh）	jha	10.偽善（kapaṭatā）	ñ (ina)
		11.好爭論（vitarka）	ṭa (t'a)	12.懊悔（auntāpa）	ṭha(t'ha)
臍輪（化身輪nirmāṇa）	10	1.害羞、羞恥（lajjā）	ḍa(d'a)	2.誹謗、虐待（piśunatā）	ḍha (d'ha)
		3.嫉妒（īrṣā）	ṇa(n'a)	4.遲鈍、怠惰（suṣuptī）	ta
		5.憂鬱（viṣada）	tha	6.污濁、彆扭、暴躁（kaṣāya）	da
		7.貪得（trṣṇa）	dha	8.盲目執著、癡迷（moha）	na
		9.憎恨（ghrṇā）	pa	10.恐懼（bhaya）	pha
生殖輪	6	1.冷漠、輕蔑（avajñā）	ba	2.昏昧、昏沉（mūrccha）	bha
		3.沉迷、放縱、溺愛（praśraya）	ma	4.缺乏自信（aviśvāsa）	ya
		5.絕望、無助（sarvanāśa）	ra	6.粗暴、殘酷（krūratā）	la
海底輪（maṇipadma）	4	1.心理導向靈性的渴望（dharma）	va	2.心理的渴望（artha）	śa(sha)
		3.物質的渴望（kāma）	ṣa(s'a)	4.靈性的渴望（mokṣa）	sa

（上述音根表內的括號是不同系統的寫法）

方法可以使荷爾蒙達到要作用的標的，並產生正面的作用。

1. 身體層的七種類型動作：(1)支撐(2)扭轉(3)伸展(4)收攝(5)壓迫(6)撞擊(7)自發震顫。
2. 藉由各種呼吸法。
3. 藉由三個鎖印和各種身印。
4. 五大元素音根與梵咒。
5. 藉由感官回收、心靈集中、禪那冥想、觀想和三摩地。

五、脈輪與拙火的進一步說明

脈輪是人體的控制中樞，不管是肉體、生命能、心靈乃至靈性，無不是由脈輪主控，即便是三脈也受七個脈輪主控，脈輪若沒有解開就稱為granthi(結)，只有當「結」被解開時，拙火才可能提升。人來到世間，有其身體、生命能、心靈不完美之處，這些不完美即意味著脈輪是不純淨的。拙火是每個人內在最神性的潛能和原力，要達到三摩地、開悟與解脫，唯有喚醒並提升拙火(詳見《哈達瑜伽經》)。但是要如何提升拙火呢？有助於拙火提升的方法有很多，不管你用的方法是甚麼，都一定要有助於脈輪的平衡與淨化，也一定要讓左右脈懸止或淨化以及使中脈淨化，因為唯有當脈輪平衡與淨化，且左右脈已懸止或淨化以及中脈已淨化時，拙火才可能被喚醒和提升。左右脈的懸止和淨化，有賴於變形心靈的懸止、體位法、呼吸法、身印法、諦聽祕音、觀想、冥想、……等，而平衡與淨化脈輪的最基本方法即是體位法(《哈達瑜伽經》1-17)，因此筆者在此書就先以體位法的層面來與大家分享。

六、脈輪的奧義

脈輪的梵文是cakra，其字義是輪，一個具有意識且恆動的旋轉能量輪，又名脈叢結。左脈、右脈和中脈在脊髓裡不同的地方交叉，其交叉的地方是第一至第五個脈輪，第六個脈輪在腦下垂體，第七個脈輪是松果體。脈輪主要有四個含意，分別是cakra、plexus、 granthi和mandala，其所代表的意義是脈輪、神經叢、腺體和圓壇，簡述於後。

(一)脈輪的有形位置

脈輪是人體裡面七個主要的控制中樞。中文譯名是海底輪、生殖輪、臍輪、心輪、喉輪、眉心輪和頂輪。海底輪的位置基本上是在我們脊椎的尾閭骨底部，對應點在會陰。生殖輪是在脊椎尾閭骨往上大概兩指寬左右，大概靠近薦椎(骶骨)的底端，對應的位置在前陰。再來是臍輪，相當於所謂的命門，對應的位置是肚臍。再來是心輪，它其實就在兩乳中間的膻中所對應後面脊椎的中間。再來是喉輪，其實也在脊椎上，對應在喉結上。眉心輪是在腦下垂體，對應的是眉心。頂輪是在松果體，對應點在百會，我們稱為「外在的頂輪」。當我們講「對應點」時，所講的只是主要對應點，但其相關的範圍都是對應的區域。因此，頂輪對應的不是只有一個點，而是整個頭頂都是對應區。眉心輪所對應的不是只有眉心，眉心上、眉心、眉心下、山根都是。喉輪對應的不是只有喉結，喉結上、喉結、喉結下都是。膻中也一樣，心輪整個區域都是對應區。臍輪對應到肚臍這個點，但肚臍上、肚臍下都是。生殖輪基本上從關元，一直到前陰左右都是。海底輪對應的範圍從尾閭骨、肛門到會陰，基本上都是海底輪的位置。

(二)脈輪與神經叢(plexus)

脈輪也與神經叢有密切關聯，頂輪和眉心輪對應的是整個大腦區域，喉輪對應頸神經叢，心輪對應臂神經叢，臍輪對應腰神經叢，生殖輪對應薦神經叢(骶神經叢)，海底輪對應尾骨神經叢。

(三)脈輪與腺體(granthi)

脈輪也與腺體有密切關聯，內頂輪即是松果腺，內眉心輪即是腦下腺，喉輪對應甲狀腺、副甲狀腺，心輪對應胸腺，臍輪對應胰腺、腎上腺，生殖輪對應性腺，海底輪對應非定型腺體。每一個脈輪與腺體相關，也如腺體掌管著我們的生理機能和內在情緒，腺體的精細面代表著不同的心理特質、心靈的變形，我們稱之為vṛtti(心緒傾向)，包括各種特質，如好吃懶做、努力向上、恐懼、自大、謙虛、傲慢、身心靈的各種欲求、……通通都是我們的特質。

(四)脈輪與圓壇(mandala)

Mandala是圓形之意，它所代表的是一個界，一個大區域和一個廣大的意涵。七個脈輪除了掌管著我們身體層面的生命能量層次，也掌管著我們的五大元素組成：固體元素、液元素、火元素、氣元素、乙太元素，還有心靈。固體元素指的是我們的肌肉、骨骼，牙齒，屬於固體的部分。至於水元素，包括我們喝的水、組織液、淋巴液、血液、汗液，各種液體，還包括髓，也就是腦髓、骨髓，這些部分，都是屬於水元素。火元素代表的是溫度。氣元素代表的是氣流、空氣的氣，還有某一種氣的存在能量，都是屬於氣元素。生命能的總代表是普拉那(prāṇa)，基本上就是屬於心輪。喉輪代表的是空元素，空元素是什麼？它代表的是一種空間的概念。眉心輪代表的是心靈，頂輪代表的是靈性，以及跟老天結合的部分。所以，脈輪掌管著五臟六腑的功能，掌管著五大元素的功能，甚至於也掌管了我們內在跟宇宙整體之間的功能。所謂宇宙整體指的是外在大宇宙的地、水、火、風、空；我們的內在和外在是相通的。如果再講精細一點，身體上的每個細胞都同時具備了五大元素，也具備了心靈和靈性。

若更進一步的來講，脈輪不只是五大元素的控制中樞，不只是能量的控制中樞，其實也是心靈的控制中樞，也是情緒的控制中樞，再講稍微深一點，整個脈輪其實控制著我們因果業力的表發。脈輪在你的身上，脈輪也在宇宙裡，它是內外相通的。從靈性面來看，七個脈輪是與宇宙七重天(註)相連接。圓壇共有七個，分別代表個體不同脈輪和其相應的宇宙那一重天的整體世界(淨土)。因此脈輪若以叢或圓壇來命名又可稱為「地叢」(土叢、地壇、海底輪)，「水叢」(生殖輪)，「火叢」(能量叢、臍輪)，「太陽神經叢」(氣叢、心輪)，「星叢」(身心叢、喉輪)，「月叢」(眉心輪)，「多元習性叢」(頂輪)。

除了主要的七個脈輪外，實際上還有兩個非常重要的脈輪，它們是鼻尖輪和上師輪。鼻尖輪的梵文名是lambikā，其意是「懸雍垂，小舌」，外在的對應點是鼻尖(nasāgra)，是上面甘露下降的通道，也是控制呼吸和五大元素的轉化點。上師輪(Guru Cakra)的內在是松果體的下半部，其對應點是頭頂百會穴的內面，扮演著有限心靈和無限至上的連結，是一切最微奧之所在 因此又名神秘叢、法叢。

註：

1. 大宇宙七重天(Sapta Loka，Sapta是「七」，Loka是「界、天、層」)

界、天	梵文(Loka)	原型字及義	七重天之義	唱誦法
第七重	Satyāloka	satya：真實	真界	om satyaṃ
第六重	Taparloka	tapas：熱、火、光明	光明界	om tapaha
第五重	Janarloka	jana：人	昇華界，又名下意識界	om janaha
第四重	Maharloka	maha：大	超心界	om mahaha
第三重	Svarloka	sva：天界、天堂；自我	精細心界，又名天堂界	om svaha
第二重	Bhūvarloka	bhuvas：第二界(天)	宇宙即將形成但未形成，粗鈍心界	om bhuvaha
第一重	Bhūrloka	bhū：物質世界	五大元素所形成的宇宙，物質界	om bhūhu

2. 脈輪的名稱

梵文名	中文名	梵文字義名	神經叢	圓壇名	佛教名	其它名稱
sahasrāra	頂輪	千瓣輪		多元習性叢	頂上蓮花、大樂輪	
ājñā	眉心輪	總控制輪		月叢		
viśuddha	喉輪	淨化輪	頸神經叢	星叢	報身輪	身心叢
anāhata	心輪	呼吸心跳輪	臂神經叢	太陽神經叢	法身輪	氣叢
maṇipura	臍輪	能量輪	腰神經叢	火叢	化身輪	
svādhiṣṭhāna	生殖輪	自我輪	薦神經叢	水叢		
mūlādhāra	海底輪	根輪	尾神經叢	地叢	摩尼輪(寶石蓮花)	

內外在五種生命能簡介

在瑜伽和密宗的概念裡，生命能(prāṇāh，複數型態)又名生命氣(vāyu)，有內在和外在各五種生命能。它掌管一切的生理功能，其中亦包括根鎖、飛昇鎖(臍鎖)和喉鎖(扣胸鎖)在內。

一、內外在五種生命能

下行氣(apāna)掌管肚臍到肛門的氣能，在一般的狀況下，氣行是往下；上行氣(prāṇa)掌管肚臍到喉嚨的氣能，在一般的狀況下，其氣行是往上。《哈達瑜伽經》第一章第四十八節所說的讓原本向下的下行氣往上提升，讓原本向上的上行氣帶往下，著實可以引動拙火往上，其原因可詳參第三章第六十六節至六十九節。下行氣往上可引動胃的熾熱元火，並促使拙火進入中脈且往上提升。

【內在五種生命能量】

名稱	位置	生命能作用	所屬氣行	作用脈輪
Udāna	喉嚨	控制聲帶、發音(及部分大腦功能)	上升氣	4、5、6
Prāṇa	肚臍—喉嚨	控制心臟、肺和呼吸	上行氣	4、5
Apāna	肚臍—肛門	控制排泄、尿液、糞便	下行氣	1、2
Samāna	肚臍	調整和維持上行氣(Prāṇa) 和下行氣(Apāna) 之平衡	平行氣	3
Vyāna	遍於全身	控制血液循環和神經功能	遍行氣	1-7

【外在五種生命能量】

名稱	生命能作用	存在處
Nāga	身體的發展、跳、擲、四肢伸展	關節
Kūrma	身體的收縮	不同的腺體上
Krkara	有助於打呵欠	散於全身
Devadatta	控制饑渴	
Dhanañjaya	控制睡眠和睏倦	

內外在五種生命能在脈輪與拙火瑜伽的鍛鍊上，除了重視其生理功能外，在能量層的鍛鍊上會重視其淨化、平衡與強化及其與三個鎖印間的關係；在心靈導向靈性層的鍛鍊上則重視其喚醒拙火的功用；在純靈性層的外顯上，內外在五種生命能是處於平衡、精細的運作，內顯上是收攝於海底輪，並進一步融入中脈。詳見實際鍛鍊法。

二、三個鎖印(bandha，又譯為收逑法)的主要功能簡介

三個鎖印是指根鎖(mūla bandha)、臍鎖(uḍḍīyana bandha)喉鎖(jālandhara bandha，又譯為扣胸鎖)。

根鎖並非只是一般所謂的收縮會陰，它其實還有更重要的功能。「根」指的是海底輪，拙火所蟄伏的位置。根鎖在身體層的體位法上可增進姿式的穩定度和延展度；在能量層上可使原本下行的生命能往上行，有助於生命能的轉化，使身體輕盈，並且可避免鍛鍊過程中所產生的能量干擾到控鎖以外的部位(註1)；在心靈層上可喚醒拙火並提升拙火。骨盆底肌群從前至後最主要有：恥骨直腸肌、恥骨尾骨肌、髂骨尾骨肌和坐骨尾骨肌。做根鎖時會提升此塊區域，進而提升能量，轉化能量。《哈達瑜伽經》3-64說：「藉由根部鎖印使上行氣和下行氣以及祕音(Nāda)和神性點(Bindu) 結合為一，無疑地可使瑜伽行者獲得合一的成就。」

臍鎖並非只是一般所謂的收縮腹部，其實還有更重要的功能。臍鎖的梵文uḍḍīyana是「飛昇」，指拙火和生命能在中脈裡往上飛昇，而不是指肚臍。依梵文之意，應譯成飛昇鎖印。生命能(prāṇa)在印度哲學上又被稱之為鳥，拙火和生命能往上飛昇時就稱為uḍḍīyana。這與《莊子·逍遙遊》所說的：「北冥有魚，其名為鯤。鯤之大，不知其幾千里也。化而為鳥，其名為鵬。鵬之背，不知其幾千里也。怒而飛，其翼若垂天之雲。是鳥也，海運則將徙於南冥。南冥者，天池也。」相似。「北冥」是指至陰的海底輪，「魚」是指拙火，「大鵬鳥」是指拙火和生命能在中脈飛昇，「南

冥」是指至陽的頂輪，「天池」是形容頂輪是最神聖甘露的生發之池。此外，臍輪所主掌的火元素其音根是ra，代表能量，當上下行氣在此會合時會結合臍輪的熱能以喚醒拙火。當拙火的能量層行至此處時，會使腹部收縮，也會產生浪脊椎，這就是《哈達瑜伽經》上鼎鼎有名的拙火提升印(śakti carana)中的帕利坦法(paridhāna)。《哈達瑜伽經》3-55說：「飛昇鎖印(uḍḍīyana bandha)之所以被瑜伽士稱為飛昇鎖印，是因為鍛鍊此法可以使生命能(prāṇa)被鎖在中脈裡飛昇。」

喉鎖並非只是一般所謂的收縮下巴扣住胸部，其實還有更重要的功能。喉鎖的梵文jālandhara中的jāla有兩個意思，其一是「水」，另一是「網」，而dhara是「持、支持」之意。所以jālandhara的主要意思有兩個，一個是「網住」，一個是「水持」，所代表的意義一是「網住氣行」，當上行氣往上時會被網住而往下行，又當上下行氣被控鎖在體內和中脈時稱之為「瓶氣或寶瓶氣」(kumbhaka)，有助於身體輕盈以及拙火的喚醒和提升。此外，網住的功能可避免鍛鍊過程中所產生的能量干擾到控鎖以外的部位。意義二是「網住甘露(soma，又名月露、醍醐)」，在各種練功過程中，常會修煉出頂輪和眉心輪的甘露(註2)，此甘露是非比尋常的珍貴，有助於拙火的提升和進入三摩地。《哈達瑜伽經》3-72說：「在扣胸鎖印裡，藉由收縮喉嚨的特性，甘露不會掉落入胃火中，且氣能(vāyu)不會被擾動)。」3-77說：「所有從月叢流出具有神性特質的甘露，被日叢給吞噬，因而導致身體的老化。」日叢是位於心輪的區域，這段話的意思是要瑜伽的練習者，將神聖的甘露留在喉輪及其上面的脈輪使用，而不要流至喉輪以下。3-74說：「藉由收縮根部時做飛昇鎖印，並藉由做扣胸鎖印以鎖住左右脈，使氣能流通於中脈。」

從上述中可得知，三個鎖印不只是身體層和能量層的功用，其最主要的功用還是在於拙火的喚醒和提升。無怪乎《哈達瑜伽經》3-76說：「這三種鎖印是所有鎖印中最殊勝的，且為大成就者所奉習。瑜伽行者知道這些是哈達瑜伽法門中最主要的鍛鍊功法。」

註：

1. 下行氣若是在不當的時機往下衝，容易造成腸疝、漏尿、大便不禁、男性遺精、女性崩漏。上行氣若是在不當的時機往上衝，容易造成頭暈目眩，甚至流鼻血，所以根鎖和喉鎖就愈顯重要。此即《哈達瑜伽經》3-72所說的：「氣能(vāyu)不會被擾動)。」
2. 在中國稱之為金丹玉液，是得藥之機，也是採藥之機，在密宗裡又稱之為真水(bindu)。
3. 《哈達瑜伽經》3-112至118，特別指出喚醒拙火並使其往上的主要方法有三種。其一是帕利坦法(paridhāna)，其二是以完美坐姿的腳根壓住拙火的位置(會陰)，其三是(拙火提升式的)風箱式住氣法，並說以此三種方法，拙火必然離開中脈入口，生命能便可自行進入中脈。
4. 有關三個鎖印的作法，文字敘述難以表達清楚，須現場教導。

瑜伽體位法的由來 功能分類與重要性

一、瑜伽體位法的由來

體位法的由來除了有少部分是模仿動物的動作外，絕大部分是瑜伽士在鍛鍊過程中所研發出來的，例如，魚王式(Matsyendrāsana，又名扭轉式、後視式)即是由魚王尊者(Matsyendra)所發明。

二、瑜伽體位法的功能分類

瑜伽體位法在功能上的分類最主要有如下兩種

1. Svāsthyāsana (健康的瑜伽體位法)：對健康有益，而對心靈可能有益，可能無益，但至少不會對心靈傷害。
2. Dhyānāsana (禪那、禪定的瑜伽體位法)：對心靈有益，而對身體可能有益，可能無益，但至少不會對身體有害。

說明

1. 當今體位法若要細分可能有數萬種之多，有些是偏向對健康有益的，有些則是偏向對禪定有益，即使是瑜伽士所研發出來的也分成這兩類。偏向對禪定有益的體位法，絕大部分是由偉大的瑜伽士在喚醒和引動拙火時所開發出來的。
2. 各位可能會很想知道哪些是對健康有益的，哪些是對禪定有益的，其實，同樣一個體位法當其做法不一樣時，其功能就不一樣。比方說，當你以脈輪與拙火瑜伽的心法來做體位法時，大部分體位法的功能都會導向禪定，相反的，當你以一般著重外形和健康的方式來做時，體位法的功能就僅只是導向健康而已。

3. 體位法不僅是體位法，完整的體位法是結合瑜伽八部功法。最精細的體位法是如《勝王瑜伽經》2-47所說的：「入觀於永恆無限之上」和2-48的：「此後不再受二元性干擾」，因此喚醒拙火，並使其沿中脈上升至頂輪，達到天人合一才是鍛鍊瑜伽體位法的最終目的。詳見下一節解說。
4. 因為每個人的身心狀況不同，因此正確的體位法觀念是練習適合自己的式子，而不是練習所有的式子。

三、人體的組成分類

1. 西醫的人體解剖學分為十大系統：

(1)骨骼系統 (2)肌肉系統 (3)感官系統 (4)神經系統 (5)呼吸系統 (6)循環系統 (7)消化系統 (8)泌尿系統 (9)生殖系統 (10)內分泌系統

2. 中醫將人體的經絡分為：

(1)十二經絡：肺、大腸、胃、脾、心、小腸、膀胱、腎、心包、三焦、膽、肝。

(2)奇經八脈：任脈、督脈、衝脈、帶脈、陰維脈、陽維脈、陰蹻脈、陽蹻脈。(它們是縱橫交錯於十二經脈之間，具有加強經脈間聯繫，調節經脈氣血的作用。當十二經脈中的氣血滿溢時，會流向並儲蓄於奇經八脈，不足時則由奇經八脈補充)。

3. 阿育吠陀：

(1)把人分成七大要素：乳糜、血液、肌肉、脂肪、骨頭、骨髓、精髓液。

(2)把致病因素分成氣病(風元素)、膽汁病(火元素)和黏液病(痰病、水元素)。

4. 瑜伽將人分為身體(肉體)、心靈和靈性等三個層面：

(1)身體(肉體)是由固(地)、液(水)、火(光)、氣(風)、以太(空)組成。

(2)心靈由粗鈍面至精細面可分成心靈質、我執、我覺；或者將其分成五個層次。

(3)個體靈性(ātma)。

四、瑜伽體位法鍛鍊的功能與重要性

1.平衡並強化人體解剖學上的十大系統，其中又以內分泌和神經系統為主
2.平衡並強化內外五種生命能，十二經絡和奇經八脈
3.協助生命能與七大要素轉化(內含精氣神的存養和轉化)
4.調節免疫力，消除疾病，減緩老化
5.五大元素的轉化
6.脈輪的平衡與心緒平衡的鍛鍊
7.有助於感官回收與心靈集中的鍛鍊
8.有助於心靈修煉、禪那冥想與直覺的開發
9.有助於拙火的喚醒與提升
10.為三摩地與開悟打基礎

補充說明

脈輪的其中一個意義是mandala(圓壇)，圓壇的範圍包括很廣，就身體層而言，涵蓋了骨架、關節、肌肉、感官、五臟六腑功能、內分泌和神經系統以及其它相關系統等五大元素；就能量層而言，涵蓋了呼吸、內外五種生命能、十二經絡和奇經八脈的運行、鎖印、身印等。以輪式為例，其最主要的功能就是開展第四脈輪，如果第四脈輪的相關肌群、骨架、關節沒有開展，肌肉收縮無力，骨架、關節、肌肉穩定度不足，相關的生命能不順，神經傳導不順，……等，就會影響身體層的健康，嚴重者甚至會導致疾病或失能；以脈輪瑜伽而言，第四脈輪的身體層和能量層就不容易完

全開展。所以為了身心靈的整體健康和拙火的提升，此時如輪式等的體位法鍛鍊就有其重要性。

五、缺少瑜伽體式鍛鍊或運動的人，容易

1.肌肉緊繃、僵硬
2.免疫功能失調
3.新陳代謝不良或紊亂，多餘的熱量和毒素不易排除
4.骨質疏鬆
5.血液循環不良、呼吸不順
6.關節不靈活或甚至沾黏，動作反應遲緩
7.骨架不正
8.神經功能失調與傳導不順，甚至神經衰弱
9.感官與運動器官不靈敏
10.臟腑、組織與腺體等功能失調
11.失眠，思考與記憶力減退，容易老化
12.情緒不穩定

六、瑜伽體位法的功能與原理綜合解析

序號	作用內容與部位	主要功用的作用部位與原理	參考式子
1	緊張與鬆弛的配合	1.適度拉伸和放鬆肌纖維、肌腱、韌帶 2.幫助血液循環和排除毒素 3.激發能量、輸佈能量、平衡能量 4.平衡腺體的作用 5.調控情緒使心靈鎮定	蛇式、肩立式和大部分的式子
2	肌纖維、肌腱、韌帶的伸展作用和關節的活動	1.使肢體、關節全部或局部富有彈性、增加韌性 2.適度靜止的伸展動作 6至30秒以上，可伸展肌纖維、肌腱、韌帶 3.肢體、骨架的矯正 4.有助於血液循環和毒素的排出 5.與神經、經絡、骨骼、腺體有相互作用的關係	弓式、行動式和大部分式子
3	中樞神經、周圍神經(含末梢神經)	1.不同的肢體動作會對中樞神經的腦和脊髓起作用，也會對周圍神經(含末梢神經) 起作用，連帶的，這些神經所主控的組織、臟腑和相關腺體都會跟著起作用。例如：對坐骨神經和頸椎神經起作用，也會強化與其相關部位的功能 2.改善神經衰弱3.與經絡也有相互作用的關係	輪式、困難背部伸展式、勇氣式和大部分的式子

4	中醫經絡	十二經絡、奇經八脈、經外奇穴和經外氣脈的壓迫、拉伸亦會對其所主控的臟腑、組織、神經、相關腺體起作用，例如胃經、腎經所過之處，會針對與胃經相關的如脾、胰、口唇、肌肉、消化和腎經相關的如膀胱、外陰、耳朵、骨頭(鈣質) 等疾病起作用。(依中醫理論，經之所過，必主其病)	大拜式、頭碰膝式、弓式和大部分的式子
5	脊椎骨	1.強化中樞神經和脊神經 2.強化脊椎的相關韌帶和椎間盤 3.矯正脊椎骨4.對中脈的打通有間接的作用	輪式、鋤式、扭轉式及大部分的式子
6	脈輪	1.相關神經、腺體、臟腑的調控 2.對中脈的打通有間接的作用	孔雀式和大部分的式子
7	腺體	1.相關腺體所主掌之功能的平衡(包括神經的協調、經絡的運行) 2.相關腺體所主掌的情緒調控 3.調節免疫力	肩立式、兔式和大部分的式子
8	肢體支撐	1.強化固體元素並轉化生命能2.加強鈣質的吸收3.部分支撐的動作對平衡力有助益4.部分支撐的動作對關節有助益	椅式、理念式、公雞式...
9	肢體平衡	1.肢體相關部位緊張與鬆弛的配合 2.調和呼吸 3.有助於腺體分泌平衡、情緒調控、感官回收與心靈集中、禪定	平衡式、知識式、飛鳥式、雙直角式...
10	肢體收攝	1.強化或抑止神經作用 2.增加或抑止腺體作用 3.調和呼吸 4.有助於肌纖維、肌腱、韌帶的伸展；情緒調控；感官、運動器官的回收與心靈集中；觀想與冥想；禪定	鎖蓮式、龜式、困難龜式...
11	呼吸與止息	有助於 1.肌纖維、肌腱、韌帶的伸展 2.血液循環與毒素排出 3.肢體的放鬆、平衡、收攝 4.情緒的調控 5.吸收更多的生命能 6.感官、運動器官的回收與心靈集中 7.能量與心靈導向精細 8.觀想與冥想 9.禪定 10.骨架調整	手碰腳式、風箱式和大部分的式子
12	感官回收與心靈集中	有助於 1.肢體平衡2.能量與心靈導向精細3.觀想與冥想 4.禪定	勇氣式、理念式
13	觀想與冥想	有助於1.能量與心靈導向精細 2.禪定	攤屍式、勇氣式、蓮花式...
14	體位法完後按摩	1.平衡脈輪、腺體 2.紓解肌肉、關節張力 3.強化淋巴功能，使人容光煥發 4.消除疲勞	各種按摩法
15	梵咒	1.開發脈輪與平衡腺體 2.喚醒拙火3.提升心靈與靈性	在各種體位法中加入梵咒
16	三個鎖印	1.增進姿式的穩定度和延展度 2.轉化生命能，使身體輕盈 3.喚醒拙火並提生拙火 4.避免能量干擾控鎖以外的部位	在各種體位法中

七、瑜伽體位法的命名方式

1. 依動物姿式模仿而來的，如蛇式。
2. 依該動作的功效命名的，如蓮花式、全身式(又名肩立式、肩倒立)。
3. 依姿式的架構特性來命名，如龜式(有極端收攝的功能)。
4. 依該動作的發明者來命名，如魚王式(又名扭轉式、後視式)。

瑜伽呼吸法與止息鍛鍊簡述

依照《勝王瑜伽經》的敘述，呼吸共可分為吸氣、呼氣、住氣(止息、屏息)和自發呼吸(kevala)等四種。呼氣是將內在的信息傳達出去，吸氣是將外在信息接收進來，住氣則是將信息內化。簡單來說，住氣可以使人從身體層跳到能量層，再到心靈層，最後跳到靈性層。

呼吸在中國又稱為吐納，也稱為息，呼吸兩個字共有兩個口，吐納兩字只有一個口，而息卻沒有口，息字拆開來就是(自心)，因此深層的呼吸是一種心靈或心念的作用。簡單來說，呼吸就是生命能，可以下接身體層，上接心靈層，配合適當的呼吸對整體生命和瑜伽體位法的鍛鍊功效幫助非常大。

一、瑜伽呼吸法的功效

1.增加關節的靈活度
2.增加肌肉的延展性
3.增加穩定度和平衡度
4.有助氣血循環，避免氣鬱，並可按摩臟腑和肌肉
5.代謝廢物，消除疲勞
6.舒緩情緒
7.增加專注度
8.有助於身心變化的覺察
9.對身心有較深入的轉化作用
10.腺體暨其它生理機能的強化
11.脈輪的強化

12.冥想與直覺開發

一般人做體位法時總想到是在做拉伸關節、骨架等，其實拉伸關節、骨架是靠肌群、肌腱和韌帶，而拉伸肌群、肌腱和韌帶的是呼吸，帶領呼吸的是心念、心靈，而帶領心念、心靈的是靈性，帶領靈性的是宇宙的原力(道)。呼吸可下接肉體，上接心靈，配合適當呼吸做體位法時有助於身心的覺察和控制。適當的呼吸在粗鈍面可以避免身體的受傷，加強身體內在機能的強化；在精細面，有助於心靈的集中、腺體與脈輪的強化、冥想，甚至是直覺的開發與三摩地，尤其是在止息住氣時，更有助於融入永恆無限的「道」。

二、瑜伽體位法常用的呼吸法種類

1.有覺知的鼻吸鼻吐自然呼吸法
2.腹部與橫膈膜呼吸法
3.烏佳依呼吸法(ujjayī，又譯為喉式呼吸)
4.頭顱清明呼吸法(kapālabhāti，又譯為聖光呼吸法)
5.風箱式呼吸法
6.鼻吸口吐
7.準備動作時吸氣，實施動作時吐氣
8.實施動作時吸氣，肢體到位後吐氣或止息
9.有節奏性的吸氣和吐氣
10.深長吸氣和吐氣法(含胸腹的完全呼吸法)
11.住氣(止息)法(kumbhaka)
12.自發呼吸法(Kevala)

解說

1.初學者要先練習對呼吸有覺知，要覺知呼吸與止息時生理的反應和心理、心緒的狀態。如果初學者下課後感到頭暈，有可能就是呼吸不順的

現象。

2. 腹部和橫膈膜呼吸，有助於加強呼吸的深度和肌群的放鬆與心靈的寧靜。

3. 烏佳依呼吸法可以快速使身體增溫，使關節靈活，使肌群、肌腱、韌帶延展，對於做強力伸展的體位法幫助很大。但由於過熱，容易流汗，以及因根鎖過強而導致過度亢奮、體內缺水、荷爾蒙失調、便秘等。

4. 頭顱清明呼吸法，可快速活絡氣血，增加體溫，使關節靈活，肌群、肌腱、韌帶延展。

5. 一般而言呼吸法是鼻吸鼻吐，鼻子呼吸對左右脈能產生較精細的作用。中國傳統的練功呼吸法也常強調嘴閉〈搭鵲橋〉用鼻子呼吸，但是在某些功法或動作時會採用鼻吸口吐，鼻吸口吐通常有強力排除體內氣體的功效，可增加延展和避免氣鬱。

6. 準備動作時吸氣，實施動作時吐氣，通常這種方式會使肢體動作較穩定，增加肌腱延展，且較不會造成氣鬱。例如做側彎、扭轉、前彎等可於吸氣時延伸脊椎，吐氣時動作。

7. 實施動作時吸氣，肢體到位後吐氣或止息。例如蛇式、弓式、輪式、魚式、上半身往後彎的動作等，若能做動作時吸氣，既可藉由吸氣來延伸脊椎又可穩固肌群，增加肌群延展，且保護脊柱和其它關節的穩固。

8. 有節奏性連續吸氣和吐氣，大都是應用在強化核心肌群時用的，既可調節呼吸又可以有很好的節奏感，例如躺姿一腳90度，一腳15度，上下交換動作。

9. 深長吸氣和吐氣法除了大量吸入空氣和吐氣外，還可加強身心的穩固。

10. 住氣（止息）法是體位法中很重要的一個環節，除了可穩固肢體，收攝感官和增加集中度外，在粗鈍面可使身體輕盈，在精細面若能結合根鎖、冥想等，還可喚醒拙火，達到三摩地。

11. 自發呼吸法（Kevala）是呼吸法中最精細的，《勝王瑜伽經》2-51所指的呼吸法即是此種。此法包括吸氣、呼氣、止息和各種類的自發呼吸法，呼吸速度也不一，通常是已開發出這種能力的人才有辦法做到，脈輪與拙火瑜伽即是以此種呼吸法為主。

12. 上述多種呼吸法各有其功效，不同流派、功法和動作所採用的呼吸法不盡相同，瑜伽練習者要多請教老師。

13. Kumbhaka是「瓶氣或寶瓶氣」，與單純的屏息住氣不同。當上下行氣被控鎖在海底輪和喉輪之間以及中脈時稱之。它具有喚醒拙火，引拙火和生命能進入中脈，以及幫助五大元素轉化和使身體輕盈的功用。

第10章

梵咒瑜伽與唵的修煉

宇宙的創造始於音聲，個人業力和宇宙萬象都是由不同波動和音聲組成，所以自古以來，知曉此奧秘的人，無不重視音聲。以世俗為導向者，利用音聲來從事許多操控，此中包括對人類有益和有害的運用都有，而靈性的修持者，則利用特音梵咒來獲致開悟和解脫的修煉。本集的重點是放在特音梵咒的解說與修持。

一、梵咒的真義

梵咒的梵文是Mantra，由Man(心靈)+trae(動詞字根)+ḍa(語尾)所組成。Man是心靈，tra是解脫。其真正意義是：「透過冥想與持誦此音聲可以引領靈修者達到解脫」。

咒語是咒語，咒語不等於解脫，不會帶來解脫。Mantra這東西是讓你心靈解脫的特音，我們可以稱它為一組特音，可是它卻是一種波，這種波不一定是用耳朵聽的，它也會隨著你的情緒起變化，你要怎麼樣讓你的心念跟這個波動合一，而去解開你的心鎖，這個才是真正Mantra要用的。如果你只是在唸Mantra，你的心靈沒有融入到梵咒理念的話，就好比鸚鵡學人語，說不要掉到陷阱，最後自己卻掉到陷阱裏面去，且還在陷阱裏面說不要掉到陷阱一樣。因為Mantra不只是音聲，它是一種內在生命能量、心靈的能量與宇宙波動的合一。所以Mantra的意思是一個特音，我們用心反覆集中冥想(持念)以引導人由有限的小我融入那宇宙無限的大我裏，以獲得解脫。這裡所稱的特音，是指能引導我們解脫束縛的波動，它具有強大的波流，不僅可以淨化身心，去除消極情緒，如：恐懼、情慾、羞怯、嫉妒、憤怒……等，更主要的是它可以喚醒沈睡中的靈能，並使之沿著中脈往上提昇，以達最終的解脫——三摩地。

二、音聲的來源．人類發音的奧祕

音聲的作用起始於海底輪的意念Para śakti (宇宙的原力)，一直到第六脈輪的覺知。發音過程與脈輪作用如下表：

階段	位置	名稱	字義	功用
6	眉心輪	Śrutigocarā śakti	耳聞力、聞所、聞境	使音聲能讓耳朵聽見
5	喉輪	Vaikharī śakti	表達力	使原本只是抽象概念的意念形成一個實質的音聲
4	心輪	Dyotaṃnā śakti	發光力	提供將意念轉成音聲的能量
3	臍輪	Madhyamā śakti	中間力	提供影像一個能量，讓它具有活力
2	生殖輪	Paśanti śakti	觀看力、影像作用	提供意念形成影像的能量
1	海底輪	Parā śakti	初始力、原力	一種理念或心念的抽象存在

三、波動就叫作音聲

四、所有這一切的能量，都叫作「數」

五、宇宙最基本的一個音——Om

這個宇宙整個的創造是存在於理念的國度裏，再透過一個適當的因緣，宇宙就表發出來了，這個表發出來的第一個顯化，我們就稱為nāda，或稱為微弱的音聲，它就是一個波動的顯現。這個顯現分為兩大部分：第一部分翻譯為「致因」，代表子宮、母體、創造的本體，這個「致因」母體的代表音就是Om，Om就是所有創造宇宙最基本的一個音，這個母音一共有十六個，它就是創造這個宇宙的「致因」母體；第二部分是形成這個世界有形部分的音根，它是從子音ka開始，這個子音有三十四個，三十四個子音所代表的是實質宇宙的成形，是從子音ka這個音來的。以上是理論部分，大家不需要花那麼多時間，若能透過音聲愈來愈有智慧、愈來愈健康，能夠得證三摩地，獲致解脫就好，其餘的知識不需要學那麼多。

一個太空人在太空中聽到Om的聲音，認為是上帝的聲音，回地球後，他到處找上帝，後來在回教清真寺聽到Om，認為上帝在回教中，就改信回教。我們常開玩笑說，菜市場眾人的討價還價聲，若你離菜市場適當的距離，也會聽到像Om的聲音。

六、Om音的意義

那什麼是Om？Om就是宇宙的一個合音。這個合音代表什麼意思？Aum(唵)是由A、U、Ma所組成。「A」代表創造，「U」代表運行，「Ma」代表毀滅，它所代表的意義與「God」(G、Generator創造，O、Operator運行，D、Destructor毀滅)相似，也和佛教所說的「成、住、壞、空」、「生、住、異、滅」相似，在生物學上則稱為「生產者、消費者、分解者」，所代表的意思都是這個Aum。在基督教約翰福音中有一句話，它說在太初的時候有一個字，字與上帝同在，這個字就是上帝，而這個字其實就是Aum的意思。所以Om的音它代表的就是創造、運行、毀滅，它就是宇宙「致因」的一個母體，而它會由子音來成就這所有的一切。

持誦每個脈輪合音之代表音：

脈輪	心靈集中點	脈輪合音之代表音
1. 海底輪	脊椎底端(或會陰)	La(lam)
2. 生殖輪	前陰	Va(vam)
3. 臍　輪	肚臍	Ra(ram)
4. 心　輪	胸部的中心(或兩乳中間)	Ya(yam)
5. 喉　輪	喉部	Ha(ham)
6. 眉心輪	眉心	Ṭha(ṭham)
7. 頂　輪	頭頂(或眉心往上十指寬處)	無音聲

閉上眼，由海底輪開始，將心靈集中在脈輪處，只持誦相對脈輪之代表音根數次，再依序往上到眉心輪結束。

七、持誦所有音根總合音之代表音根Om(AUM)

閉上眼，由海底輪開始，將心靈集中在脈輪處，內心唱誦Om五次(一長音或數次短音為一次)，再依序往上到眉心輪結束，即以Om來開啟每一個脈輪。

Om(Aum)音是宇宙音聲，我們以它作為一切萬有的平衡作用。如果被毒蛇咬傷，毒液為一種波，須用相對的波來中和。但是世間萬象，每個人之情緒、業力等都有其個別的波，即便是蛇的毒液，不同的蛇其波動亦不同。那我要如何選擇數以億計的各類型波呢？所以在靈性修持上幾乎不用個別法，而是使用宇宙意識法，它是一條永恆無限的波，不管業力、疾病如何，只要觀想它，以它為依歸，就會調成永恆無限。當理念(ideation)觀想都是「永恆無限」時，不管是什麼星座、血型或者業力，只要想到那永恆無限之波，就被調成(regulation)跟它一樣。永恆與無限沒有差別，如果你只是找一個波來中和毒液或是找一個波來中和你的情緒，都是有限性的波，而Om音或持念梵咒等，其意念、理念的波是屬於永恆無限的波。所以任何人之業力、情緒、疾病，都可以用永恆無限波，用持誦Om音來幫你調合，故明咒即是大家都可以唱誦的。

八、梵咒的特性與功能

1.配合呼吸

雙音節的梵咒可藉著規律、深長的呼吸，使心靈在一呼一吸中進入更深沈的禪定(心氣合一)。

註：咒有單音節、雙音節和多音節等三類。

2.特殊的振波

這是一種特音，梵咒是由梵音所構成的。而梵音是偉大瑜伽行者發現在身體結構中，沿著脊椎向上，共有五十種非常精細的心緒(Vṛttis)(註1)活動的音聲、波動。這些精細的波動，控制了全身的生理和心理反應與功能。若能使這五十種Vṛttis得到平衡、控制、精細、解脫，即是修煉，即能身心靈平衡，使Kuṇḍalinī 提昇，以達解脫。所以經由偉大的上師將此梵音組合成一個特音組，並賦予加持力，即成為能引導人由束縛中得到解脫的梵咒(註2)。

當我們反覆集中持誦時，會經由此波動來平衡腺體、回收感官、振動全身粗鈍與精細的脈，也能平衡生理與心理功能，並提升Kuṇḍalinī，由海底輪到頂輪，以達最終的三摩地和解脫。

註：

1. 有關Vṛttis的詳細內容，以後筆者會再另外著書深入解說。
2. 有的人說按照佛經，八地菩薩以上才能製造梵咒。

3.具有理念

宇宙的定律是「你想什麼，就會變成什麼」，所以梵咒必須具有正確的理念，亦即需具有淨化身心、提升生命潛能及擴展心靈直到與至上融合的理念，如此才能使人得到真正的解脫。所以瑜伽大師明乎此理，將梵音賦予意義、以成為梵咒，藉著不斷的用心持念、觀想、融入，此梵咒的波動，就可以引導個體波動與梵咒的理念合而為一，也就是與至上的波動合而為一。

梵咒是人與宇宙至道合一的橋樑，梵咒有如此大的功效，是不是我們隨便在書上找一個梵咒持念就好？答案是否定的。曾有位國王命令他的大臣把其持誦的咒語告訴他，大臣回說「不可」，國王雖然不悅，但也莫可奈何。有一天，國王和他的大臣在御花園散步，突然間大臣要侍衛將國王抓起來，結果沒人敢動手，國王隨即命令侍衛將大臣抓起來，正當千鈞一髮之際，大臣說，且慢，我只是要告訴你，同樣一句「抓起來」，我來說就沒效，但你說就有效，所以梵咒要適合個人的波動業力。

所以有關梵咒的修持方面要選擇：1.經由完美上師賦予力量的完美梵咒(Siddha mantra) 2.選擇適合個人波動業力的梵咒 3.明白梵咒

的理念 4.要渴望至上，並對眾生有誠摯的愛 5. 正確的修法及發音

九、總結

梵咒及相關的梵唱在整體瑜伽修持上非常重要，大約佔了20%至30%，而體位法只佔10%左右，因此在脈輪與拙火瑜伽的鍛鍊上會結合梵咒與梵唱的鍛鍊。正確的梵咒修持能喚醒或敲醒沈睡的潛能「拙火」，並使其上達頂輪，它的理念與意識可以引領我們與至上相應為一，是靈修上非常重要的要素。但除此梵咒外，其它相關的修持也很重要。

備註：

我個人的部落格(博客)有更多與梵咒有關的文章，歡迎上網去瀏覽。

第二篇

脈輪與拙火瑜伽的實務與心法

脈輪與拙火瑜伽的整體鍛鍊法簡介

一、拙火提升的重要性

如先前所述，不管你修持的是哪個派別，也不管這些派別有否提到拙火的概念，拙火的提升都是鍛鍊是否有成的最重要指標，不過在此需要多做一點說明。從細分來看，拙火有身體層、能量層、心靈層、心靈導向靈性層和純靈性層。身體層拙火起來的現象，會有許多超常的身體動作，因此常被誤為精神失常，而心靈導向靈性層和純靈性層的拙火起來時，心靈又常會有物我合一、智慧大開、悲心大發和無限喜悅的感覺，因此又常被誤認為拙火是不存在的，無須從事拙火的鍛鍊，殊不知這正是拙火在心靈導向靈性層和純靈性層上起來的現象。

二、拙火被喚醒和提升的要素

1. 脈輪、腺體已平衡和淨化
2. 左右脈已懸止或淨化
3. 中脈已淨化

說明

1. 脈輪和腺體是人身體層至靈性層的總控制所在。脈輪、腺體已平衡和淨化意指，身體健康，心緒穩定，沒有雜念，也隱含著業力已燃燒殆盡。詳見第一篇第六章。如果脈輪、腺體沒有平衡和淨化，就會像是在中脈上打結，從身體層至靈性層都會出問題。
2. 如先前所述，右脈掌管心靈與物質間（身體層）的關係，左脈掌管心靈與靈性間的關係，當左右脈還是活躍時，拙火不可能沿著中脈上升至頂輪。所謂心靈與物質間(身體層)的關係，指的是組成身體層的五大元素和調控身體層機能的內外在五種生命能，及其與心靈的連結關係；而心靈與靈性間的關係指心靈功能，如思維、分析、邏輯推理、記憶、覺知、睡眠、情緒、情感、含五十種主要心緒在內的各種心靈變形(vṛttis)等，及其與靈性的連結關係。因此只要五大元素和內外在五種生命能沒有調和好或懸止，右脈就會維持其活躍狀態，而當各種心靈變形，如正確知識、錯誤知識、錯覺、記憶、沉睡、心緒、情感尚未懸止，則左脈也會維持其活躍狀態。

3. 中脈是拙火上升的路徑，若要拙火很順暢地往上，中脈必須已淨化。中脈的淨化意指，每個念都是充滿至上的念，不管你所看、所聽、所想、所聞、所嚐、所碰觸的一切，都將其視為至上，這當中也隱含著智慧的覺醒和慈悲心的流露。

三、脈輪與拙火瑜伽應如何鍛鍊

1. 鍛鍊內容應涵蓋身體層、能量層、心靈層和靈性層

完整的脈輪與拙火瑜伽鍛鍊涵蓋身體層、能量層、心靈層和靈性層的鍛鍊。其要鍛鍊的要項甚多，總括如下：持戒、精進、體位法、飲食、潔淨法、呼吸控制法、內外五種生命能、鎖印、身印、手印、覺察、感官回收、心靈集中、音根、梵咒、梵唱、諦聽祕音、靈性標幟、禪那冥想和三摩地等。此外，還要有正確的瑜伽心法和理論哲學，以及最重要的上師恩典(《哈達瑜伽經》3-2，4-9)。如此方能淨化脈輪、平衡腺體，神經系統和五臟六腑的氣機、淨化左右脈、中脈、轉化五大元素、轉化心靈，使變形的心靈懸止、喚醒並提升拙火，以達究竟解脫之境。

這些功法很難確切劃分那一個功法是對那一層最有益，只能說偏向對某一層有益。如「本書的序」裡所說的，若是要有第一階身體健康的功效，必須透過持戒、精進、體位法、飲食、呼吸控制法、內外五種生命能、鎖印的鍛鍊。若要達到第二階心靈的平靜與淨

化，則還須要加上身印、感官回收、心靈集中、諦聽祕音的鍛鍊。若要獲致天人合一和解脫則須淨化脈輪、喚醒並提升拙火、禪那冥想和三摩地等。這個分法也僅是一種粗略的分法，因為每一種鍛鍊功法對各個層面都有或多或少的幫助。

2.應結合哈達瑜伽、勝王瑜伽、王者之王瑜伽和博伽梵歌的鍛鍊

如先前所述，完整的脈輪與拙火瑜伽的鍛鍊所涵蓋的層面非常廣，簡要來說就是結合哈達瑜伽、勝王瑜伽、王者之王瑜伽和博伽梵歌的種種理論與鍛鍊實務。本書在此先僅就與體位法較有直接關連的部分做解說，如持戒、精進、三脈、拙火、脈輪、腺體、內外在五種生命能等。其中最重要的鍛鍊心法是《勝王瑜伽經》上所說的總制法(saṃyama)，也就是八部功法的最後三部：心靈集中、禪那冥想和三摩地等三個結合在一起的鍛鍊，而其基礎是整體素質的提升、調合的呼吸和感官回收，當然最基礎還是持戒與精進，因為脈輪與拙火瑜伽的鍛鍊是八部功法合在一起同時鍛鍊。

四、練習的第一步是熟讀第一篇的脈輪與拙火瑜伽的基本理論和哲學

脈輪與拙火瑜伽的鍛鍊與一般只著重身體層體式的練習差異很大，它所涵蓋的層面非常廣，為了讓大家能以較簡單的方式來認識和學習，筆者特別在第一篇寫了脈輪與拙火瑜伽的基本理論與哲學簡介，如果能先熟讀它，將對後續的鍛鍊幫助很大。也由於整套鍛鍊的涵蓋面非常廣，所以本書在此先僅就與體位法較有直接關連的部分做解說，其餘的未來有機會再介紹。《哈達瑜伽經》1-17亦說：「體位法被視為哈達瑜伽鍛鍊的首要階段。體位法可帶來身心安定、健康和身體輕盈。」

第2章

脈輪與拙火瑜伽體位法的完整鍛鍊法簡介

一、正確的鍛鍊法和心法才能喚醒拙火並使其提升至頂輪

如「本書的序」裡所說的，獲得身體健康、得到心靈平靜與淨化、達到天人合一及解脫是瑜伽鍛鍊的目的，這些目的的達成，也隱含著拙火的喚醒和使其提升至頂輪。為了達到上述所說的目的，它需要一套精密且完整的鍛鍊法。然而當今有許多瑜伽的老師與瑜伽愛好者，花費不少金錢與精神去研習各種派別的體位法課程，但花了那麼多的金錢與精神，是否有學到完整且均衡的體位鍛鍊法和心法？如果體位法的鍛鍊是不完整且不均衡的，那麼就很難淨化、平衡和強化脈輪，也無助於左右脈的懸止、淨化以及中脈的淨化，更不可能喚醒和提升拙火，因此正確的鍛鍊法和心法就顯得非常重要。

二、體位法的完整鍛鍊法

為了方便大家的鍛鍊，筆者將脈輪與拙火瑜伽體位法的完整鍛鍊法分成(一)基礎鍛鍊與心法(二)實際鍛鍊法等兩部分。

(一)基礎鍛鍊與心法

1.以三個基本模組來概述整套功法
2.整體素質提升的重要性
3.全方位的暖身

4.體位法鍛鍊的次地
5.觀照法的重要性和觀照法
6.拙火起來的身心變化和自發現象
7.練習體位法須知和之前的準備工作
8.熟諳攤屍式

(二)實際鍛鍊法

實際鍛鍊法的功法有點複雜，筆者將其簡化成兩大系列：
1.相應法
2.啟動法

相應法與啟動法只是針對實際鍛鍊的部分，除此之外，還必須結合本書其它部分的修煉。有關內容請詳見各章。當這些備齊後，「要精進不懈地以安穩放鬆的方式來鍛鍊，並入觀於永恆無限之上。」(《勝王瑜伽經》2-47)

三、脈輪與拙火瑜伽體位法的主要特色

1.是一個結合哈達瑜伽、勝王瑜伽、王者之王瑜伽和博伽梵歌教導的整體鍛鍊。
2.著重脈輪和腺體的強化、平衡與淨化。
3.著重左右脈的強化、平衡與淨化。
4.著重拙火的喚醒和提升並為開悟做準備。
5.重視個人及男女在身體和腺體上的差異，指導個人以自己的需要做鍛鍊，不要求每個人都鍛鍊同樣的體位法或做所有的體位法。
6.不過度強調肌群的極度伸展和關節極度開展。
7.不過度強調鎖印(收束法)的過度收攝。
8.不過度強調肌力的操練。**(註)**
9.只要方法正確，不須要肌群極度伸展和關節極度開展即能有功效。

10. 在高級的鍛鍊裡，體位法是一種個人的生活方式和與萬物及至上的自然連結。

說明

脈輪與拙火瑜伽體位法的鍛鍊不強調制式的鍛鍊，一切是以相應法和啓動法為主，並在正確的導向下隨順自發的轉化。練習過程有可能出現肌群和關節的極度伸展、開展，也可能出現鎖印極度收攝和肌力的強力操練，遇此情況時無需抗拒，因為這些現象可能是你現在所需要的，這與制式的練習有所不同。過剛或過柔的練習都不是恰當的，但是在練習過程出現時，就當順勢而為，不過當「勢」已消失時，就不需再追求此種練習。

註：

各種過度的操練會使生命能和心靈粗鈍化，《哈達瑜伽經》1-15說：「努力過度和固守不當的規矩會破壞瑜伽的鍛鍊。」

第3章

脈輪與拙火瑜伽體位法的三個基本模組

為了幫助瑜伽練習者能以最簡單的方式學得這整套的精密功法，筆者將它分成三個模組：

一、動作模組 二、肌群、關節與骨架模組 三、脈輪、腺體、能量與神經模組。簡介如下：

一、動作模組

1. 人體三個面向，矢狀面(縱向)、冠狀面(橫向)和水平面的動作
2. 主要關節在不同方向的動作
3. 十二經絡的主要動作
4. 立姿、坐姿、臥姿與倒立動作
5. 平衡的動作

說明

1. 上述動作內含韌帶的強化、肌腱與肌力的延展與強化、核心肌群的鍛鍊與呼吸的配合。
2. 在動作上重視對位和正位原則。
3. 雖然強調核心、肩帶和骨盆腔的穩定，但也同時兼顧此三個區域的靈活性。

二、肌群、關節與骨架模組

1. 人體主要肌群的伸展與強化

2. 人體主要關節的活化與強化
3. 人體主要骨骼的強化與平衡
4. 肌群(含主動肌、協同肌、拮抗肌、穩定肌)、關節與骨架三者間的和諧作用

說明

1. 模組一著重在方向性和動作性質，而模組二則強調肌群、關節和骨架的鍛鍊與和諧性，兩者有許多相似性，因此在練習時可將模組一和二整合在一起，同時兼顧兩者鍛鍊中所欲達到的目的。
2. 上述的鍛鍊中，除了著重伸展、活化、強化與和諧作用外，也著重傷害的預防。
3. 單一種瑜伽體式類型的練習很容易疏忽其它肌群、關節的活動性和人體的相關功能。比方說，有人過度強調核心肌群的穩定，以至於造成腰椎極度不靈活；又有人強調肌群與關節的強化鍛鍊，以至於缺乏如氣功練習者的鬆柔與靈活。
4. 上述的模組一和二在練習時，除了要注意呼吸的配合外，也要帶著意念的專注與覺知，因為所有細胞都有心靈，唯有當意念專注與覺知時，才能轉化細胞的心靈，不帶專注與覺知的鍛鍊是惰性的練習。
5. 著重整體素質的提升，整體素質若沒有提升是很難均衡且全面性的練好體位法。而模組一和二是在為整體素質提升打基礎，雖然不是瑜伽鍛鍊的最高目標，卻是在為達到最高目標奠定穩固基石。
6. 骨架、關節、肌群的鍛鍊是脈輪與拙火瑜伽的基礎。因為每一個脈輪都與特定骨架、關節、肌群有密切關係，如果與特定脈輪相關的骨架、關節、肌群缺乏適當的鍛鍊，該脈輪也不容易被淨化與強化，相反的，當某一特定脈輪有缺陷時，與其相關的骨架、關節、肌群也容易有缺陷。

三、脈輪、腺體、能量與神經模組簡述

1. 七大脈輪的淨化、平衡與強化
2. 主要腺體的平衡與強化

3. 神經系統的平衡與強化

4. 內外在生命能與十二經絡、奇經八脈運行的強化

說明

1. 此模組是脈輪與拙火瑜伽的核心鍛鍊，此法結合了哈達瑜伽的體位法、拙火、內外在五種生命能、鎖印、音根、腺體、神經、觀想等功法，王者之王瑜伽的脈輪功法，勝王瑜伽的八部功法（八肢瑜伽）和博伽梵歌的知識瑜伽、行動瑜伽、禪那瑜伽、虔誠瑜伽等功法與心法。
2. 為了淨化、平衡、強化脈輪，懸止或淨化左右脈以喚醒和提升拙火，不能僅靠身體層、能量層的鍛鍊，也不能單靠心靈、靈性層的鍛鍊，而是要每個層面都均衡鍛鍊。
3. 除了傳統的瑜伽鍛鍊外，也可結合一些中國的功法。
4. 此模組的實際鍛鍊法會在其它章節陸續述明。

第4章

整體素質提升在脈輪與拙火瑜伽鍛鍊上的重要性

筆者曾經參加過一個瑜伽研習營，其中有三天共18小時分別由三位老師教山式，雖然教的很仔細，但三位老師教的不盡相同，學過之後，山式成了一個沒有生命力的僵化式子。也曾有一位老師與我分享，他參加一個瑜伽研習營，三天只教一個下犬式，雖然教的也很仔細，但沒有全面性的鍛鍊。瑜伽的學習是否該如此呢？

一個人的生命有身體層、能量層、心靈層和心靈導向靈性層。以體位法為例，要做好體位法，不能僅靠身體層的鍛鍊，而是要每個層面都鍛鍊，即便單就身體層的鍛鍊來說，要練好一個體位法也是需要全面性的均衡鍛鍊。以平衡式為例，如果只是教平衡式的姿勢要如何站立、如何做，學員還是很難做得好，因為每一個體位法的動作都牽連到全身性的參與。比方說，全身肌群、肌腱的延展、強化；韌帶、關節的穩定與強化；呼吸與生命能的平衡、穩定；氣血循環的功能；腺體、神經和五臟六腑功能的健全；平衡感的鍛鍊；還有感官、心靈的參與；意識集中的鍛鍊；……信念等。再以一個簡單而深入的「腳踝穩定度」為例，與腳踝穩定度有關連的因素甚多，如足底、小腿、膝關節、大腿、骨盆腔、臀部、上、下背部與胸部、脊椎，乃至頸部等相關肌群、肌腱、韌帶、關節的平衡、強化、穩定與協調性，此外還有呼吸與心靈面等因素。

與其花費太多時間在單一式子的鍛鍊上，不如提升整體的素質。整體素質一旦提升，做各種體位法和瑜伽相關鍛鍊就容易多了，對脈輪的淨化、平衡、強化和拙火的喚醒與提升才會有事半功倍的效益。

整體素質提升簡介

瑜伽體位法要做好，需要個人整體素質的提升。

一、整體素質包括身體層、能量層、心靈層和心靈導向靈性層

1.身體層包括：肌群、肌腱、韌帶、腺體、神經和血液循環的功能。

2.能量層包括：呼吸、內外在五種生命能及五臟六腑的功能。

3.心靈層包括：五官、意識、潛意識和超意識功能的擴展，其中包括思考與邏輯分析力、記憶力以及情緒管理、良好習性和心量擴展。

4.心靈導向靈性層：著重無私、大愛與一元性的融入。

素質的提升包括 1.功能的健全 2.對體感、呼吸與生命能、心靈等的深層覺知。

二、健康體適能有四項：

1.心肺耐力

2.肌力和肌耐力：肌力是指肌肉收縮所產生的力量；肌耐力是指肌肉持續收縮的能力

3.柔軟度：指關節活動範圍大小；肌肉、肌腱的伸展度；韌帶的穩定度

4.身體組成：指脂肪、肌肉、骨骼和其它組織所佔體重的百分比

三、運動體適能有六項：

1.敏捷性 2.平衡性 3.協調性 4.爆發力 5.速度 6.反應時間

如果你發現你的動作左右不協調，或呼吸與動作不協調等，這些

都隱含著左右腦與腦神經的整體功能存在著某種問題。脈輪與拙火瑜伽比較強調的是整體素質的提升而非單一層面，整體素質的提升和良好的體適能是一切功法的基礎，整體素質和體適能若沒有提升，體位法的鍛鍊就會不扎實和不易進步，且在心靈層面的提升上會受到很大的限制。同樣的，在心靈層和心靈導向靈性層的提升方面，也須要有身體層和能量層素質的基礎，但這種需求不會像是對運動員的要求一樣高。為此，脈輪與拙火瑜伽所設計的三個模組和全方位暖身，將對整體素質的提升有很大的助益。

脈輪與拙火瑜伽的全方位暖身

一、暖身的目的與原理

顧名思義，暖身就是練習體位法前的準備。脈輪與拙火瑜伽的鍛鍊有身體層、能量層、心靈層和心靈導向靈性層，與一般體位法只著重身體和能量層有所不同，因此脈輪與拙火瑜伽的暖身除了身體層和能量層外，還要讓心靈層和心靈導向靈性層都做好鍛鍊前的準備。簡單來說就是要讓身、息、心、靈都做好鍛鍊體位法前的準備。暖身若能做得好，將有助於這四個層面體位法的完成。相反的，暖身不當或不足不但對體位法無益，還可能造成身心的傷害。各層面的原理簡述如下：

(一)就身體層(肢體動作)而言，暖身的原理如下：

1. 神經系統的反應傳導，是隨著溫度的增高而加快，所需的時間也因此縮短；其肌肉的收縮與恢復期的時間亦會受溫度而定。
2. 肌肉膠質(如血漿)在溫度低時，黏性較大，當溫度升高後黏性則逐漸少，而肌肉本身的阻力亦隨之變小，因此在動作速度上就會增快。
3. 局部肌肉活動熱身量足夠時，則該處血管可擴張10倍，而血流量也增加至30倍，此時血液流暢無阻，身體形成備戰狀態，因此才能適應於短時間內耗費極大的體能，也就是所謂的爆發力。

肢體的暖身(**註**)可使肌纖維、肌腱伸展、柔軟、有力；關節開展，韌帶靈活與穩定；神經傳導功能提升；氣血循環和淋巴循環改善；全身骨架有力，四肢活動靈活且平衡、穩定與協調；呼吸調

順，心情穩定。

註： 暖身也是體位法的輔助動作。

(二)就能量層和心靈層(心息)而言，暖身的原理如下：

身體層的精細調整是靠息(能量層)來調整，能量層的精細調整是靠心靈層來調整。而脈輪與拙火瑜伽是精細的身心靈功法，所以心息的暖身就愈發重要。當心靈平靜，且已做好感官回收、心靈集中的準備時，接下來體位法中禪那冥想的鍛鍊就容易多了。此外，呼吸與能量的調順也有助於運動傷害的減低。

(三)就心靈導向靈性層而言，暖身的原理如下：

從瑜伽鍛鍊的至高目的是要與至上合一來看，那麼建立與至上、上師的連結就顯得最重要，在暖身時若能建立此連結，接下來體位法中的拙火提升和合一練習，就會因為充滿至上之念，而使得拙火更易提升，與祂合一也更成為理所當然之事。

二、暖身的重點

1.調心：要建立與至上、上師的連結
2.調息：除了一般呼吸外，也可加一些內外五種生命能的鍛鍊
3.常動關節的活動與延展
4.主要肌群的延展與靜態、動態肌力訓練
5.全身肌群、關節、骨架與心息的協調性
6.平衡的鍛鍊：平衡的練習除了可啟動身體層外，也能啟動能量層的變化，對心念的集中也很有幫助
7.對身體層(含骨架、關節、肌群、肌力、平衡、對稱等)、能量層(含呼吸、生命能、鎖印、經絡、感官等)、心靈層(意念、思維、心緒等)等的覺知力。

三、暖身的方法與順序

(一)暖身的方法

脈輪與拙火瑜伽的暖身和一般的瑜伽體式略有不同，因為脈輪與拙火瑜伽是身心靈全面性的鍛鍊，所以除了身體層的暖身外，也增加能量層和心靈層的暖身。此外，脈輪與拙火瑜伽不把自己侷限在傳統的體式暖身上，而是在瑜伽體式的傳統下，接納各種實用且有益的暖身法，例如中國的拳氣、呼吸、拍打等。以下是一些暖身的參考：

1.調息吐納
2.梵咒與梵唱的持誦(為了建立與至上、上師的關係，可唱誦Om，Om namo guru deva namo，Om namah śivāya，Hari om tat sat，Om śrī ādināthaya namo'stu(向元始至尊希瓦頂禮)，Om śivo'haṃ，Sat nām，Om namah śivāya gurave ……)或特殊音聲的輔助
3.肢體、關節與肌群的動作，內含肌力訓練與平衡的鍛鍊
4.拳氣、拍打、按摩
5.感官收攝、集中、觀想、冥想與禪坐等。

調心、調息和建立與至上、上師連結的暖身方法可參考如下：

配合調息，感覺自己所在的環境到所在的城市到所在的國家到地球到太陽系到宇宙，把意念放在眉心輪，感覺既存在現在，也存在過去和未來，然後每個人隨個人的呼吸速度持續唱誦Om音兩分鐘。此法既可讓心靈擴展至無限虛空和永恆外，也可藉助Om音振動百脈，並且藉由持誦Om音和觀想至上，以建立和至上、上師的連結。

(二)暖身的順序

1.暖身並沒有絕對的順序，不過通常是從靜心、調氣開始，可藉助觀想冥想法、呼吸法和梵咒持誦法等。
2.在身體層的暖身上也沒有絕對的順序，可從頭到腳，也可從腳到

頭；可從站姿開始，再改坐姿，也可坐姿先再改站姿。不過在肌群伸展、肌力訓練和平衡的鍛鍊上，常會以伸展為先，肌力訓練為次，平衡為後。在關節和肌群活動的順序上，也沒有絕對的順序，要依個人狀況而定，有的人先從小關節(和附屬肌群)開始再到大關節(和附屬肌群)，也有人先從大關節(和附屬肌群)再到小關節(和附屬肌群)。其順序原則是依個人所能順暢活動的關節開始。「順暢關節」意指此關節靈活後，其餘關節才能跟著順暢地活動，例如有些體弱又不靈活的人，必須手腳先活動後，主軀幹才能動，又有些人必須先扭動腰部或必先練習蹲下站立後才能做其它活動。

四、暖身的原則與說明

1. 暖身的強度要因人而異，有的人伸展度好、肌力強、平衡度好，其強度就可加強，反之則反。
2. 要依每個人的身心狀況做調整，比方說某部位較有問題，或個人有某些特殊的狀況。
3. 即便是同一個人，在不同身心狀況下，其暖身要點也會不一樣。
4. 暖身也要配合接著要做的體式不同而做調整。
5. 暖身的時間要多久，並沒有絕對的標準，比方說伸展度好、肌力強、平衡度好的人，其暖身時間所需較短，反之則反。此外，暖身時間也與接下來要做的體位法有關，難度高的需時較長，反之則反。此外，氣候差異性也會略微影響暖身所需的時間，總之，需要練習者自己內在的覺察。
6. 當一個人的伸展度、肌力和平衡度不是均衡發展時，為了均衡的鍛鍊或側重某方面的練習時，其暖身的設計也會隨之改變。
7. 當一個人不同部位的伸展度、肌力和平衡度是不等時，為了均衡的鍛鍊，可能會偏重在某些部位，例如偏重左側或右側的不均衡鍛鍊。

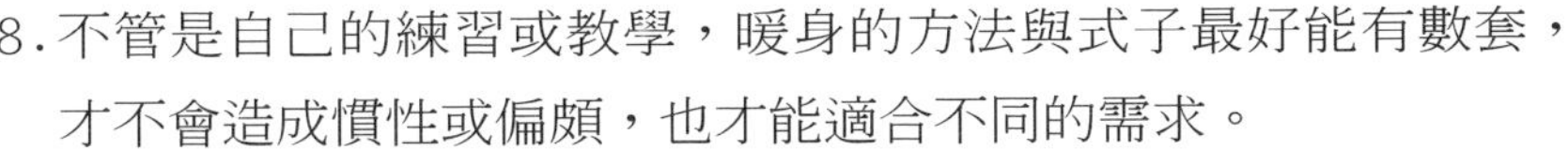

8.不管是自己的練習或教學，暖身的方法與式子最好能有數套，才不會造成慣性或偏頗，也才能適合不同的需求。

9.注重人在自然活動下，整體肌群、關節、骨架活動的和諧性，以及心息的配合。

10.幾乎所有的動作或體位法都是全身性的，所以若有任何一部分未充分暖身都會影響整體活動和體位法。

11.暖身動作也要配合調息、調心及專注與覺知。

12.暖身完要做適當的大休息，但休息時間不宜過長，若是過長容易使原來的暖身效果減低。

13.如果做體位法的過程中，因某些原因導致休息時間較長而要再做體位法時，必須再適度暖身。

14.有的人暖身亦帶入眼睛的動作，這是可行的，眼睛也可以啟動身體層和能量層的變化。

五、關節與肌群的動作說明

移動的可能方向〈九大關節的可動方式〉

1.腿：

(1)髖〈6+2個方向(**註1**)〉(2)膝〈4個方向(**註2**)〉(3)腳踝〈6個方向(**註3**)〉還可包括腳底板和腳趾動作

2.臂：

(1)肩〈6+2個方向(**註1**)〉(2)手肘〈4個方向(**註4**)〉(3)手腕〈6個方向(**註5**)〉還可包括手掌和手指動作

3.脊椎：

(1)頸〈6+1個方向(**註6**)〉(2)肩胛〈6個方向(**註7**)〉(3)腰〈6個方向(**註8**)〉

實際上，頸、腰、肩、髖、腕、踝等還可以有環型的動作。此外，還有多方向的複合型動作。

註：

1.屈曲、伸展、外展、內收、外旋、內旋，外加水平外展、水平內收
2.屈曲、伸展、內旋、外旋
3.蹠屈、背屈、左移、右移，距下關節內翻、外翻
4.屈曲、伸展、旋前、旋後
5.背伸、掌屈、橈側傾斜、尺側傾斜、左移、右移
6.俯、仰、左傾、右傾、左旋、右旋，外加上下延伸
7.外展、內收、旋上、旋下、上舉、下壓
8.前彎、後仰、左側彎、右側彎、左旋、右旋

說明

1.參與的作用部位包括相關的肌群、肌腱、韌帶、關節和骨架。
2.有些暖身較著重局部或區域性，有些則著重全身性。
3.所有的動作不侷限在單純的矢狀面、冠狀面和水平面，而是三度空間的立體面。
4.在較進階的練習裡，也應將呼吸、感官回收、心靈集中、禪那冥想和三摩地帶進去。

六、暖身動作的一些注意事項

1.暖身動作本身亦有可能造成傷害，故對暖身動作亦應謹慎設計。
2.膝蓋脆弱或已經有損傷者，不論是暖身或體位法，要盡量避免下壓式的扭轉，可改採上提式或躺著的方式練習，以減少膝蓋的受力。
3.減少膝蓋的壓力。膝蓋是絞鏈關節，正常膝蓋只會屈曲、伸展，若要旋轉膝蓋，應將意念放腰上，配合呼吸做動作，此外也可採懸空方式或躺式做。
4.膝蓋髕骨與第二腳趾前端對齊，不過度扭轉膝蓋。
5.當一個動作同時要伸展許多關節和肌群時，要先從大關節和主肌群開始，再到小關節和次要肌群。
6.許多瑜伽動作皆可轉化為暖身動作，瑜伽動作與暖身最大差異

在於，瑜伽動作會在特定姿勢上停留一段時間(止息或自然呼吸30秒等)以匯聚功效，而暖身是以比較動態的方式來活動筋骨，所以在姿勢上只要不停留，或短暫停留或做的次數較少，也可視為暖身動作。

7. 暖身動作非常多，不要只有固定的一套，而要儘量多元化，讓身體每一塊肌肉，每一個關節，在每一個角度上，都能得到適度的開發。
8. 因頸椎較易受壓迫，伸展時繞頸椎可做180度轉動，若想做360度繞頸椎，建議將頸椎先延伸，想像頭頂百會穴有一繩子拉住(想像木偶)，同時肩膀往下放鬆，利用地心引力的自然牽引，拉長耳朵與肩膀的距離(風箏原理)再做繞頸動作而不要壓迫頸椎，並且配合呼吸慢慢繞旋。
9. 雙手向前交叉，掌心相貼，互扣旋轉腕、肘、肩時，雙手掌須貼緊，雙肩胛骨往前延伸外展肩胛骨(圓背)，也是要使橈骨、尺骨相互旋轉，不要使手肘有過度曲張的現象。若是翻轉不過來時，不要勉強，也不要從手腕開始調整，反而要由背部菱形肌和肩部的旋轉肌群開始調，漸次到肩膀、手肘、手腕再到手掌。
10. 手承重時讓肘眼相對，如下犬式肘眼往內相對。為的是讓二頭肌啟動，也讓手臂後側三頭肌啟動，以使手臂前後肌群達到平衡，讓肘關節穩定。
11. 前彎做腰部彈震時，不要太大力或速度過快，如果一個不慎容易造成椎間盤突出。
12. 前彎平背雙手往前延伸時，因運動軸心位於下背部(腰椎L5～薦椎S1)的區域，雙手往前延伸形成較長力臂，可能會帶給下背部較大的負荷，改善法可用屈膝並結合根鎖，甚至不一定要用平背起身，而改用圓背起身。
13. 後彎時配合根鎖、臍鎖並讓下巴內扣，以肩胛骨尾端三角形頂點為後彎點，不折腰椎。

14. 扭轉時不宜過度後彎，因為會壓迫到脊椎的棘突，易造成脊椎錯位、鬆脫。
15. 扭腰時要將腰往左、前、右、後順時鐘四方推出，再以逆時鐘轉回。若要以轉圈方式轉腰，要避免用力過度造成椎間盤異位。所以轉圈時，動作不宜過猛或過快，也不宜做太久。
16. 不管是暖身或體位法，膝關節和肘關節都不可過度伸展屈張。應將膝蓋上提收緊股四頭肌，股四頭肌是保護膝蓋很重要的肌群之一，此外，膝蓋微彎也是保護法之一。
17. 適度的配合根鎖、臍鎖。
18. 各種動作可配合呼吸，不要要求一次到位。
19. 關節分不可動關節、微動關節、常動關節，我們要鍛鍊的是常動關節。只要是日常生活中可動、常動的關節與姿勢、角度都是鍛鍊的目標。訓練重點先放在大關節，特別是最接近脊椎的肩關節、髖關節。也可避免因大關節不靈活，而由小關節代償受傷。
20. 無論是左右側彎、左右扭轉、前彎、後彎，在伸展之前都需先伸展脊椎。
21. 在各種動作中，都要避免折腰或折頸。
22. 盡量在正位與對位(**註**)下做延展，如果體位沒有先正位與對位而強加延展，有時反而會造成肌群、筋膜、肌腱、韌帶和骨架錯位。

註： 對位原則是甚麼，有何重要性～沒有規矩，不得以成方圓

瑜伽體位法是多方向性的，但是在矢狀面、冠狀面、水平面的單純面向的體式上，以採用對位原則較佳，如此方可讓體式易於達到正位，也可預防肌肉、筋膜糾結、骨架關節錯位、神經擠壓，和減少瑜伽練習的傷害，尤其我們的骨盆後方有非常細密的神經叢〈薦神經叢、尾神經叢〉，所以骨盆的正位非常重要，不要歪歪斜斜的做瑜伽，長期下來會有深度的傷害，例如：脊椎錯位、壓迫神經、腿疼、腰痛等。骨盆、肩線、脊椎擺正很重要，從雙腳站的位置、雙手擺放的位置都會有影響，這就是對位原則。

對位原則=調整方法

對位原則也是瑜伽的調整方法。如何自我調整或調整學生，根本的調整方法就是將體式調整到正位，在體式調整中，除非很有把握才施加壓力，否則只達到正位就好。沒有做好正位的原因，大部分是因為人的潛在習性會避開伸展不到的角度，而讓骨盆或脊椎歪斜著做動作，只要調整到正位後就會有深度的伸展感受。

在此提出最基本的三種對位原則，這三種對位原則適用於多數的瑜伽體位法：

(一)縱向對位原則

矢狀面：體式的動作方向主要在身體前後。
原則說明：雙腳可能會有對稱或不對稱的型態，但是上身必須保持骨盆正、肩膀正、脊椎直線延伸，不斜向任何一邊。所以雙腳掌的距離必須與髖關節同寬，雙手掌中指距離等於肩膀寬度，如此上身才會對正。雙手、雙腳擺對位以後，再覺知骨盆橫線、肩膀橫線的對位沒有上下、前後、左右歪斜，脊椎是直線延伸，下巴是正對胸口，以維持脊椎的能量線在延伸狀態下。

實例：

1. 下犬式：雙腳、雙手沒有一前一後打開的狀況，將骨盆、肩線、脊椎擺正（如圖一）。

雙腳臀寬、雙手肩寬、骨盆對正、肩線對正、脊椎延伸。就好像把身體擺放進一個長方體框架中，完全擺正。

圖 1

圖 2

圖 3

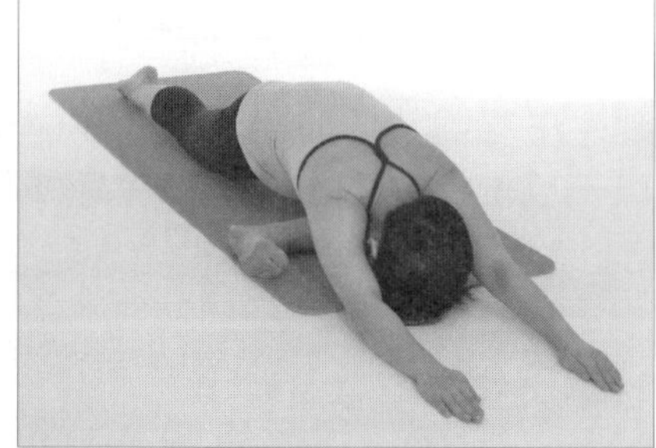

圖 4

2.低弓箭步、半三角式、鴿式（如圖二、圖三、圖四）

要確實把上半身的正位做好，使臀線、肩線、脊椎對正。當雙腳一前一後打開時，骨盆容易歪斜，所以要確實做到雙腳臀寬、雙手肩寬、骨盆對正、肩線對正、脊椎延伸。除了上述的原則之外，要將後膝蓋正對地板，後腳擺正，如此就不傷膝蓋了。

3.困難背部伸展式、頭碰膝式（如圖五、圖六）

這一系列的坐姿前彎動作，腳有各種姿式，對稱或不對稱，最重

圖 5

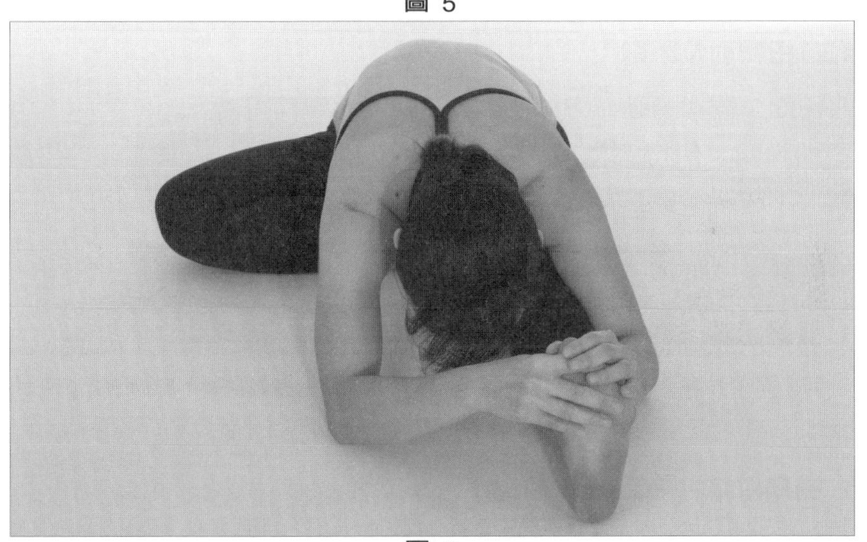

圖 6

要上身必須對正，臀線、肩線、脊椎對正。

(二)橫向對位原則

冠狀面：體式的動作方向主要在身體左右方向，且在一個平面上。

原則說明：脊椎不歪斜，頭擺正不往上或往下，下巴正對胸口，讓脊椎的能量線延伸，儘量向左右伸展開，呈一直線。感覺好像被兩片玻璃夾住，壓越扁越好。

實例：

1.側彎（如圖七）

吸氣延伸後往側邊伸展，脊椎不歪斜，頭擺正不往上或往下，下巴正對胸口，讓脊椎的能量線延伸。

2.展腿式（如圖八）

身體、腿儘量壓扁靠近，橫向伸展。

3.左右劈腿（如圖九）

儘量左右伸展開，呈一直線。

(三)扭轉對位原則

水平面：體式的動作方向主要在身體的水平面扭轉。
原則說明：保持脊椎與骨盆垂直，扭轉時先往上延伸，再均勻扭轉，不駝背。

實例： 腳的姿勢有對稱及不對稱型態：

1.雙盤扭轉（如圖十）

兩腿動作要對稱穩定，脊椎要垂直地板，先往上拉長延伸後再扭轉。

2.簡易扭轉式（如圖十一）

腳不對稱型態，若左腳在上，右手搭左腿，儘量使左腳內收、脊椎外旋。脊椎要垂直地板，先往上拉長延伸後再往外旋轉。

注意：

這些原則並非要把體式僵化，請讀者確實深入瞭解其原由，並且靈活運用，從有形入無形、由規矩成方圓。

圖 7

圖 8

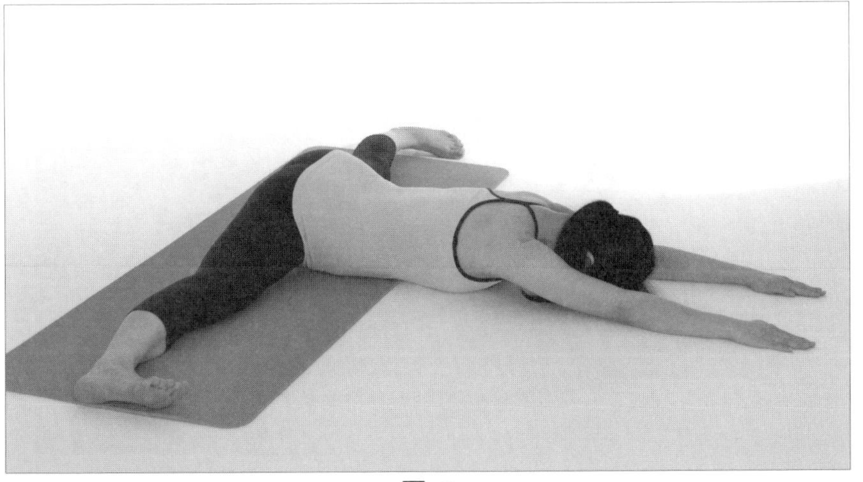
圖 9

圖 10

圖 11

七、暖身不足與不當對體位法鍛鍊的影響和傷害

1.體位法不易做到正位。若肌群、關節等不能靈活地配合，即便做出正位，呼吸、心境乃至肌群和關節也未必都能調順，因為那個姿勢是藉由強加的外力使然。
2.肌肉、肌腱、韌帶拉傷
3.軟骨損傷
4.筋膜、關節、骨架錯位與損傷
5.氣鬱、血瘀、抽筋
6.專注度不足
7.平衡感和定力不佳
8.體內代謝物和毒素不易排除，容易疲勞
9.神經與血管損傷
10.心息與心緒不順

八、如何判別暖身已經做好

1.已建立與至上、上師的連結
2.心緒平和、沒有雜念
3.呼吸調順
4.氣血循環良好
5.主要肌群與關節靈活且能自主控制
6.肢體的平衡良好
7.身心的覺知與反應良好
8.體溫已上升1度C。但此項不適用於精細體式的鍛鍊

九、核心肌群鍛鍊的參考

(一)核心肌群的位置

1.以解剖學上來看「核心肌群」的位置，大致是位於橫隔膜以下到骨盆底之間，環繞著腰腹、軀幹中心的相關肌肉群，也就是支撐骨盆以及骨盆周圍腹、背部大小肌群，能有效支撐人體脊椎及軀幹周圍的主要肌群。其中以深層的肌群最為重要，因為它們直接附著在脊椎上，主要負責維持腰椎的穩定與支持「內核心」，而淺層的肌肉群並未直接附著在脊椎上，它們是用來操作脊椎的動作方向，及緩衝脊椎外力的「外核心」。
2.以體適能鍛鍊為基準的「核心肌群」位置，大致是從胸腔以下到膝蓋以上的肌肉群。
3.以瑜伽的觀點論來看，「核心」是Mūla bandha(根鎖)、Uddīyāna bandha(臍鎖)。位置大致在會陰至肚臍地帶，但是其延伸作用，下可到腳底，上可到胸部。
4.區域核心肌群如橫膈膜、腹橫肌、骨盆底肌群等，這些肌肉都是深層肌，深層肌的主要作用是穩定，也與呼吸有很大的關係，正確的呼吸就是對核心肌群的控制。

(二)核心肌群鍛鍊的七大原則

1.平衡原則：

(1)對稱平衡 (2)肌力與柔軟性平衡 (3)均衡且和諧的使用具有抗衡關係的肌肉 (4)積極與被動運動方式的平衡。

2.延展原則：朝反方向拉扯所產生的延長，可減少關節壓力，增加關節活動空間。

3.身體中心線的原則：保持身體中心線，便能讓實施的動作正確。

4.可動域原則：在身體中心穩定的狀況下作最大的角度。

5.漸進原則：依身體能力狀況，選擇不同強度、難易度的動作來達到訓練效果，例如可分低、中、高等不同的強度。

6.流程原則：利用呼吸，讓每個動作可以順暢連接。

7.呼吸原則：呼吸有許多型式，選擇最適合的呼吸來配合動作。

(三)核心(軀幹安定)安定性要求有三部份

1.骨盆的安定性：活動身體上下部位時，要有維持骨盆中立體線的能力。

2.脊柱的安定性：要使脊柱及骨盆的周圍肌群張力相等並維持脊柱的自然曲線，以使脊柱穩定。

3.肩帶的安定性：取得肩膀表層和深層肌群張力平衡的姿勢。

(四)墊上核心訓練的次第

1.暖身運動：以呼吸串連動作，但須避免難度過高的動作。

2.主運動：選擇適當運動項目，再逐漸加上強度。

3.強化動作：進一步實施上半身、軀幹和下肢機能性與肌肉柔軟性強化的運動。

4.緩和動作做結束：利用緩慢呼吸使先前作用到的肌肉、關節、腺體、神經得到紓解放鬆。

脈輪與拙火瑜伽體位法的鍛鍊次第

一、理論上瑜伽的鍛鍊順序

瑜伽的鍛鍊最好能有明師或好老師的指導，若尚未遇到，那麼可參考下列準則。一般而言，瑜伽的鍛鍊並沒有絕對的順序或次第，不過按哲理來說可分為三個方面。

(一)整體架構

從知識瑜伽的鍛鍊到行動瑜伽到禪那瑜伽，最後再到虔誠瑜伽。

(二)實際功法

1.持戒、精進、潔淨法、飲食法、斷食法。
2.瑜伽體位法。
3.生命能控制法(呼吸控制法)。
4.身印、鎖印。
5.感官回收。
6.心靈集中。
7.梵咒瑜伽、諦聽祕音和瑜伽梵唱。
8.禪那冥想。
9.拙火瑜伽。
10.三摩地。

(三)瑜伽經典的學習

一個缺乏理論哲學基礎的瑜伽練習者，就像失去靈魂的鳥在空中飛舞。

二、脈輪與拙火瑜伽體位法的鍛鍊順序

一般人的瑜伽鍛鍊是各種功法分開來練，但脈輪與拙火瑜伽則是在整體架構下，結合所有適當的功法一起鍛鍊，例如結合感官回收、心靈集中、梵咒瑜伽、瑜伽梵唱、禪那冥想和拙火瑜伽等一起練。雖然說一個體位法的練習即已涵蓋多種功法，但是還是有一個大概的順序。

如本書序裡所述，體位法若沒有配合呼吸、感官回收、集中和禪那冥想的稱為惰性的鍛鍊，只配合呼吸、感官回收而沒有配合集中和禪那冥想的稱為變性的鍛鍊，有配合呼吸、感官回收、集中和禪那冥想的稱為悅性的鍛鍊，而只有當練習者進入最高的三摩地時，才是達到超越三種屬性的解脫鍛鍊。為了讓大家能循序漸進達到超越三種屬性的解脫鍛鍊，筆者在此提供一個簡要的練習次第如下：

1.依照脈輪與拙火瑜伽體位法模組中的第一和第二組來鍛鍊。

2.提升整體素質。

3.身體層鍛鍊脈輪、腺體、能量和神經的方法簡述如下：

利用體位法練習中的(1)支撐(2)扭轉(3)伸展(4)收攝(含肢體、生命能和感官收攝)(5)壓迫(6)撞擊(7)自發震顫(**註1**)。藉由這些方法可使脈輪的能量流通、發散、紓緩，以打開脈輪的糾結並強化脈輪。在鍛鍊時，每個體位法都必須依照指導做足應有的次數或強度。

4.能量與心靈層鍛鍊脈輪、腺體、能量和神經的方法簡述如下：

(1)有為呼吸與自發呼吸 (2)音根、梵咒 (3)生命能強化與內含三個鎖印在內的各種收攝 (4)感官回收 (5)心靈集中。上述(1)～(4)在進階練習時都必須帶著心靈的覺知，覺知的層面包括身體層(肌肉、骨架、關節、神經、腺體，或運動器官、感覺器官，或五大元素)、能量層(呼吸、內外在五種生命能與三個鎖印)、心靈層(念頭、心緒、記憶、思維)、心靈導向靈性層(天人合一和一元性的實質感受)。

5.心靈導向靈性層鍛鍊脈輪、腺體、能量和神經的方法簡述如下：

在體位法練習中結合具有正確理念的禪那冥想，以喚醒和提升拙火，並達到三摩地的境地。

所有的這些功法在鍛鍊上都有其次第性，而且理論上每個體位法都可做到入觀於永恆無限之上，並獲致初層次的入定。

註：

1.體位法在身體層的七種類型動作和功效。

2.體位法和呼吸法要盡量選擇偏向對禪定有益的式子為主，而且要盡量應用脈輪與拙火瑜伽的心法來練習。若是所選的式子不是以禪定為主，且不是用對心靈有益的功法，那麼即便練得再多，對心靈的提升也不一定有效。

體位類型	支撐	扭轉	伸展	收攝	壓迫	撞擊	自發震顫
主要功效	強化	強化 與舒展	流通 發散 紓緩	強化 與內攝	強化 與發散	強化、發散 與提升生命能 和拙火	激化 與轉化生命能 、五大元素

第7章

觀照法的重要性和觀照法

一、脈輪與拙火瑜伽觀照法概述

(一)觀照的功能與目的

觀照法在脈輪與拙火瑜伽鍛鍊裡佔了一個非常重要的角色。初級的觀照是一種覺知，有助於了解自己，並使體式往我們的要求目標前進；進階的觀照是一種經由觀照產生連結，並藉此提升被觀照者，使其達到觀照者的境地；高階的觀照是觀想著至上觀照著被觀者，使被觀者成為至上。在觀照上可略分為身體層、能量層、心靈層、心靈導向靈性層和純靈性層的觀照。

(二)增進觀照能力的方法

增進觀照能力的最基礎方法是瑜伽八部功法(八肢瑜伽)的前兩部：持戒(yama)與精進(niyama)，以及整體素質的提升。而在鍛鍊上最直接的方法是調勻的呼吸、感官回收、心靈集中，放下心中的旁騖與不當的預設目標或念頭。但是如果要達到較深入的轉化，則須進一步做到禪那冥想和三摩地，有關這方面的鍛鍊會在實際鍛鍊法中詳述。

(三)觀照法可能產生的現象

在進階觀照中，被觀者會成為觀者，在被觀者轉為觀者的過程中，會引起身心靈三個層面的變化，此種變化是一種自發現象，自發現象非常多元，請看下一章的深入剖析。

(四)觀照法的重要心法

如前所述，被觀者的意識層次會被提升至觀者的層次，那是否隱含著觀者的意識層次會略微降低而朝向被觀者？答案是：沒有絕對。如果你是以一般的心靈意念來看被觀者，那麼觀者很容易受被觀者染著，但是若以目證心法來觀照，那麼觀者不會因為被觀者的層次低而降低，因為目證的意涵是「不受被目證者影響」。觀照法的另一個重要心法是，將被目證者視為至上的有限顯現，比方你在觀想五大元素時，要將五大元素視成是至上的有限顯現。當被目證者被視成至上的有限顯現時，目證者永遠不會因為被目證者而降低層次。

二、觀照法的次第與重點

方法：隨順呼吸去觀照與覺知

(一)身體層

主要骨架

1.受力與著力點 2.運動方向 3.正位與對位 4.主要骨架的穩定度 5.整體骨架的對稱性和平衡度 6.與關節和肌肉的關連性 7.有否無力或無法自主的現象 8.有否疼痛或痠痛感

主要關節(包括脊椎)

1.受力與著力點 2.運動方向和可動域 3.正位與對位 4.主要關節的穩定度(含韌帶與肌腱的緊張度) 5.整體關節的平衡度 6.與骨架和肌肉的關連性 7.有否無力或無法自主或卡卡的現象 8.有否疼痛或痠痛感

補充說明

人體的動作可概分為三個面向(矢狀、冠狀(額狀)、水平)
有關骨架和關節的活動方向有如下幾種：

1.四肢：(1)矢狀面：屈曲、伸展 (2)冠狀(額狀)面：外展、內收 (3)水平面：外旋、內旋
2.肩和髖除上述1的活動方向外另加：水平外展和水平內收
3.肩胛骨：外展、內收、上旋、下旋、上舉、下壓
4.脊椎：(1)矢狀面：前彎、後仰 (2)冠狀(額狀)面：左側彎、右側彎 (3)水平面：左扭轉、右扭轉

實際上，頸、腰、肩、髖、腕、踝等還可以有環型的動作。此外，還有多方向的複合型動作。

主要肌肉或肌群的作用

1.是主動收縮或被動伸展 2.是等張收縮或等長收縮 3.是向心或離心收縮 4.是扮演主動肌或協同肌或拮抗肌或穩定肌 5.包括緊張與鬆弛在內的整體肌群平衡度 6.與骨架、關節的連動關係 7.有否無力、過緊或過鬆或無法自主的現象 8.有否疼痛或痠痛感。

作用部位的狀況

是支撐或扭轉或伸展或收攝或壓迫或撞擊或顫動。

說明

拙火同時具有身體、能量、心靈和靈性等四個層面。上述這些只是體位法上的身體層作用，除了身體層之外，要喚醒拙火還須從能量層、心靈層及靈性層等下功夫。

(二)能量層

1.在自然調息狀態下，配合骨架、關節、肌群和作用部位的作用去覺知自己的呼吸狀態是吸氣、呼氣或屏息住氣
2.有否呼吸不順或暈眩的現象
3.內外五種生命能的走向和作用、十二經絡和奇經八脈的能量運行如何(註1)
4.有否出現根鎖、臍鎖或喉鎖的現象

5. 頭部和眼睛的視線有否隨能量線延伸
6. 有否逆舌或虹膜往上、眼睛內縮的現象
7. 骨架、關節、肌群和作用部位有否收縮、擴張、震顫或氣旋的現象
8. 身體層和能量層的整體性有否維持

說明

總括來說能量層的作用主要涵蓋下述幾個面向

1. 呼吸：吸氣、呼氣、住氣屏息、各種自發呼吸
2. 三種鎖印（收束法）：根鎖、飛昇鎖（臍鎖）、喉鎖（扣胸鎖）和內縮身印
3. 內外在五種生命能的作用
4. 十二經絡與奇經八脈的導引

註：

1. 在Anusara的系統裡會有氣的loop(環型迴路)。
2. 身體層與能量層的鍛鍊有點類似太極觀念裡的外三合(手與腳合、肩與胯合、肘與膝合)、內三合(心與意合、意與氣合、氣與勁合)、周身貫串和全身整勁。
3. 在身體層與能量層的鍛鍊裡亦可開始覺知該體位法的功用。首先可以去覺知身體層在哪些地方產生作用(例如在哪些部位：感官、運動器官、骨架、關節、肌群、腺體、神經、脈輪的位置，……等)，以及除了上述四所說的支撐或扭轉或伸展或收攝或壓迫或撞擊或顫動外，還產生什麼樣的作用。其次，可以去覺知能量層在哪些方面產生作用。甚至也可進一步覺知心靈及心靈導向靈性層的功用。
4. 這些覺知與觀照有助於對自己的認知，也有助於對該體法在各個層面的認知，此外，被覺知者的心靈層次也會隨覺知者提升。
5. 初學者在做觀照或觀想時所費的時間較長，漸漸熟悉後，時間就會縮短。你的意念可能在同一時間內把身體層、能量層、心靈層乃至心靈導向靈性層等四個層面都觀進去。做熟練者，有時常會跳過身體層、能量層和心靈層，而直接進入心靈導向靈性層或至上目證著你在做的層次。
6. 鎖印在身體層的作用上有固定和延展身體的功能，在能量層上則有喚醒和提升拙火的功能。

(三)心靈層

1.感官是否已收攝至心靈層,對身體層和能量層的覺知是否已放下
2.呼吸是否放緩,是否自然地進入屏息住氣
3.是否內外五種生命能被收攝到海底輪
4.是否還有強烈的心緒、心念作用與變化
5.是否所有脈輪的心緒傾向(vṛttis,變形心靈)作用已被懸止**(註)**
6.有否光或影像的出現
7.是否有聽聞到內在的祕音
8.有否浮現過去的記憶
9.有否自發產生音根或梵咒的持誦
10.是否自發產生對大宇宙的五大元素的觀想
11.脈輪與相應的宇宙七重天相應
12.覺知身體層、能量層和心靈層之間的整體性有否維持
13.深入體會甚麼是動中有不動,不動中有動的境界

(四)心靈導向靈性層和純靈性層

1.此階段的初期會有許多與心靈層相似的狀態出現,而且覺知能力還算清晰,但是隨著心靈逐漸提升和融入後,心靈的覺知作用逐漸減少,二元性的感覺也會逐漸減少,此時所謂的覺知與觀照會轉成冥想**(註1)**和融入。
2.當拙火的心靈面和靈性面按奈不住地沿著中脈往頂輪提升時,內外在五種生命能會強烈地收攝至海底輪並融入於中脈(《哈達瑜伽經》4-10:「拙火喚醒後,生命能將消融於中脈。」),而可能出現呼吸緩慢,甚至中止;頭額和嘴角上揚或整個頭往上仰或甚至整個身體向後倒下;也可能伴隨著體大、氣大、空大、識無邊處大之感和無限喜悅的出現**(註2)**。
3.當個體心靈和個體意識達到消融和三摩地的合一之境時,會有如《哈達瑜伽經》4-112所說的:「安住於自性中,醒時若寐(註3),息不出入,無疑是真實的解脫者。」和《勝王瑜伽經》2-48

所說的：「此後不再受二元性的干擾。」，也有可能會體會到你即是至上、佛、道、上帝。

註：

1. 觀照與觀想是心靈有意識的覺知作用，與五大元素、感官、腺體有關，而冥想是指與永恆無限的至上連結時稱之，此時心靈會逐漸消融於所冥想的目標——至上。
2. 在腺體逐漸平衡，脈輪逐漸淨化後和拙火提升時，心靈會愈發平靜、自在、擴展、無私、博愛，也會有物我合一、天人合一的感覺，慈悲心和大智慧就會自然地流露。
3. 醒時若寐是指心靈的分別心和覺知力逐漸不起作用。
4. 在Aṣṭāṅga Vinyāsa(Ashtanga Vinyasa)的dṛṣṭi (drsthi)裡有九個位置點的凝視(觀照)法

梵　文	中　文	梵　文	中　文	梵 文	中　文
aṅguṣṭhāgra	拇指尖	nābhicakra	肚臍	pārśva 左	兩(脇)側(左遠側和右遠側)
bhrūmadhya	眉心	nasāgra	鼻尖	pārśva 右	
hastāgra	手指尖	pādāgra	腳尖	ūrdhva	向上

比方說拜日式A：一開始時的站立凝視鼻尖，手向上(開始計數1)時，凝視拇指，上犬式凝視眉心，下犬式凝視肚臍(初學者可看兩腳之間)；拜日式B：戰士一凝視手；其它體位法：戰士二凝視鼻尖，船式凝視腳趾，橋式凝視鼻尖，輪式凝視鼻尖，鋤式凝視鼻尖，肩立式凝視鼻尖，……。

問題研討

脈輪與拙火瑜伽的觀照法和Ashtanga vinyasa凝視法有何異同？

第8章

拙火起來的身心變化和自發現象

拙火起來的身心變化和自發現象是脈輪與拙火瑜伽最重要特點之一，也可以說是各門各派鍛鍊過程中最重要的一環，只可惜過去在這方面的論述較少，即便有論述，後生晚輩也常忽視它，甚至故意曲解它，原因可能出自於不了解和沒有實際的證量。

不管你信仰的是何種宗教，修煉的是何種派別，拙火的提升都是最重要的驗證指標之一。如先前所述，拙火有物質層(身體層)、能量層、心靈層、心靈導向靈性層和純靈性層等面向，不同面向的提升各有其不同的現象和所代表的意義。有關拙火的介紹請看第一章。

一、拙火提升和自發現象的原理

(一)拙火的提升代表業力的耗盡和自性的覺醒

拙火的提升在哲學上有兩個重要的意義，一個是kṣayaṃ，代表因果業力的耗盡，另一個是caitanya，代表意識、自性的覺醒。因此拙火是否提升，其判斷之法，除了一些外在的變化外，最主要的觀察即在於心性的變化和智慧的覺醒。

(二)自發現象是一種五大元素與心靈轉化過程中的自然現象

拙火提升的過程常伴隨著自發現象，如《勝王瑜伽經》1-31所說的：「還有伴隨障礙出現的憂傷、絕望、身體顫抖和呼吸不順等。」也如同《哈達瑜伽經》2-12所說的：「在練習左右脈淨化呼吸法的初始階段，會有出汗現象，中間階段裡會有顫動的現象，在

最高階段裡將不動搖，並獲致對生命氣的控鎖。」且2-71至2-74還特別描述到「自發性住氣(Kevala)」，所謂「自發性(Kevala)」即是這裡所說的自發現象。尤其在2-74裡說到：「對於一位已能依其意願做自發性住氣的人，在這三個世界裡，對他而言沒有任何事是難以達到的。」這說明了，已達到高階的自發者即是一種自性起用，活在當下，它即是生命的最高意境。

但各種外在的自發現象不是你修煉的目的，你的目的是天人合一，自性起用。因此，一位真正已開發者，他的自性會與老天連結，並時時以至上的念為念，確確實實體證到佛教六祖所說的：「何期自性本自清淨，何期自性本不生滅，何期自性本自具足，何期自性本無動搖，何期自性能生萬法。」此外，佛經亦說：將入初禪會有八觸發動，這八種感觸是：動、癢、輕、重、冷、暖、澀、滑。其它如，《清靜經》說：「天地悉皆歸」；《中庸》說：「天地位焉、萬物育焉」；《道德經》說：「萬物並作、吾以觀其復」等，這些也很清楚地在說明自發現象的原理。簡言之：自發現象是一種五大元素與心靈轉化過程中的自然現象，也可以說是腺體的調整現象。

附註：

在近代裡有許多瑜伽大師們，都曾開示到拙火起來時，會有許多自發現象發生，像二十世紀初印度的聖者Bhagavān Nityānanda和其繼承人Svāmi(Swami) Muktānanda就是其中著名的兩位。

二、拙火起來的主要身心變化

脈輪與拙火瑜伽的鍛鍊與一般體位法有所不同，初學者如果方法正確，只需一個月就會有很大的身心變化。但由於每個人的脈輪、腺體、拙火的狀態不同，所以身心變化現象不盡相同，因此不要太在乎練習過程中的變化現象，因為那不是絕對的。拙火的存在面有物質性(身體層)、能量性、心靈性、心靈導向靈性和靈性面，因此在每個層面的反應不盡相同，且因人而異。所產生的身心變化和自發現象非常的多，下列所述只是代表而非全部，簡述如下：

(一)身體層和能量層的自發現象可能有

1. 骨架、關節、肌肉和作用部位會做自我的種種調整，有的甚至會改變動作或姿勢。
2. 會出現各種自發呼吸法，如頭顱清明呼吸法(kapālabhāti，或稱聖光呼吸法)、風箱式呼吸法和內外五種生命能的調節。此中亦包括長吸、長呼和長時間住氣或短吸、短呼且不住氣。
3. 骨架、關節、肌肉和作用部位的震顫、搖晃、扭轉、伸展、壓迫、撞擊(類似大擊印(mahā vedha)自發向上跳動，另有少部分是頭部撞擊)、彈跳和收攝。這些現象的啟動模式有身體層、能量層(含力量)以及心緒和心靈層，總括為腺體的調整現象。
4. 在脊椎上最常見的是浪脊椎。浪脊椎通常是能量或拙火在中脈上作用時出現，所以做五大元素或七重天相應法時，不一定會出現。
5. 出現根鎖、臍鎖和喉鎖現象，甚至出現內縮身印或類似吊胃身印的拙火提升印(śakti carana)的帕利坦法(paridhāna)。
6. 出現舌頭向上或向後捲(類似逆舌身印(khecarī)的舌頭內捲)，眼睛的虹膜往上，眼睛緊閉和內縮(有的會更進一步做到希瓦身印(śāmbhavī)，收視返聽)，脖子(頸部)往上或往後延伸，腰部向後彎的現象。
7. 吼叫或發出各種聲音，例如發出拙火提升的音根hum等。
8. 流口水及流眼淚。但對初學者而言，這些並不是肚子餓或情緒宣洩的現象，而是體內氣壓的調整現象。
9. 身體會有擴大、縮小、氣旋、向上衝或電流通過的感覺，也會有氣大、空大或光和影像的感覺。
10. 身體進入不動的狀態。
11. 比手印，以藉此調整身氣心靈。
12. 脈輪會有轉動感、擴張感和收縮感。

13. 初學者由於個人腺體等健康因素，有可能出現身體被束住或心緒不穩定的狀態，遇此狀況無需害怕或驚慌。

(二)心靈和心靈導向靈性層的可能變化有

1. 除了與初級的變化現象雷同外，會增加心靈的擴展與消融感(當能量非常強力的往上衝時，不要壓抑而應融入無限)，也有可能會有內在心光的出現或秘音的聽聞。
2. 當內外在五種生命能和心緒傾向(vṛttis，變形心靈)被收攝至海底輪時，會進入體不動搖，息不出入的狀態。
3. 經由禪那冥想、理念觀想，將意念集中於頂輪時，拙火就會沿著中脈上升(至頂輪)，每個體位法都可能進入三摩地。
4. 有體大、氣大、空大、識無邊處大之感。
5. 聽聞到秘音。
6. 心靈平靜、自在、擴展、無私、博愛、恬淡的喜悅。
7. 智慧開展。
8. 心靈逐漸消融，不起作用，類似將入合一前的恍惚。就如同《哈達瑜伽經》4-3～7所說：「當個體自性和至上大我融合為一且一念不存時，就稱為三摩地。」4-15：「除非生命能和心靈停止作用，否則無法獲得究竟解脫。」4-50～53：「當外在呼吸停止，內在呼吸也會停止，生命氣和心靈將安住在本位上。」4-54～55：「以心觀心，冥想至上，將自性住於至上本體。」4-56～58：「宇宙是由一念所生，放下由念所生的心靈，止於永恆不變。」4-59～62：「心靈消融於自性中，當心靈消融時就是絕對之境。」
9. 衝關現象：在拙火往上提升的過程中，可能會在每一個脈輪出現一股很強的勁道以撞擊脈輪，有如要突破脈輪之勢。比較特別的有三處，其一是拙火在海底輪上覺醒後，欲往上飛昇之勢，其二是在喉輪，拙火欲突破喉鎖之勢，其三是在最上面的頂輪，當個體小我要融入至上大我之時。
10. 身體如如不動，甚至氣住脈停，有的人則可能會整個身體向後倒下。

11.深入體會什麼是動中有不動，不動中有動的境界。

註：

1.當心緒傾向尚未被完全淨化以前，許多潛在的習氣、情緒可能在體位法練習過程中表發出來，比方說，有時會有狂慢的現象出現。

2.當自發能量被啟動後，即使在大休息，也可能會有自發調整的震動能量。

三、何時或何種狀況較容易產生自發現象

1.在做精細調息時 2.在做精細持誦時 3.在做感官回收時 4.在做心靈集中時 5.在做禪那冥想時 6.將入三摩地之前

此外，當心靈渙散、昏睡和有不當的妄想時也較容易產生自發現象，亦即一般所說的當腦波處於α波時，較易產生自發現象(**註**)。

註：

腦波EEG，可分成β、α、θ、δ等四種，β是14-29赫茲，α是8-13赫茲，θ是4-7赫茲，δ是0.5-3赫茲。赫茲是頻率單位，每秒振動一次為1赫茲。

四、面對自發現象的態度與方法

既然知道自發現象是一種五大元素與心靈轉化過程中的自然現象，也可以說是腺體的調整現象，所以應如同《楞嚴經》所說，面對五十陰魔顯現時的心態：「非為聖證。不作聖心。名善境界。若作聖解。即受群邪。」，也就是面對種種可能的自發現象，應以勿忘勿助之心待之，既不祈求也不壓抑，隨著身心日漸轉化與淨化，你的變化也會往更精細的層面前進，直到與至上合一。而較積極的作法是：應將心念導向至高的目標上，而非停留在變化上，如此你的轉化才會加速。

第9章

瑜伽體位法的練習須知、半浴法與按摩法

一般人把瑜伽體位的鍛鍊視為與一般的運動相似，鮮少人會注意到其須知。忽略到須知的遵守，瑜伽的鍛鍊不易進步，嚴重的還會造成傷害。以下是精細瑜伽體位法的鍛鍊須知，供大家參考。

一、瑜伽體位法的練習須知

1. 練習體位法前，先全浴或半浴。每日靜坐前亦須做半浴，如果體位法與靜坐連在一起，就不必做兩次半浴。
2. 不要在空曠的地方做體位法，因為這樣容易感冒。室內練習體位法時，需打開窗戶以使空氣流通。
3. 屋內應避免煙塵飄入，煙愈少愈好。
4. 體位法須在毛毯或軟墊上練習。不要在光禿(冷硬)的地板上做體位法，否則容易著涼，而且會破壞體內因練習體位法而產生的荷爾蒙分泌。
5. 只有當左鼻孔或兩個鼻孔都暢通時才可練習體位法；只有右鼻孔通時不要做。
6. 盡量少吃惰性和變性食物，多吃悅性食物。
7. 不要剃掉關節處的體毛。
8. 手指甲與腳趾甲須適當剪短。
9. 吃飽時不要練習體位法。飯後兩個半小時到三個小時之內亦不宜練習。

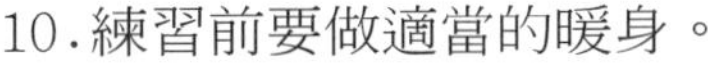

10.練習前要做適當的暖身。

11.做不來的式子或動作不要過度勉強自己去做，應該要循序漸進練習。

12.不同體位法間應有適當的大休息。

13.練完體位法後，須做全身按摩，尤其是關節。

14.按摩完畢，做攤屍式至少兩分鐘。

15.做完攤屍式後，至少在十分鐘內不要直接碰水。

16.體位法後，不可立即做「生命能控制法」(Prāṇāyāma)。

17.如果練完體位法後必須到戶外，同時體溫又尚未降到正常溫度，或是室內溫與室外溫度有差異，那麼最好加件衣服再出去。若能先在室內深吸一口氣，出去後再將它吐出，這樣就可避免感冒。

18.練習體位法者並不禁止從事各類運動，但在剛練完體位法後禁止從事任何運動。

19.對於下列的體位法，沒有鼻孔須通暢的限制：蓮花坐式、完美坐式、半完美坐式、簡單坐式、勇氣式、大拜式、瑜伽身印及蛇式。

20.上述體位法亦無食物(悅性飲食)的限制。

21.在月經、懷孕期間以及產後一個月內，女性不宜練習體位法或其它的運動。用於禪定(Dhyāna) 時的體位法可在任何狀況下練習，例如蓮花式、完美坐式、金剛坐姿及勇氣式都是適於修煉禪定及集中的體位法。

22.男女第二性徵未發育成熟前，也就是大約12～13歲之前，不宜練習太過強烈的動作，以免腺體不平衡，造成發育不良。

註：

時下孕婦瑜伽漸漸被接受或甚至流行，嚴格來說，孕婦瑜伽所做的大部分動作僅能當作一般運動而非體位法，體位法是對脈輪和腺體起作用，若是練習不當，容易造成內分泌的混亂。話雖如此，倘若孕婦能在專業人士的指導下，做一些緩和的動作，那麼做總比不做的好，不過還是要避開挑戰性的動作，以免發生危害。

二、半浴簡介(Vyāpaka Śauca，vya’paka shaoca)

Vyāpaka的字義是「普遍的、遍滿的」，Śauca的字義是「潔淨」。在此譯為半浴，是取其與全浴的完整清洗不同之意。

(一)功效

半浴的方法是藉由對五個感覺器官(眼、耳、鼻、舌、皮膚)、五個運動器官(聲帶、手、腳、生殖器官、排泄器官)為主的清洗，以達到如下的功效：

1.潔淨
2.冷卻神經與收攝感官
3.去除躁熱、減緩呼吸與心跳
4.清醒腦部
5.有助於能量活化並轉向精細

(二)方法

1.以冷水沖洗生殖器官(前陰、後陰)部位
2.由膝蓋以下到腳趾，以及由手肘到手指皆以冷水澆之
3.以口含水並同時用水潑眼睛十二次，再將口中之水吐出
4.以手掌捧水，溫和地將水從鼻孔中吸進再由口中吐出至少三次
5.漱口、刮舌苔、清喉嚨
6.清洗耳內及耳背
7.清洗後頸部
8.其它

(三)施做時機

1.靜坐前 2.體位法前 3.吃飯前 4.睡前 5.心情煩躁時 6.治療某些疾病時

註：

1.所謂冷水是指低於體表的平均溫，也就是大約31～32度C。

2.半浴除了可獲得潔淨外，還有助於五大元素的轉化和拙火的喚醒，因此在脈輪與拙火瑜伽的鍛鍊裡，會要求學員在做體位法和靜坐冥想前一定要先做半浴。

三、瑜伽按摩法

按摩的主要功能：

1.皮膚油脂的回收以滋養皮膚。

2.身體表面包括腳底的神經末梢按摩，能舒緩肌肉，促進血液循環，排除毒素，消除疲勞，減緩心跳，使心情放鬆、鎮靜，協助毛細孔收縮以及平衡生命能量。能幫助平衡生命能量的原因在於體位法的練習會刺激不同的脈輪、腺體和關節，以及對肌肉產生拉伸、收縮，因而可能導致能量出現偏勝，而透過按摩可以有效地達到平衡及緩和的作用。

3.淋巴的按摩：淋巴系統的功能除了有增強免疫能力外，還有(1)成為荷爾蒙的原料。(2)淨化血液。(3)做為腦部的糧食。(4)維持身體的美麗和容光煥發。**(註)**

4.病理按摩，包括腳底及全身經絡。

說明

按摩既可在體位法鍛鍊完後做，也可在體位法鍛鍊前和中間過程中做。按摩除了可活絡氣血、增加淋巴循環，使體位法做得更好外，更有助於能量轉向精細，因此脈輪與拙火瑜伽非常重視按摩，並認為體位法鍛鍊完後若沒有做適當的按摩，體位法的鍛鍊就不算完整。

註：

淋巴系統是血管靜脈系統中回流的輔助系統，它可協助將細胞間的組織液送回靜脈系統。而其主要的動力來自骨骼肌肉的運動，經由按摩可協助淋巴系統的運轉功能。淋巴的主要分佈處：1.下巴的上下四周。 2.頸部的周圍、前及側 3.耳朵的前後及底下 4.腋窩 5.肩窩及乳房 6.胸部及腹部 7.鼠蹊部 8.手肘的內側及膝關節的內側。此外，尚有最主要的淋巴系統：扁桃腺、胸腺和脾臟。詳見第四篇第十章淋巴系統。

最基本也最重要的瑜伽體位法——攤屍式

攤屍式(Śavāsana)又名挺屍式、大休息，śava是死屍之意。該式子是瑜伽體位法中最基本也最重要的式子。或許有人認為攤屍式不過只是個休息的式子，那就太小看它了。如果攤屍式做的正確且做的好，那麼它對身心靈的幫助就會很大。

一、姿式(如圖十二)

姿式平躺、閉眼、全身暨四肢放鬆，雙手置於身體兩側，掌心向上(手指可能會微彎)，兩腳打開，寬度略大於兩肩的寬度，好像死去一般。如果身體不易放鬆，可以先用力緊縮手腳和身體，然後再放鬆。

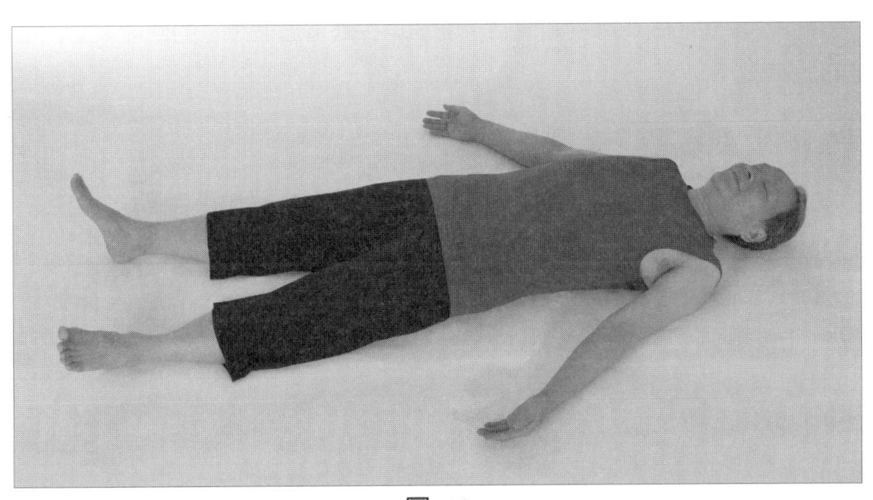

圖 12

二、呼吸與觀想：

(一)初層次

藉助觀想的方式使身體放鬆，可以一邊調息，一邊依自己的感受與需要，先微微地動動你的肢體，以調和剛做完體位法時，肢體所潛存的張力，然後完全放鬆，自由呼吸，使能量再次的平衡與輸佈。

(二)中層次

腦中的注意力，逐漸由外界(感官)回收而使肉體能完全的放鬆。藉由腹部呼吸法，將自身的內外在五種生命能收攝於海底輪或進一步觀想融入中脈，並進一步觀想自己的五大元素融入於大宇宙的五大元素。

簡易的三線放鬆觀想法：觀想全身從身體後側的腳到頸，兩手至頸，前側腳至頭依序交給大地。此外，也可觀想自己浮於水面上、漂浮於太空中；也可觀想個人的生命能量與永恆無限的宇宙能量相聯結，以便讓全身鬆弛，並得到大量的Prāṇa(生命能、氣)。

補充說明

當你很專注地做調息及觀想時，無須再去理會五個感官的回收，它們會自動地回收。

(三)高層次

觀想自己七個脈輪與與宇宙七重天相連結，冥想著我即是至上、上帝、道、佛，並將心靈消融於至上而融入至上。

上述的過程可以簡述為：喘息調身、調息調心、觀息、禪那冥想、三摩地。

三、起身和出定法

(一)初層次

可依自己的覺受與需要，和緩地動動肢體，或依(四)的起身法起身。

(二)中層次

要先將心靈集中在眉心輪，覺察自己的呼吸，並透過呼吸，再次啟動你的生命能，然後再依初層次的方式起身。

(三)高層次

由於高層次的攤屍式是心靈已處於消融的狀態，因此一定要先出定。出定的方法是：先將心靈集中在眉心輪以覺察自己的存在，然後再覺察自己的呼吸，並透過呼吸，使內外在五種生命能再次回到你的身體，同時也藉由呼吸喚醒還在禪定中的細胞。然後再進一步覺知肢體和感官的存在，並依自己的覺受與需要，和緩地動動肢體，再依(四)的起身法起身。

(四)大休息(攤屍式)後的起身法

1.前期動作

(1)在身、息、心、靈都已出定後，先覺知自己各個層面是否還有不順的地方，身體層可藉由身體的動作緩慢調整，氣息不順則用呼吸調，心靈則用觀想法。不是每個人都要做同樣的動作，脈輪與拙火瑜伽強調大休息後的起身法是很個人化的。

(2)起身前，為了喚醒內外在五種生命能與肢體的相互覺知，可以A、先旋轉手腕和腳踝。B、將兩手(交握或不交握皆可)往上往後舉，兩腳伸直，腳跟向下，針對脊椎上下對拉。C、把左右腳，一隻一隻抱向腹部，接著兩隻腳一起抱向腹部。D、屈膝，兩腳掌著地，兩腳同時緩緩地往同一側扭轉，再換邊扭轉，幅度不須大。因為生命能和肢體才剛甦醒，動作過大、過快或過用力，容易擾亂仍處於平靜的身心靈。

2.正式起身

(1)吸氣，右手往上往後伸，同時彎曲左腳。

(2)吐氣，右轉側臥。

(3)頭可以用右手掌撐著，也可以把頭直接放在右手臂上，此時右腳仍是打直的，左腳仍是彎曲的。

(4)左手放在左臀部上，自然呼吸。此時身體是右側著，可以讓左鼻孔通氣，左鼻孔通氣時，可以降低體熱，使心靈平靜(左鼻孔通左脈，左脈主管心靈與靈性間的關係)，待5～30秒，等左鼻孔通氣後，再用兩手撐地，緩緩起身。此法可避免因急促起身而造成氣血不順，也可減少對心臟的壓力。如果不用右側臥起身而直接起身，會對脊椎底部造成較大的壓力及可能產生的傷害，然而右側臥再藉著兩手撐地，可減少壓力和減少對脊椎底部的傷害。

四、攤屍式(大休息)的功能

攤屍式除了具有如上所述初、中、高層次呼吸及觀想的一切功能外，尚有以下功能：

1.放鬆全身，平衡腺體的分泌，鬆弛神經的緊張，加速疲勞的消除，增進活力。故攤屍式也有助於心臟病及高血壓患者的改善。

2.調整體位。體位法練習過程中也可能產生些許的骨架位移，在大休息時，人的本能會有自動歸位的功能。

3.有助於感官回收和吸收大宇宙的能量(Prāṇa)。若能配合呼吸和觀想，更可與宇宙整體能量結合。

4.獲致與至上合一的體位法禪定(Āsana Dhyāna & Samādhi)。真正的攤屍式是一種身心靈的重生。

5.可讓脊椎獲得最大的充電和休息。在日常生活中，脊椎都一直在承受各種的壓力，包括在做體位法時，大部分也都是直接對脊椎的作用，而攤屍式可以讓脊椎受到最小，而且是均衡的壓力。

6. 可去除去體內的氧債。體位法練習過程還是會有些許氧債的現象，氧債中的乳酸堆積和二氧化碳過量，會對細胞和機能產生傷害，而身心皆放鬆下的攤屍式深層呼吸，正可消除氧債。

附加說明

1. 每一種體位法之後，一定要做大休息，因為體位法會強烈刺激腺體和引起內外在五種生命能的變化，且每一種體位法所刺激的腺體和引起的生命能變化也不完全一樣，所以不同的體位法之間一定要做大休息，時間大約30秒至2分鐘，在做完體位法之後及按摩之後，如果可能的話，要最少做3分鐘的大休息，但最長不超過10分鐘，以免過長導致昏沉。光是這短短的休息，對於生命精細度的轉化就有很大的幫助。
2. 為何不同體位法之間要做大休息？為何不能一次做太多種體位法？的補述。

   一般味覺有分酸苦甘辛鹹澀，但任何一種味覺還可細分為數種甚或數十種。味覺的細微不同，對內分泌和外分泌而言，都有意義上的不同，倘若把所有果汁打在一起或把所有菜都煮在一起，勢必混亂「差異性」的重要，這都會對身心健康產生不良的影響。同樣地，每個脈輪都有主要和次要腺體，因此不同脈輪之間的主要與次要腺體的差異性更大。大休息不足或一次做太多種體位法，就粗鈍層面而言，影響或許不大，但是從精細面來看，影響就不小。
3. 在做大休息時，由於毛細孔敞開，所以最好能用毯子稍微蓋一下身體，以免感冒。
4. 即使沒有練習體位法，亦可做攤屍式。
5. 由於脈輪與拙火瑜伽是一種內在生命能和心靈的啟動，所以在大休息的過程中會有自我調整的現象，例如出現自發的身體動作和或快或慢的自發呼吸調節，甚至出現聲音等。此為可能的正常現象，順其自然即可。
6. 一個人如果在運動過程中和結束後沒有適度的休息，有時反而會造成肌肉痠痛和緊繃，甚至造成生命能的粗鈍化。

7. 有人為了方便，大休息時選用攤屍式以外的式子，比方說各種趴姿等，這樣並非絕對不可，在此建議大休息時最好選用攤屍式，這是因為攤屍式最容易消除張力，且能調整骨架和腺體的姿勢。
8. 脈輪與拙火瑜伽的大休息（攤屍式）是一種非常融入的狀態，要出定起身不一定很容易，因此要依個人狀態，徐徐出定，緩緩起身，以免氣息混亂。最好能先讓身氣心靈整合在一起再起身，不要有身氣心靈分離的現象。

瑜伽體位法的實際鍛鍊法一和二

一、相應法

(一)原理與目的

1.相應法即是三摩地，即是瑜伽，是與你所觀想的標的結合為一

體位法鍛鍊的主要目的是喚醒拙火，並使拙火上升至頂輪，以達到三摩地。脈輪與拙火瑜伽的體位法是依據《勝王瑜伽經》的八部功法所設計的一種體式作法。相應法即是三摩地(**註**)，即是瑜伽。三摩地是指你與你所觀想的標的結合為一，可分為身體層、能量層、心靈層、五大元素、脈輪七重天和至上等六種相應法。

註：

所謂相應即是合一，也是三摩地，也就是瑜伽，早期佛教即是將YOGA譯成「相應」。不管是身體層或能量層或心靈層的相應，其目的都是三摩地(合一)。三摩地的本意即是與冥想或觀想的標的合一，瑜伽的本意也是合一。與身體層或能量層或心靈層的合一屬有餘依三摩地，與至上的合一則屬無餘依三摩地。

2.相應法是一種連結，也是一種意識層次的提升法，被觀者會被導向觀者的層次

相應法是一種連結，也是一種意識層次的提升法，被觀者會被導向觀者的層次。比方說，身體層相應法，即是個體的主體集合意識與身體層連結，並提升身體層的意識到個體的集合意識層。其餘類推。在這裡要特別說明的是，當個體在觀想至上或做至上相應法時，我們個人並非主體，只有至上(老天)才是主體，相對於至上而言，個體意識永遠是客體，所以做至上觀想時，是觀想至上看著你，而非你看著至上，你是被觀者，至上是觀者，因此你的個體意識會被提升至至上意識之境。

在做合一觀照時，觀照者的意識層次會與被觀照者的心靈起互動的作用。一般而言，是用較高的意識層次觀照意識層次較低的被觀照者。比方說，當我們用心靈觀照身體和能量層時，就會有助於細胞意識和能量意識的提升與轉化，又當觀照已轉成是至上在目證你的時候，你的心靈意識就會被導向至上意識。

3.相應法和啓動法都是一種細胞意識的覺醒

不管是相應法或啟動法都是一種細胞意識的覺醒，當你時常練習時，你的每一個冥想都會很容易地喚醒細胞的深層意識，使之與至上意識(宇宙原力)連結，久而久之，便會充滿至上意識的意念，而達到天人合一之境，這就是瑜伽鍛鍊的目的，也是禪坐冥想的原理。

(二)相應法的基礎鍛鍊

要先熟練第二章所說的基礎鍛鍊與心法，如三個基本模組的鍛鍊，整體素質的提升，全方位的暖身，了解體位法的鍛鍊次地、觀照法、拙火起來的身心變化和自發現象、熟諳攤屍式、注意練習體位法須知和之前的準備工作等。

在身體層方面，至少要先做到體位法的正位與對位(已隱含骨架、關節、肌群、肌力、平衡、對稱、呼吸、鎖印的初步配合。以太極的觀念來說就是內三合、外三合、周身貫串、全身整勁)，且骨架、關節和肌群都已經有適度的鍛鍊，此為相應法和啟動法在身體層的最起碼基礎。

(三)六種相應法

1.身體層相應法：

把意念(含感官)從環境中收攝至自己的身體層(註1)，去覺知自己身體層(骨架、關節、肌群、肌力、平衡、對稱)的狀態(註2)，並進一步觀想你就是自己的身體層(註3)，此時會引動身體層的變化。此階段的體式是由身體層在主導和帶動。

2.能量層相應法：

把意念從身體層收攝至能量層，忘掉你的身體層，感覺是能量之流在做體位法而非身體(註1&4)，去覺知自己能量層的狀態，例如是吸或呼或止息或自發產生各種呼吸法、有否產生一個或數個鎖印、內外在五種生命能的狀態為何、十二經絡和奇經八脈的能量運行如何，舌頭、眼睛和身體其他部位有否收縮的現象，……等(註2)，並進一步觀想你就是自己的能量層(註3)，此時會引動能量層的變化。此階段的體式是由能量層和呼吸在主導和帶動。

3.心靈層相應法：

把意念從能量層收攝至心靈層，忘掉你的能量層，感覺是你的念在做體位法而非能量(註1&4)，去覺知自己心靈的狀態是否有任何心緒、念頭、執著或處於空靈狀態(註2)，並進一步觀想你就是你的心靈層(註3)，再進一步觀想是大宇宙的心靈在帶著你做體位法(註3)，此時會引動心靈層、脈輪、腺體、神經，甚至拙火的變化。此階段是由大宇宙的心靈在帶動你的心靈層做體位法。此階段的最終會進入最高的靈性層，其中共有兩種狀態：初始是「至上」在目證著你在做體位法，當你徹底進入一元時，會實際感受到是祂——「至上」本身在做體位法(註3)。可參考啟動法第5項。

4.五大元素相應法：

在體式定位時(指正在作用某一脈輪或部位時)(註5)，把意念集中在主要或想要作用的脈輪上，觀想及默誦該脈輪的種子音根和元素，使之與大宇宙該元素產生連結(註6)，此時大宇宙該元素的能量會引動並強化我們身上相對應的元素。此法亦是在加強身體層和能量層的轉化。(註7、8)

5.脈輪七重天相應法：

在體式定位時(註5)，把意念集中在主要或想要作用的脈輪上，

觀想該脈輪與大宇宙相應的七重天連結，此時大宇宙相對應的七重天會引動並強化我們身上相對應的脈輪。此法亦是在加強心靈層的轉化。(註8)

6.至上相應法：

上述的心靈層相應法或脈輪七重天相應法都可進入至上相應法，此最後階段是在體式定位時(註5)，進一步專注於頂輪或入觀於永恆無限之上，同時觀想拙火上升至頂輪，此時拙火就可能引動身體層、能量層(含呼吸)、心靈層、脈輪、腺體、神經的全面變化(註9、10)，做的時候內心亦可持誦梵咒。此階段的最終狀態也會進入最高的靈性層，如心靈層相應法的終極狀態，進入一元性，實際感受到是祂——「至上」本身在做體位法(註11)。可參考啟動法第5項。

註：

1. 把意念(含感官)從環境中收攝至自己的身體層屬感官回收第一層，把意念從身體層收攝至能量層屬感官回收第二層，把意念從能量層收攝至心靈層屬感官回收第三層，從此之後的心靈狀態就不再稱為感官回收，而依實際狀況稱為心靈集中或禪那冥想。感官回收至心靈層時，呼吸常會變得很細微或甚至止息。
2. 覺知自己身體層的狀態屬心靈集中第一層，覺知自己能量層的狀態屬心靈集中第二層，覺知自己心靈的狀態屬心靈集中第三層。(心靈集中的外在意義是攝心於一處，而其內在意義是對集中標的的覺知。)心靈集中的下一步是禪那冥想，也就是由覺知轉成觀想。
3. 觀想你就是自己的身體層屬禪那冥想第一層(禪那冥想的意思是觀想你就是你所觀想的標的)，觀想你就是自己的能量層屬禪那冥想第二層，觀想你就是你的心靈層屬禪那冥想第三層。從觀想到三摩地(註10)的過程會有身體、能量和心靈層的變化，面對變化要不迎不拒。禪那冥想的最終，客體會轉成主體化，也就是會類似在三摩地中，由至上本體在從事一切而非客體。以體位法為例，就是至上在看著你做體位法，或是至上本身在做體位法。但若從絕對的靈性層來看，至上本體並未從事任何活動。
4. 當意念從身體層收攝至能量層時，即使身體層尚未完全放空，肢體也會感覺較放鬆、舒展，甚至也可能有體大的感覺。當意念從能量層收攝至心靈層時，即使能量層尚未完全放空，呼吸也會更自在，也較不會有能量的緊繃感。

5. 包括至上相應法在內的各種相應法，在鍛鍊上並沒有體式的限定，也就是說只要在沒有安全的疑慮下，任何姿勢皆可做，但做體位法時，是著重以體位法來啟動拙火，因此是在體位法正在作用某一脈輪或部位時做冥想，而非已回復原來的坐姿或體式時才做。
6. 觀想個體五大元素與大宇宙五大元素的連結，即是觀想個體五大元素就是大宇宙五大元素的禪那冥想。最後是觀想個體五大元素與大宇宙五大元素合一。
7. 五大元素相應法原則上是應用在第一至第五脈輪，若是要用在第六脈輪，那麼除了要默誦第六脈輪的音根外，還要觀想與大宇宙的心靈層相應。
8. 有些人在深層禪定出定後身體不調或甚至中風，這是因為平常身體層、能量層和心靈層的鍛鍊不足，而在深層禪定時，由於內外在五種生命能已融入中脈，心靈也業已融入大宇宙心靈，因此無法護住自己，此時如果有練過五大元素相應法和脈輪七重天相應法的人，就會由大宇宙五大元素和心靈接手來護持你的身心。
9. 拙火上升至頂輪，個體小我融入至上大我，即是三摩地的境界。
10. 從絕對的觀念來看，拙火是一種二元性思維，也代表造化勢能，所以在精細的拙火提升鍛鍊上，並不是觀想拙火，而是僅專注於對至上的冥想和融入。
11. 要做好至上相應法和靈性啟動法不能僅靠技巧，還須要對至上虔誠，對眾生有無私的大愛。可參考補充說明15。

(四)六種相應法的作法和現象摘要

	相應標的	感官回收至	集中與覺知	禪那冥想的標的	主要的自發現象	成就悉地(Siddhi)
1	身體層	身體層(忘掉境)	身體層(骨架、關節、肌群、肌力、平衡、對稱等)	你就是你的身體	骨架、關節、肌肉和作用部位會做自我調整、震顫、搖晃、扭轉、伸展、收攝、壓迫、撞擊和彈跳，甚至改變動作；浪脊椎	身體層
2	能量層	能量(忘掉身)	能量層(呼吸、內外在五種生命能暨鎖印的狀態)	你就是你的能量	出現各種自發呼吸法；長吸、長呼和長時間住氣或短呼、短吸且不住氣；出現根鎖、臍鎖和喉鎖現象；內縮身印；舌頭向上或向後捲，眼睛虹膜往上	能量層

					或緊閉、內縮；脖子後仰，腰部向後彎；吼叫或發出各種聲音，如發hum等；身體有擴大或縮小或氣旋或向上衝或電流通過感；有氣大、空大或光和影像感	
3	心靈層	心靈（忘掉能量）	心靈層（心緒、意念、影像）	初階：你就是你的心靈 進階：大宇宙的心靈帶著你	身體進入不動的狀態；自然地屏息住氣；內外五種生命能被收攝到海底輪；心緒傾向作用被懸止；習氣、情緒可能在體位法練習過程中表發出來	心靈層
4	五大元素		作用脈輪與所屬的元素	觀想及默誦該脈輪的元素和種子音根，使之與大宇宙該元素相應	同身體層、能量層	五大元素
5	脈輪七重天		作用脈輪	觀想該脈輪與大宇宙相應的七重天連結	拙火沿著中脈往頂輪提升，過程除了有身體、能量和心靈層的自發現象外，生命能也會消融於中脈	七重天
6	至上			專注於頂輪或入觀於永恆無限之上，同時觀想拙火上升至頂輪	頭額和嘴角上揚，出現無限喜悅的覺受；個體心靈和個體意識達到消融和三摩地之境；頭往上仰或甚至整個身體向後倒下	合一

二、啓動法

(一)原理與目的

1.身體層、能量層和心靈層等各有其自主意識，啟動法即透過感官回收、心靈集中和禪那冥想來直接喚醒各個層次的自主意識。

2.啟動法可提升生命的層次

啟動法的主要功用之一是提升生命的層次。在當今各式各樣的功法中，常常僅停留在以個體的最外在意識層次來主導，而忽略了喚醒各個層次的內在神性，以至於功法大都僅停在有為的身體層。若以有為的身體層來鍛鍊，是很難提升生命的層次，而且練功過程容易疲累，也容易助長我慢。

3. 相應法和啟動法都是一種細胞意識的覺醒
4. 啟動法是喚醒身體、能量與心靈等各層次的意識力，除了靈性層啟動法外，其餘的各種啟動法只是一種方法和過程而非目的，相應法才是進一步的目的。

(二)啓動法的基礎鍛鍊

方法和內容如相應法的基礎鍛鍊。

(三)五種層次的啓動法

1.身體層的啓動：

當感官由境收攝至身體層時，只暗示自己要做的體位法名稱和大致內容，然後隨順身體層的本能意識做動作。**(註1)**

2.能量層的啓動：

此階段可分為基礎法和進階法。基礎法是以能量層的本能意識為主，也就是以呼吸和內外在五種生命能為主並配合適當的鎖印來帶動，並逐漸忘掉身體層的存在。此階段的基礎是意念或感官已能從環境中收攝至自己的身體層**(參考相應法註1)**，並進一步收攝至能量層也就是忘掉你的身體層，感覺是能量之流在做體位法而非身體**(參考相應法註1、4)**，更重要的是能覺知呼吸和生命能的作用，此時呼吸、生命能和鎖印都是順其自然。進階法是將內外在五種生命能收攝至海底輪，並融入中脈，由潛存於中脈的內外在五種生命能來帶動，但初學者通常以練習進階法為先。**(請見註2)**

3.心靈層的啓動：

此階段是以心靈層、中脈和脈輪為主，但在初始階段仍會有強烈的能量層作用，漸漸地能量層會減弱，而改為純粹以心靈層、中脈和脈輪為主(註3)。其作法除了在定式時，直接觀想是心靈在做之外，另一個簡易方式是，放下身體層、能量層和一切心緒與思維的覺知，先觀想你要做的體位法和該體位法主要的作用脈輪，然後直接由深層的心靈或至高神性和老天帶動作，此種啟動法，常會令人感到超越形體和能量的飄飄然(註4)。然而心靈不是鍛鍊的終極點。**(請見註5)**

4.心靈導向靈性層的啓動：

此階段即是心靈層相應法的後半段，觀想大宇宙的心靈在帶著你做體位法。

5.靈性層的啓動：

心靈導向靈性層鍛鍊的最終狀態是靈性層的鍛鍊。其法是將意念集中在上師輪或頂輪上(註6)，專一虔敬地冥想著上師或至上和要做的體位法，它將獲致像心靈層相應法的終極狀態，也就是進入一元性，實際感受到是祂——「至上」本身在做體位法(**參考相應法註11)**。

註：

1. 不管是相應法或啟動法，如果身體操的過累或感官回收和心靈集中沒有做好，是很難辦到的。因此，脈輪與拙火瑜伽強調身體不可操的過累，而要時常保持悅性的覺知和能量，同時也非常注重感官回收、心靈集中和禪那冥想的修煉。
2. 為何初學者在開始時不直接練習能量層啟動的基礎法？那是因為能量本身具有獨自的意識，而當我們尚未能放下自我的主體意識時，所做的能量層啟動是自我的主體意識在帶動而非能量本身的獨自意識，因此才先帶進階的能量層啟動法。當你已學會逐漸放下，不任由主體意識中的意識層主導後，再去學習能量層的基礎啟動法就會容易多了。這是一種權宜之法。否則若依照進階法來做，當內外在五種生命能真的已收攝至海底輪，並融入中脈，身體是很難產生動作，甚至連要呼吸都很困難。
3. 心靈是抽象的，而且涵蓋許多層面，不同的脈輪即意涵著不同心靈層的表發，因此心靈層的啟動也可簡稱為脈輪的啟動。
4. 此方法的原理是依據《勝王瑜伽經》第三章(Vibhūti Pāda，神通品，又譯為成就品)3-4的開示：「當集中、禪那、三摩地合一時謂之叁雅瑪

（saṃyama）」，經由叁雅瑪可獲得或啟動所有一切的機制。（3-16至3-48）

5.《勝王瑜伽經》1-2：「將變形的心靈或心緒傾向懸止謂之瑜伽。」當心靈還有種種作為時，真如本性就無法當家（《勝王瑜伽經》1-3至6），所以應該還要往上提升至靈性層。

6.集中在上師輪或頂輪時很容易進入忘我的之境。靈性層的啟動是非常精細的，有的人做時沒感覺是因為啟動不了，有的人啟動時會有很大的動作或大的聲音或粗的呼吸等，這表示還尚未進入靈性層的啟動，可能只到心靈層或能量層或身體層而已。

(四)五種層次啓動法的作法和現象摘要

	啓動標的	感官回收至	啓動與觀想法	主要的自發現象	主作用標的
1	身體層	身體層（忘掉境）	暗示自己要做的體位法名稱和大致內容	骨架、關節、肌肉和作用部位會做自我調整、震顫、搖晃、扭轉、伸展、收攝、壓迫、撞擊和彈跳，甚至改變動作；浪脊椎	身體層
2	能量層	能量（忘掉身）	初階：觀想能量之流在帶你做體位法而非身體 進階：觀想中脈在帶你做體位法	出現各種自發呼吸法；長吸、長呼和長時間住氣或短呼、短吸且不住氣；出現根鎖、臍鎖和喉鎖現象；內縮身印；舌頭向上或向後捲，眼睛虹膜往上或緊閉、內縮；脖子後仰，腰部向後彎；吼叫或發出各種聲音，如發hum等；身體有擴大或縮小或氣旋或向上衝或電流通過感；有氣大、空大或光和影像感，身體輕盈	能量層
3	心靈層	心靈（忘掉能量）	觀想中脈和作用脈輪在帶你做體位法	感覺身體輕盈，能量消逝	心靈層
4	心靈導向靈性層	試著忘掉心靈	觀想大宇宙的心靈在帶著你做體位法	心靈逐漸消逝；頭額和嘴角上揚，出現無限喜悅的覺受	心靈導向靈性層
5	靈性層	忘掉心靈	將意念集中在上師輪或頂輪上，專一虔敬地冥想著上師或至上和要做的體位法	頭額和嘴角上揚，出現無限喜悅的覺受；個體心靈和個體意識達到消融和三摩地之境；頭往上仰或甚至整個身體向後倒下	靈性層

三、相應法和啓動法說明

1. 體位法練習的每一個過程都要配合脈輪與拙火瑜伽在身體層、能量層和心靈層的觀照法。
2. 相應法和啟動法可以合併在同一個體位法的同一次練習中。比方說：先以能量層啟動法來做蝗蟲式，然後接著練習身體層相應法。
3. 同一個體位法也可在同一次練習中鍛鍊不同的相應法。比方說：先練習能量層相應法，接著練習脈輪七重天相應法。不過順序上通常是低層次相應法先練，再練較高層次相應法。
4. 在做各種啟動法前要先確立你在相關方面是否已準備好。比方說你要做蛇式，如果你對蛇式的概念是錯誤的，例如兩手撐直，肚臍離地，或兩腳張開，那麼不管你是用能量層啟動或心靈層啟動，你啟動後的姿式很可能被帶成你概念中的姿勢而非標準的姿勢。如果你不是用啟動法，而是用相應法，那麼錯誤的姿勢較可能因為能量轉化和拙火提升而被導正。所以在做啟動法前，對身體層、能量層和心靈層的正確覺知是很重要的。
5. 啟動法不僅用在動作的開始，也可用在動作的回復過程，例如：大拜式、兔式等。
6. 脈輪集中點到底要集中在前面的對應點或是後面的原始點？有關這一點，並沒有絕對的標準，要依你所練習的功法而定。比方說，當你以能量或心靈啟動法在練弓式、輪式和鋤式時，集中在後面的原始點時會比較容易，而當你以勇氣式在練五大元素相應法時，集中在前面的對應點會比後面的原始點容易，所以是因功法而異。取決標準在於那一種集中方式，可以達到你要達到的目標。
7. 啟動法除了由各個層次的意識直接主導外，也隱含著相應法，比方說，當你用身體層啟動時，除了你身體層的意識會直接作用外，你的身體層也會邀請大宇宙五大元素的支持協助，以此類推，當你用能量層啟動時，你的能量層也會邀請大宇宙的能量來協助，當你用心靈層啟動時，你的心靈也會邀大宇宙心靈或七重天來協助。

8. 用身體層啟動時，身體會變輕盈；用能量層啟動時，身體和能量會更靈活，延伸或延展度會更好；用心靈層啟動時，心靈會更自在。比方說：當你以身體層啟動法做椅式時，身體會覺的輕盈而使得姿勢可以維持更久；當你以能量層啟動法做手碰腳式時，延展度會更好；當你以心靈層啟動法做鋤式或輪式時，心靈會更自在。

四、啓動機制

人有身體、能量、心靈和靈性層，即便是細胞也同時具備所有的層次。在鍛鍊的過程中，通常會先啟動身體，而後能量，而後心靈層，最後才是融入靈性層和至上。所以在上述體位法鍛鍊過程中，初學者未必一開始就能啟動身體細胞獨自的身體層、能量層或心靈層，但透過脈輪與拙火瑜伽體位法和相關練習時，假以時日，定能逐步開啟。

雖然在拙火的啟動方式上，靈性層比心靈層精細，心靈層又比能量層精細，能量層又比身體層精細，但這並不表示愈精細就愈好，而是要看練習者的層次和需要，比方說對一個還在身體層的人而言，若用心靈層的啟動方式未必就優於身體層，相反的，對一個已經進入心靈層的人，若過度著重身體層的鍛鍊，反而會使其粗鈍化。

五、補充說明

1. 下面的脈輪雖然也能影響上面的脈輪，但上面的脈輪較能影響底下的脈輪。例如，當兔式做對時，對底下的脈輪影響很大，會讓身心安定、冷卻。

2. 如何判別體位法是否做對？

   體位法是針對相關脈輪和腺體起作用，所以做正確時，對該相關脈輪和腺體會起作用，對相關的肌群、關節和骨架也會起作用，反之則不會。

3. 在做較高階的脈輪與拙火瑜伽觀想時，一個體式的停留時間可能較長。

4. 脈輪與拙火瑜伽如何適用於各派的瑜伽練習者？

   在第一階段裡先用各派的作法，從第二階段起要忘掉過去所學的方法，然後聽從自己內在身體層、能量層、心靈層、大宇宙心靈和至上的引導。

5. 做脈輪與拙火瑜伽時，對於書上所寫的：做的次數、呼吸方法(如吸氣、吐氣、止息等)等要當作重要參考，但無需視為絕對的，因為在進入自發啟動和入定時其變化是非常微妙的。

6. 脈輪與拙火瑜伽的體式標準、呼吸法、震動法都非制式，而是讓自己的內在神性和老天做自發調整。集中法也非制式和有限性，而是一種由身體層導向能量層、心靈層，再經由禪那冥想，轉成由自己的內在神性和老天做自發調整。音聲法亦仿此。

7. 骨架、關節、肌肉的鍛鍊有賴於內外在五種生命能(生命氣)的強化。

8. 身體層不單指骨架、關節和肌肉，而是指構成肉體的所有一切。

9. 在做合一練習時，每做完一個動作後，要盡量讓身體、能量和心靈層放鬆和歸元。如果身體層沒有放鬆，在做合一練習時容易停在身體層的力與形，而無法提升至能量層。以此類推，在做合一練習時，若能量層沒有放鬆，則容易停在能量層的生命氣與呼吸，而無法提升至心靈層；當心靈層沒有歸元時就做合一練習，則容易停在心靈層的覺知，而無法提升至靈性層或至上的目證境地。

10. 脈輪與拙火瑜伽進階體位法帶動的特色之一是由中脈和脈輪來帶動，而非是用身體層帶動。當體位法是由中脈和脈輪來帶動，而非身體層時，動作會依個人的需要而做本能性的調整。因為每個人的體型、骨架不同，肌筋膜的包覆和肌力不盡相同，關節的靈活度也不相同，若硬是要用同一套的制式方法，有些人就會出現卡住或不舒服的現象。而人的內在本能本就具備自我調整的功能，因此出現本能性的自我調整是正常且好的現象，不應壓抑它。體位法本身具有自我修復的復健功能，不要把體位法做「死」了。

11. 中脈和脈輪啟動的進一步說明：即使是同一個體位法，當你集中的脈輪位置不一樣時，體位法所呈現的作法和功用就會隨之改變，如果過程中改變集中的脈輪或位置，動作和功用也會隨之改變。即使是同一個動作或體位法，集中在前側的中脈或脈輪和集中在後側的中脈或脈輪，所呈現的動作和功用也會有所不同，請參考第三篇蛇式和輪式說明。
12. 三摩地的合一，在物質面就像核子融合，會產生很大的威力，但實際上核融合遠遠不及心靈與意識的融合，這就是三昧真火的原力，也是自發現象的原力。
13. 在體位法的練習過程中，有時會引發宿疾的出現，有時也會誘發潛在的種種心緒或記憶，尤其在做心靈層的帶動時會更明顯，所以將意念導向至上則相形重要。
14. 即使是同一個體位法或同一個動作，做時的呼吸法不一樣，其功用也會不一樣。
15. 脈輪與拙火瑜伽教師所須具備的一些條件和特質為：基本的身體層和能量層鍛鍊；完整的瑜伽基本哲學素養；心靈層的修煉；基本呼吸、音根、觀想的了解；對眾生無私的愛和對老天(至上)的臣服。最後一項非常重要，對眾生有無私的愛，才能縮短與眾生的距離，對老天(至上)臣服，才能隨順天意，參贊天地的化育，達到瑜伽的最高境界。
16. 脊椎在身體層上的拙火提升相當重要，因此部分以拙火提升為訴求的派別，特別重視脊椎的鍛鍊。

17. 脈輪與拙火瑜伽體位法的進階，在外形上不會非常著重方向性與角度，而是著重宇宙性；在內在上則著重心靈導向靈性，一種心靈溶解和與至上合一之境。
18. 身體層的相應或啟動也會連動到能量層和少部分的心靈層，能量層的相應或啟動也會連動到身體層和心靈層，心靈層的相應或啟動也會連動到能量層和少部分的身體層。
19. 身體層、能量層、心靈層的相應和五大元素與七重天的相應等，在外觀上可能很相似，但其內在轉化的標的是不同的。
20. 脈輪與拙火瑜伽體位法所引動的能量相當大，初學者有時精神特別好，食慾特別佳，甚至性慾也會增強，遇此現象時無需擔心，可以藉著飲食清淡或減少飲食量和睡眠時間來調適，一段時間後即可適應。比較重要的是時時刻刻要懷著正念，不要因為各種現象而產生妄想或執著。
21. 練習能量層啟動法的過程有可能感覺到形體不見，或生命氣不斷地擴展。
22. 脈輪與拙火瑜伽的練習過程有可能產生串連動作(vinyasa)，但這種串連是自發的，是依自己的實際需要而產生，且每個人不盡相同，也和某些派別的制式作法不同。
23. 當體位法是以能量層為主的練習時，過程中體內會感到能量周身貫串，但這不是體位法練習的最高目的，應進一步將能量導向較精細的心靈層。其方法首先是放下對能量的執著與依戀，接著將心念放在心靈的淨化或寧靜與擴展上，亦可將心靈集中在較高的脈輪上，然後再逐步地將心靈導向天人合一之境。
24. 至上相應法即是《勝王瑜伽經》上所說的「入觀於永恆無限之上」，亦如中國所說的「心不離道」和佛教所說的「念念是佛」，此法可於日常生活中時時修煉。但此鍛鍊法在日常生活上的應用常會結合「止觀雙運」，「止」是內守自性或入觀於至上，「觀」是常應(善用)諸根(感官和運動器官)用，如此才不會與生活、世界脫節。

25. 當身體層愈精細時愈容易導向能量層，能量層愈精細時愈容易導向心靈層，心靈層愈精細時愈容易導向靈性層。因此身體層的鍛鍊不是增加身體的物質量，而是導向較精細的存在感，其餘仿此。

26. 總制法在體位法上的應用：當你在做牛頭式、椅式、平衡式、……等時，眼睛看著前方一點時稱為專注，當你將注視力收至眼根時稱為感官回收，當你將心靈移至到要觀想的脈輪，此時對脈輪的專注就稱為心靈集中，而當你在該脈輪做觀想時，就稱為禪那冥想，又當你與所觀想的標的合一時，稱成為三摩地。

27. 在體位法的深層鍛鍊中，你會感受到受作用腺體的荷爾蒙分泌，以及接著而來的心靈喜悅和擴展。比方說，你在做魚式身印時，經由姿勢和專注於鼻尖，你會感受到鼻尖輪對五大元素的控制，以及甘露流經懸雍垂的感受，和接著而來的愉悅、擴展與融入。

28. 為何啟動法裡沒有五大元素和七重天的方法？
如果要用五大元素和七重天的啟動法也是可以的。但是為了不讓啟動法變得過於複雜，筆者將五大元素和七重天的啟動融合在心靈導向靈性層啟動法裡，直接觀想至上帶著你練體位法即可。請參考相應法和啟動法說明7。

29. 在做心靈導向靈性層啟動法時，若無法直接觀想至上帶著你全身練體位法，那麼也可簡略地以你的中脈代表你的全身，然後觀想至上帶著你的中脈練體位法。

六、這麼多相應法和啓動法我該如何鍛鍊

初學者先依照老師的教法，針對每個式子用最適合的啟動法和相應法，等逐漸熟練後，就可在自己個別練習時，多練習不同的啟動

法和相應法，當這些又熟練後，可再回到針對每個式子用最適合的啟動法和相應法，甚至當基礎穩固時，各種啟動法和相應法幾乎是同時發生，同時作用，自行調整，以最適切的方式導向整體及最高的目標。

七、脈輪與拙火瑜伽鍛鍊法的其它重點和特色補述

除了體位法的鍛鍊次第外，還有一些要點如下：

1. 重視個人及男女在身體和腺體上的差異，指導個人以自己的需要做鍛鍊，不要求每個人都鍛鍊同樣的體位法或做所有的體位法，所以每個人應在老師的指導下選擇適合自己的體位法練習。
2. 重視脈輪與腺體的平衡鍛鍊。由於每個人的不同脈輪與腺體未必都很平衡，所以在鍛鍊上也就會採取不平衡的鍛鍊，比方說強化不足的脈輪，紓解過鬱的脈輪，而非每個脈輪都需要以同樣的強度鍛鍊。
3. 依照每個脈輪與腺體的需要，採用不同方式的組合來鍛鍊，例如採用扭轉或伸展或壓迫或撞擊或收攝或……等，同時也注重脈輪與腺體的反向鍛鍊，以達到平衡的鍛鍊。
4. 要依循脈輪與拙火瑜伽的練習須知，例如：半浴法、左鼻孔通暢、不同體位法間的大休息、體位法完後的按摩……等。這幾件事看似不顯眼，但是它們對身氣心靈的轉化非常重要。
5. 不要太在乎練習過程中的身心變化現象，因為那不是絕對的，但是聽從老師的指導是很重要的。
6. 過程中的身心變化要順其自然，不要壓抑或對抗，以免造成岔氣，若有疑義要請教老師。
7. 重視品德修養與無私的服務精神。
8. 脈輪與拙火瑜伽鍛鍊法是一套完整且精細的功法，即使只想做好體位法也需要相關鍛鍊的配合，諸如：持戒、精進、飲食、……等。

9.不以制式的方式來做體位法，而是經由合一觀想來啟動最適合自己的體式作法，這之中身體層(如姿勢)和能量層(如呼吸)會有微調，因此比較不會像一般制式的體式鍛鍊容易造成受傷。

10.脈輪與拙火瑜伽的特色之一是，練習者的肌肉Q又有彈性，而不是僵硬或鬆弛無力；關節鬆活而非單純的延展；所有的體位法是有意境的而非只是一個缺乏生命感的姿勢。

八、脈輪與拙火瑜伽進階功法簡述

上述脈輪與拙火瑜伽的鍛鍊法僅屬第一階，除第一階的體位法外，還有如第二篇第一章的完整鍛鍊功法，筆者預定未來會再著書詳述。

如何規劃個人瑜伽體位法暨整體瑜伽的鍛鍊

瑜伽的鍛鍊最好能有明師或好老師的指導，若尚未遇到，那麼可參考下列準則。也請一併參照本書第一、第二篇和第二篇第六章的鍛鍊次第，並依此做為個人鍛鍊的規劃藍圖。

如何規劃個人整體瑜伽和體位法的鍛鍊

1. 先了解自己學習瑜伽的目的
2. 認知自己的體質和優缺點
3. 設計自己需要的暖身、拉筋、核心強化、平衡動作和潔淨法
4. 針對肌肉骨架和神經系統設計體式
5. 針對脈輪腺體設計體式
6. 選擇自己所需的呼吸法
7. 選擇自己所需的身印法
8. 選擇自己所需的梵咒與梵唱
9. 選擇自己所需的觀想、冥想法
10. 選擇自己所需的食物和斷食法
11. 瑜伽經典的研讀
12. 針對特殊需求設計

附： 如何判定脈輪的健康狀況

可從脈輪的主掌，得知脈輪的健康狀況。

1. 身體層：覺察相關脈輪主掌的五大元素狀況；骨架、關節與肌群狀況；五臟六腑的功能；感官與運動器官的功能；內分泌的狀況；神經系統的狀

況。

2.能量層：覺察呼吸狀況；內外在五種生命能的狀況；鎖印控鎖的功能。

3.心靈層：覺察有關心靈作用的思維、分析、邏輯推理、記憶、覺知、睡眠、情緒、情感、五十種主要心緒。

第三篇

體位法

脈輪與拙火瑜伽體位法

本書體位法的解說側重在能量層、心靈層和靈性層

脈輪與拙火瑜伽是結合身體層、能量層、心靈層和靈性層的整體鍛鍊，包括它的體式也是結合瑜伽八部功法的整體鍛鍊。但由於各派瑜伽對於身體層的解說已經很詳備，因此本書體位法的解說側重在能量層、心靈層和靈性層，對於所作用到身體層的肌群、關節、骨架等解說較簡單。本書的解說重點在：1.內外在五種生命能、三個鎖印的作用 2.對脈輪、腺體和拙火的作用 3.如何應用瑜伽八部功法來練習相應法和啟動法。而在細部上會著重在如何觀照，以及可能會產生的自發現象。

不管你練的是什麼式子
要盡量以脈輪與拙火瑜伽的心法來從事鍛鍊

如先前所述，瑜伽體位法若是細分可達數萬種之多，而其中大約有兩百多種是各派瑜伽常做的體位法，筆者試著從中挑選出比較屬於禪定的式子，含攤屍式在內共44個，來當作脈輪與拙火瑜伽的主要式子，並佐以一些輔助的動作。但是這並不意味著脈輪與拙火瑜伽的練習者僅能做這些式子，其實他們還是可以做一些其它個人需要的式子，比較重要的是，要盡量以脈輪與拙火瑜伽的心法來從事鍛鍊。

一、攤屍式(Śavāsana，又名挺屍式。śava：死屍，āsana：體位法、姿式。以下每個āsana皆同義)詳見第二篇第十章。

二、瑜伽身印(Yogamudrā，yoga：瑜伽，mudrā：印、身印)(如圖十三)

(一)作法

1. 兩腳交叉坐好，雙手置於背後，用右手握住左手腕。
2. 吸氣時身體兩側拉長，吐氣從髖部開始，讓上半身脊椎一節一節緩慢的往前彎曲(初學者可左右輕微擺動)，使頭額和鼻尖碰觸地面。
3. 保持此式，止息8秒，然後吸氣起身。
4. 做此式要保持根鎖、臍鎖。
5. 練習8次。

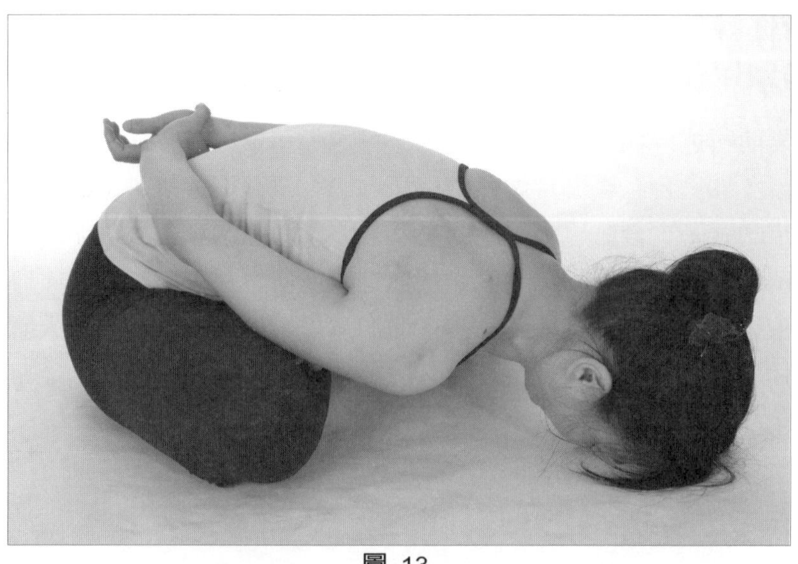

圖 13

(二)輔助動作

1. 此式屬於髖關節屈曲外旋、膝關節屈曲、踝關節蹠屈、脊椎前彎的動作、肩關節(內旋)，因此相關關節要先活絡伸展。
2. 蝴蝶式、頭碰膝式、簡單的兩側伸展、後彎、扭轉動作及小腿後側的伸展。

(三)注意事項

1. 上半身放鬆，緩慢的進行前彎，盡量將背拉直，不拱起。前彎時不要先低頭，若是先低頭，就容易拱背。
2. 臀部不離開地面，重心在臀部。
3. 頭部不勉強碰地，因容易造成重心往前移動。
4. 起身時，主要靠根鎖及薦椎、臀部的力量，其次是腰椎的力量往上帶，而不是藉著頭、頸、肩等上半身之力，頭是隨著能量線延展。
5. 交叉腳可以上、下交換，交握的手也可以交換。交握的手自然的放於背後較低的位置即可。
6. 雖然此式是向前彎的動作，但為了做好此式子，最好能加做後彎、側彎和扭轉的動作。
7. 初學者練習時，不要求連續做8次，過程中可略休息再繼續，以下各式均仿此。次數和停留時間的設計，旨在達到對身體層、能量層、心靈層、脈輪、腺體、拙火起足夠的作用。因此用脈輪與拙火瑜伽練習時，也是以能達到此功效為目的，但次數和停留的時間不是絕對，其主要原因是當你用相應法或啟動法練習時，每一次練習的深度和作用都是相當深的，且式子停留或入定的時間可能比原設計時間長很多。以下各式均仿此。
8. 做完此式，最好能配合反向動作練習，如蛇式。盡量選擇能量相當且作用脈輪相同的反向動作，以下各式均仿此。

(四)主要功用

1.加強背部的伸展，減少腹部脂肪的囤積。
2.穩定下行氣，強化上行氣。
3.主要是對第二個脈輪及性腺有幫助，尤其對女性生理期及生殖方面的疾病有幫助(如生理痛、月經不規則……等)，其次是對第一個脈輪有幫助。
4.此式是對女性特別有助益的式子。

(五)相應法與啓動法的應用及其特殊現象

1.此式開始時可用各種啟動法來啟動，啟動後可接著練習各種相應法。
2.在能量層啟動方面，初學者可先用進階能量層啟動，等熟練後可用其它方式啟動。此式的主要作用脈輪是第二和第一脈輪，所以如果用心靈層啟動時，最好是先練習集中在脊椎上的第二和第一脈輪。
3.啟動法的應用時機可以在動作開始時，也可以在姿勢回復時，甚至可以在做姿勢的整個過程中。
4.在相應法方面，初學者可先藉由身體層相應法去覺知自己的骨架、肌肉、關節、呼吸和三個鎖印狀況，也可藉著此相應法來練習感官回收、集中(以及覺知)、禪那冥想和合一的定境，等熟練後可再練習能量層等其它層的相應法。尤其最後可藉著練習至上相應法，體會三摩地和拙火的提升。
5.相應法的作用時機是在該姿勢正在作用主要目標脈輪時。以此式為例，就是在上半身已經前彎，姿勢正處於作用第二脈輪的定式時。
6.由於每個人的身心狀況及腺體不同，因此所產生的反應與變化也有所不同。初學者應依本書的指導，先去覺知身體層和能量層的變化，例如身體的抖動，呼吸的調整等自發現象，以及三個鎖印和內外在五種生命能的作用。
7.當你開始用各種啟動法啟動時，可能會有身體輕盈，能量串流和心靈自在感，這是正確且好的現象。做各種相應法時會有與相應標的合一的融入感，甚至體感消失、能量消失及心靈消融的感覺，這些都是正常且好的現象。

8. 以此式為例，不管是用啟動法或相應法時，若以第一和第二個脈輪為主標的時，可能會產生臀部跳動的現象，若以第三至第五個脈輪為主標的時，能量會往上帶，脊椎會有拉直的現象，若以第六、七個脈輪為主標的時，可能會引動拙火往上，產生浪脊椎，眼睛的虹膜往上、舌根內捲和頭往上仰的現象。且不管是以那一個脈輪為主標的時，都可能產生三個鎖印和內縮身印，也可能發出聲音或出現止息及瓶氣(kumbhaka)的現象。
9. 即使是初學者，有些人在練習過程也會有身不動或甚至呼吸中止的入定現象，遇此現象時無須驚慌，不要強行呼吸或搖動身體，而應持續融入一小段時間，等一會兒就會慢慢出定。

三、蛇式(Bhujaṃgāsana，bhujaṃga：大蛇)(如圖十四)

(一)作法

1. 俯臥，額頭輕貼地，雙掌(臂)置於肩兩側，肘彎曲。雙腳拉長往後延伸(大腿內旋)，腳後跟正，不內外八，腳趾延伸不使力。
2. 吸氣，雙手將上身的身體慢慢地撐起，胸往上、肚臍不離地、頸椎拉長，眼睛順著能量線，自然地朝天花板方向看。
3. 保持此姿勢，停留8秒。
4. 緩緩吐氣，回復原狀。練習8次。

(二)輔助動作

1. 本式的作用區塊在頸椎的後彎，豎棘肌群和後上鋸肌的強力收縮，腰方肌的收縮，腳背的蹠屈，因此凡有助於此區塊的動作

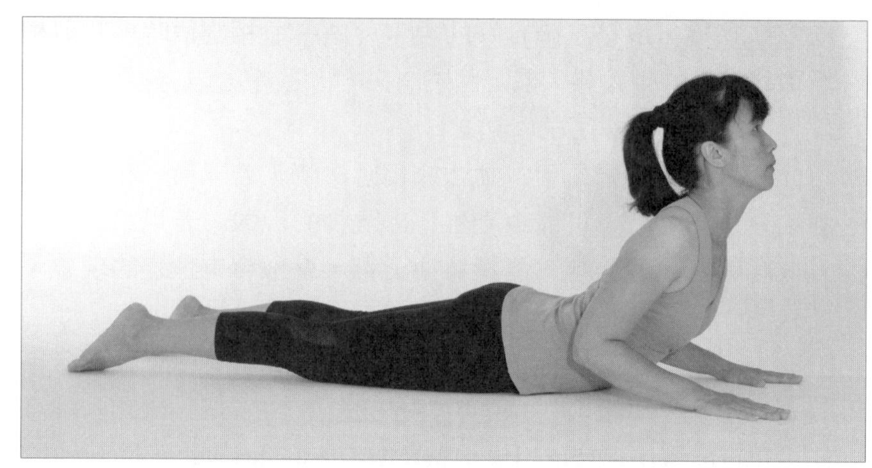

圖 14

皆可，如上犬式及各種後彎的動作。

2.輔助的檢測動作：可用右手握住左手腕，輕置於背部，利用收尾骨、腹部的力量使上半身及頭部往上離開地面。

(三)注意事項

1.雙掌可置於肩膀略前面一些，以減少手的出力，並且可放鬆肩膀。起身時，肩膀隨順往前、往上再往下收束延展，會有一股力量往下帶。彎曲的手肘盡量向後而不是向兩側。

2.向上彎曲時，肚臍以下不離地，腰部以下要維持適度的穩定與放鬆，著力點由薦椎、尾椎一路往上帶、往上延伸，不可以刻意折腰。

3.此式的起身，主要是靠尾椎、薦椎、腰椎一路往上帶，雙手會自動收束往下、往後帶，以助脊椎延展，所以不要刻意用雙手將上半身撐起。

4.頭、頸部和眼睛順著能量線往上，無需刻意折頸。如頸部受過傷，練習時請保持頸椎伸直即可。

5.不聳肩或縮頸。

6.要應用三個鎖印。

7.姿勢做完後，記得做一點簡單的反向動作，例如可躺著做類似風箱式的雙手抱住雙膝往腹部靠等動作。

(四)主要功用

1.做此體位法，可以感到整條脊柱的延伸，腹直肌的拉伸，腹腔的壓力增高，血液充分供應背脊與相關肌群，因此對背脊和脊神經有強化作用。

2.此式對第二個脈輪、性腺的功效較大，對於一、三、四、五個脈輪也有幫助，如甲狀腺、胸腺等均有助益。

3.此式對上行和上升氣有強化作用，可預防流鼻血等上半身的出血，上半身出血，主要指的是肺、胃、眼、耳、鼻、口等。

4.強健胸部、腹部，可以去除胸部及腹部的贅肉，並且對肺部及喉頭有益。

5.對女性的生理及生殖方面有很大的幫助，是對女性特別有助益的式子。

6.增加脊椎的彈性與靈活度，特別是上背部。

7.增強腎與腎上腺的活化和功效。增加骨盆區的血液循環，滋養該區器官。

8.可將內外在五種生命能收攝至海底輪，對拙火的喚醒和中脈的強化有很大的幫助。

(五)相應法與啓動法的應用及其特殊現象

1.參考瑜伽身印。

2.此式用啟動法做的時候會比一般作法輕鬆許多。由於此式最主要是作用在第二脈輪，所以盡量應用第二脈輪的啟動。此式又是一個很明顯的能量延伸式，所以做的時候，集中點可以沿著作用位置點而移動。

3.啟動的基本要點之一是，對該式子的標準姿勢、作法和功能的清楚了解。以此式為例，如果你不曉得雙腳不要張太開，也不曉得肚臍盡量不要離地，那麼當你用啟動法啟動時，就有可能雙腳張太開、肚臍離地。相反的，如果你對此式的功能很了解，那麼你啟動之後，除了腳與肚臍會順位外，你的脊椎會順著往上且擴胸，肩膀和雙手也會自動沿能量線往下。

4. 如果以第二脈輪啟動時，往往會先將薦椎往上拉伸，而不是上半身往上，隨著集中點往上之後，上半身才會一路往上延伸。
5. 當你用相應法時，如目標脈輪是在第一或第二，那麼有可能會自動地使雙腳向中靠緊保持穩定。更重要的是會在三個鎖印和瓶氣(kumbhaka)的作用下，使內外在五種生命能收攝至海底輪。
6. 當你的專注點由第二脈輪往上走的時候，不管你用的是相應法或其它的集中法，此時能量線有可能帶著脊椎和上半身強力往上延展和抖動。當能量來至喉輪時，可能會使脖子拉長往上、往後仰，也會出現自然的止息、舌頭內捲、眼睛的虹膜往上，甚至也可能發出聲音，肩膀和雙手也會自動地沿能量線往下。而在內在方面，拙火和內外在五種生命能也會沿著中脈往上提升。整個過程會伴隨著三個鎖印的作用，尤其當集中點或相應法來至第六或第七脈輪時，會產生拙火衝開喉輪的現象，或甚至衝開頂輪，其過程先是強力震顫，然後接著是入定與喜悅。

四、風箱式(Bhastrikāsana，bhastrika：風箱)(如圖十五、圖十六)

(一)作法

1. 仰臥，緩緩吸氣。
2. 吐氣，彎曲右膝，雙手抱右膝往胸前，讓大腿與胸部相接觸。
3. 保持此姿勢，止息8秒，吸氣，緩慢將右腳放下，回復原來動作。
4. 回復後，換左腳(同右腳的口令、要領)。

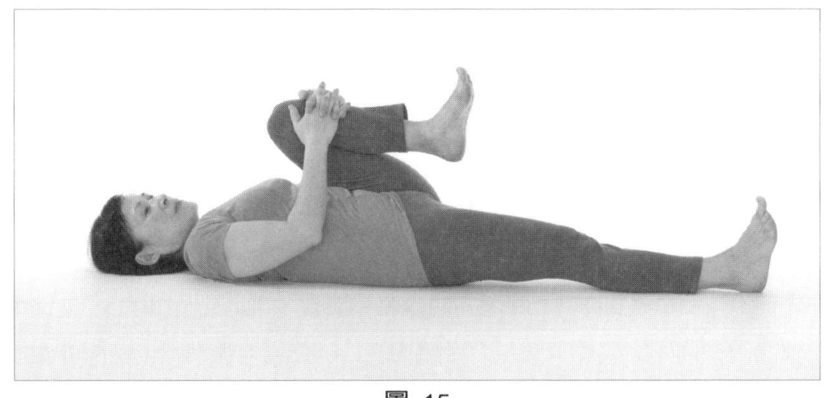

圖 15

圖 16

5. 吐氣，彎曲雙膝，雙手(可互扣手肘)抱雙膝往胸前，讓大腿與胸部相接觸，保持此姿勢，停息8秒，頭部可選擇抬起或不抬起。
6. 吸氣，緩緩放下雙腳，回復原來動作。
7. 上述合計算一回，練習8回。

(二)輔助動作

1. 腿部、腹部附近的拉筋動作。
2. 簡易的平躺式腹部呼吸法練習，舉手式(手往上舉時吸氣，放下時吐氣)和舉腳式(單腳或雙腳上舉時吸氣，放下時吐氣)。

(三)注意事項

1.雙腳彎曲時，大腿儘量拉近胸部，並向下壓。
2.初學頭不必抬起，於變化式時頭可抬起。
3.必須配合呼吸，注意動作與呼吸的協調性，功效才顯著，此式有助於腹式呼吸的練習。
4.一腳彎曲時，另一腳保持放鬆延展，不要離開地面。
5.單腳下壓胸部的位置，可以練習外側、內側、中間。但初學者應先應用對位原則，觀察髂前上棘、膝蓋、腳踝、腳有否在一條線上，經由此觀察可以了解髖關節、膝蓋、腳踝等有否外翻或內翻的現象。雙腳下壓時，也可觀察兩腳膝蓋有否同高，以辨別是否長短腳，以及骨盆正否。

(四)主要功用

1.對生殖輪、臍輪附近的腺體有幫助。
2.因為走胃經和大腸經，所以可消除脹氣、幫助胃腸蠕動、增進消化功能及治療便秘。對胃、腸疾病有大功效。
3.此式可加強腹式呼吸，消除腹部過多脂肪，及增強腿部拉筋效果。
4.此式藉由腹部及腿部作用，可帶動全身血液循環，對頭疼及高血壓有益。
5.此式會牽動與下肢有關的坐骨神經和其它脊神經，有減緩坐骨神經和其它相關神經的疼痛。(治療椎間盤向後突出和坐骨神經痛時，頭抬起效果較大)
6.對腎氣有間接的強化作用，因此對腎氣不足的腰痠、腳酸有緩解作用。
7.此式最主是強化第三個脈輪，其次是第一、第二個脈輪，對中脈的強化也有間接的幫助。
8.可增強平行氣、上下行氣和遍行氣的關係，同時也可活絡伸展氣、收縮氣、飢渴氣和哈欠氣。

(五)相應法與啓動法的應用及其特殊現象

1.參考瑜伽身印。

2.此式比較偏重能量層的作用和整體脈輪、腺體的調整，是屬於較基礎的鍛鍊，也可應用各種啟動法和相應法，不管應用何種方法，只要心靈專注，一樣可以入定。

五、兔式(Śaśāṅgāsana，śaśa：兔子，aṅga：身體、肢體)(如圖十七)

(一)作法

1.金剛跪姿，腳背不貼地，臀部坐在腳跟上，雙手握住腳後跟，背脊伸直延伸，吸氣。

2.吐氣，配合根鎖，頭及上半身緩慢往前彎曲，臀部同時離開腳跟，手掌依然扣住腳跟，頭頂頂地，並儘量使前額靠近膝蓋。

圖 17

3.保持此姿勢，止息8秒。

4.吸氣緩緩起身，回復原來跪姿。練習8次。

(二)輔助動作

1.頭頸部與肩膀的柔軟動作。

2.前後彎的動作，以增加腰及背的彎曲度和強度，如貓式。

3.加強核心肌群的鍛鍊。

4.姿勢做不來的人，可將雙手置於頭兩側撐地，不必抓住腳後跟，可幫助頭頂地的穩定，且避免下壓力道過大。

(三)注意事項

1.跪姿時，腳背垂直地面。

2.頭頂頂地時，不可過於用力，壓住頂輪是靠上身的力量自然往下，且要注意頂的位置是頂輪，不可過前或過後。因此在動作2時，頭和上身向前彎時，臀部是同時離開腳跟，如果是臀部後上，比較容易產生力道過大的現象。雙手抓住腳後跟有穩住下行氣的功能。

3.如果姿勢和內攝力做的正確時，前額會自動靠近膝蓋，但若是因前額靠近膝蓋，致使頂輪不能壓到地板，那麼仍應以頂輪壓到地板為優先。

4.臀部無法提高者，通常是肩部、腰部、整個背脊的肌肉過緊，加上臀部相關韌帶、肌肉的伸展度不足。

5.個人骨架結構的不同，也會影響此式子的完成。

6.向前彎和起身時，都要配合根鎖，甚至臍鎖，除了有助於姿勢的完成外，更可幫助脈輪的強化。

7.起身的速度放慢，可減少高低血壓患者不適，尤其是當頭頂地的時間較長時，起身更要特別小心且緩慢，可讓臀部先坐回腳跟，慢慢縮回上半身，稍微休息一下，再將上半身豎直，以免頭暈。

8.有的人在練習過程也會自發引動喉鎖。

(四)主要功用

1.此式的作用是以第七、第六個脈輪為主，其次是第五、第三、第二個脈輪。對松果體、腦下垂體、甲狀腺、副甲狀腺有直接按摩的功效，對心靈的平靜與能量的提升也有很大的幫助。
2.有助於拙火的喚醒和提升。
3.對第五個脈輪的疾病，如甲狀腺腫及扁桃腺炎等亦有良效。
4.可減少腹部脂肪，增強記憶力，對性腺調整與控制也有幫助。
5.此式是對女性很有幫助的式子。
6.對松果體(頂輪)有益的式子並不多，兔式和肩立式是最主要的兩個式子之二。
7.高血壓、暈眩等患者，練習此式時須小心。

(五)相應法與啓動法的應用及其特殊現象

1.參考瑜伽身印。
2.此式的作用是以第七個脈輪為主，因此重點是放在頂輪的相應法上。觀想頂輪和至上，是此式最精細的作用。拙火是一種二元性思惟，也代表造化勢能，所以在精細的拙火鍛鍊上，並不是觀想拙火，而是專注於對至上的冥想和融入。過程中無須執著拙火提升的現象。
3.當頂輪貼於地板上時，可觀想頂輪開花融入進去，在那裏面會呈現忘我的現象，這就是脈輪的作用，經由這樣的刺激會增加腦內啡、腎上腺素、多巴胺、血清胺等的分泌，會讓整個身體的張力、壓力不見。當心靈融入時，會有不想起身或忘了起身的現象。但是在過程的開始時，可能會出現上身前後及向下搖晃，以增強頂輪搓磨地板或壓地板的現象，這是拙火提升過程中的常見特徵。
4.在做各種相應法時，也會出現用頭頂地和上半身及臀部上抬來拉伸上行氣，用雙手扣腳跟來控制下行氣，用腹部肌群來調整平行氣，同時也會出現伸展氣和收縮氣的調整。上述種種可幫助

你解開肌群，讓關節靈活、肌力強化，也有助於脈輪的強化和腺體的平衡。

5.在做啟動法和相應法時，也常出現身體內縮或拱背，前額靠膝的現象，這是一種能量內攝的現象。

六、大拜式（Dīrgha Praṇāma，dīrgha：長的、深的，praṇāma：禮敬、禮拜）（如圖十八、圖十九）

（一）作法

1.金剛跪姿，墊腳趾，腳掌和地板垂直。
2.吸氣，雙手往上舉伸直並且合掌，雙手儘量貼住耳朵。
3.吐氣，前彎，使頭額和鼻尖碰觸地面。臀部一直不離開腳跟。將氣吐盡。
4.保持此式，止息8秒，然後吸氣起身。
5.坐直後，吐氣，雙手由兩側放下。
6.練習8次。

圖 18

（二）輔助動作

1.相關肌群分析：這是一個髖關節、膝關節屈曲和脊椎前彎的動作。雙手上舉貼耳，表示肩關節、前胸、後背相關肌群已柔軟靈活，墊腳尖表示足底筋膜、肌群穩定有力。

2. 站姿前彎的動作、嬰兒式、風箱式，可以有效輔助脊椎前彎及髖關節屈曲、伸展背部豎脊肌群、大腿後側肌群。
3. 貓式使脊椎相關肌群柔軟靈活，也可以幫助此動作的協調性和活力。
4. 站姿墊腳式，可加強根鎖，讓足底有力，也可改善足底筋膜炎。

(三)注意事項

1. 腳掌與地板垂直而不是貼地，會強化腳底，也會使胸部更加貼地，彎曲度較佳。腳掌與地板垂直的作法會比貼地對第二脈輪強化大，腳背貼地則是一種比較簡易的作法。
2. 雙手合掌，貼近耳朵，雙手不宜出力，雙手有導氣的功能外，並可確定姿勢，以加強功效。不把力量送到手，雙手只是放鬆導氣，及幫助意念觀想。
3. 往前彎時，若不能一次完全頭額碰地，則可以先將雙手觸地，身體及手臂繼續往前滑，直至頭額碰地，起身時也是身體後縮，啟動根鎖、臍鎖，然後上身起來。

圖 19

4. 臀部不離開腳跟，是要加強根鎖、臍鎖及背部的伸展。臀部容易往上抬而離開腳跟的主要原因有(1)重心太往前，所以起身前要將重心往後收。(2)背部伸展度不夠。(3)相關肌群、肌腱、韌帶沒有放鬆和伸展。(4)加強根鎖、臍鎖的靈活使用。
5. 重心在臀部腳跟上，起身時主要是靠根鎖、臍鎖啟動骨盆周圍、下腹部、下腰部力量，上半身是放鬆不用力的，如此才能強化第一、二脈輪及子宮。
6. 此式要做好，必須善加利用根鎖和臍鎖。

(四)主要功用

1. 此式是對女性特別有助益的式子，可避免女性生理期的障礙。
2. 幫助背部伸直，減少腹部脂肪堆積。
3. 強化性腺的功能。
4. 可強化第一、二、三個脈輪。
5. 雙手往上舉，可強化身體側面的氣脈及手部的經絡氣脈。
6. 可強化腳部肌群，使其伸展有力，避免腳部衰敗老化。

(五)相應法與啓動法的應用及其特殊現象

1. 大拜式對第一至第三個脈輪有較直接的關連。可用基礎或進階的能量層啟動法，也可用心靈層或心靈導向靈性層啟動法。若用心靈層啟動法時，可將意念集中在脊椎上的海底輪位置，然後用海底輪及潛藏在中脈上的內外在五種生命能啟動。
2. 作法參考：(1)姿勢穩定、呼吸深長、心緒集中收攝。將內外在五種生命能收到海底輪，由中脈及海底輪引動體式(2)吸氣，雙手輕柔往上舉，感受雙手像天線一般，將自身與至上無限連結(3)合掌，感到合一沒有分別(4)吐氣，前彎，對至上臣服，小我融入大我。此時自我完全消融，息不出入，呈定境(5)在吐氣止息中，感到能量內轉，身體內縮，自然有一股拉力，從海底輪將身體瞬間有力的拉起來(6)吸氣起身，能量線往頭上延伸，頭

自然後仰，呈吸氣後止息狀態，會感到心境擴展、平靜與喜悅
(7)自然吐氣放鬆，手放下。可以持續閉眼靜坐一下，覺察身心的變化，及享受大拜式帶來身心平靜擴展的效果。

3. 不管你用何種啟動法起身都會覺得比較輕盈。
4. 當姿勢已做好前彎且處於停息狀態，此時如果做至上相應法，有可能會瞬間將上半身往前拉並向上拉伸脖子，還有比較強烈的反應是直接將上半身拉起豎直，或甚至臀部往上衝，這都是拙火提升的現象。

七、頭碰膝式(Jānuśirāsana，jānu：膝，śira：頭)(如圖二十、圖二十一)

(一)作法

1. 坐姿，右腳屈曲、外展，以右腳跟壓住海底輪，左腳往前伸直。
2. 吸氣，根鎖，脊椎延伸。
3. 吐氣，前彎，雙手互扣抓腳掌底，也可兩肘著地，兩手抓腳大拇趾。
4. 止息8秒，維持此前彎姿勢。
5. 吸氣，身體回正。
6. 換邊操作。
7. 左右兩邊完成算一回，練習4回。

(二)輔助動作

1. 伸直的腳做髖關節的屈曲動作，有助於後背部豎脊肌群，以及大腿後側肌群的伸展，相關動作可做站姿前彎、困難背部伸展式等。
2. 屈曲的腳做髖關節外展外旋，主要伸展大腿內側肌群、縫匠肌

圖 20

等，相關動作可做鴿式、俯蛙式、蝴蝶式等。

(三)注意事項

1.姿勢正位的方法：前腳伸直，骨盆擺正，身體前彎時脊椎不歪斜，脊椎往前直線延伸，頭會在腿內側。但是有些派別做法，會加上脊椎的側彎及扭轉而讓頭貼膝蓋，或是強調將曲腳的外開角度增大。

2.直腿的腳跟要勾起，臀部坐骨要往後延伸。

3.加根鎖，讓內在核心穩定並且幫助能量線延伸。

4.腳要伸直，讓能量線不斷勁，抓不到腳的人可用瑜伽繩輔助。

5.前彎時不要先低頭，若是先低頭，就容易拱背。

6.女性練習此式子，腳跟不宜觸及海底輪，只需將腳跟置於大腿內側即可。因為男女構造不同，所以女性腳跟不碰觸海底輪，但是並不影響其功效。

7.左腳先動作或右腳先動作均可。但是兩邊都要均衡練習。

8.有肝、脾、盲腸腫脹、發炎的人，做此式子時，可能會有和做困

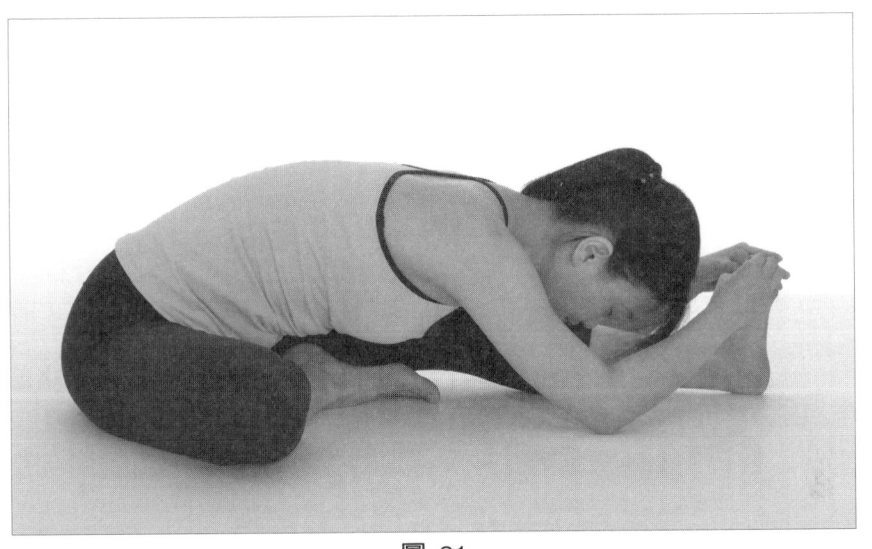

圖 21

難背部伸展式一樣的疼痛感。所以練習時不要勉強。

9.在困難背部伸展式會提到疝氣患者不宜做，但是頭碰膝式中，並無此建議，因為頭碰膝式中，另一隻腳有抵住海底輪，可防止下行氣往下衝。

(四)主要功用

1.可強化海底輪、生殖輪。
2.改善坐骨神經痛。
3.可增進腎臟及胃部的功能。
4.可增加背部、腰部、臀部及大腿後側的伸展度。
5.有助於改善痔瘡症狀。
6.青春期精液流失過多者，可藉此式強化體質。
7.可以強化下行氣的能量，下行氣弱會引起不孕、疝氣。所以下行氣弱的人，做這個式子時用腳跟抵住海底輪較安全。

(五)相應法與啓動法的應用及其特殊現象

1.頭碰膝式對第二個脈輪有較直接的關連。可用基礎或進階的能量層啟動法，也可用心靈層或心靈導向靈性層啟動法。若用心靈層啟動法時，可將意念集中在脊椎上的生殖輪位置，然後用生殖輪啟動。
2.頭碰膝式完成後，如果接著將心靈的集中點導引至臍輪、喉輪或眉心輪，會產生不同的覺受及動作變化。有可能會有浪脊椎的現象或作用脈輪處氣旋、收縮、擴張的感受，也可能產生各種自發呼吸的現象。
3.當你做至上相應法時，脖子和頭可能向上、向後拉，也可能會有眼睛虹膜往上拉，並發出拙火提升的hum音，甚至有時整個上半身會往後躺。
4.如果一個人的骨架不正或姿勢不正，在做相應法或啟動法時會有可能產生自我調整的現象。

八、駱駝式一（Uṣṭrāsana，uṣṭra：駱駝）（如圖二十二）

（一）作法

1.仰臥，雙腳伸直併攏，雙手置於身側，手掌心向下。
2.吸氣，舉起雙腳。雙腳伸直併攏，膝蓋不彎曲，與地面約呈30度角。
3.自然呼吸30秒。
4.練習4次。

（二）輔助動作

各種強化腹部及腹部核心肌群的動作。例如，曲膝仰臥起坐、踩腳踏車等。

圖 22

(三)注意事項

1.手掌心向下。

2.舉起雙腳時，雙腳要併攏、膝蓋不要彎曲，兩腳的高度要一致，支撐力主要是靠腰腹部，而不是靠雙腳、雙手掌的力量。雙腳併攏加強收縮氣，使力量穩定往體內集中。膝蓋不彎曲，使往下的下行氣能量線延伸，不斷勁。

3.腳的高度大約與地面呈30度角，不要舉太高，太高對腹部強健的功效就減少。

4.初學者，腹部會因承受不了而抖動，所以練習時間可以由10秒慢慢加長，過一段時間後，腹部力量慢慢加強，抖動情形就會減少。

5.除了脊椎底端的著力點外，其餘部位包括臀部、腿、腳、上身等，都要維持穩定且適度放鬆。一般而言，氣、力足才能鬆。

6.保持根鎖、臍鎖，可讓下腹部穩定有力。

7.薦椎壓地，腰椎處保持有空隙，維持腰椎弧度，不要把腰椎壓直了。

8. 此式主要強化前腹部，蝗蟲式主要強化後腰部，剛好是拮抗肌群，所以駱駝式一可與蝗蟲式搭配練習。
9. 腳舉起的高度除了30度以外，也可以用不同的高度來鍛鍊不同部位。
10. 過度的仰臥起坐、伏地挺身、舉重等太偏向肌力的鍛鍊，會使身體及心靈粗鈍化，所以適度的鍛鍊即可。

(四)主要功用

1. 主要是強健腹部功能，其次是腰部功能。腸胃虛弱的人，此式子通常做不好。
2. 強化海底輪及固元素、生殖輪及水元素、臍輪及火元素的功能。
3. 強健腎臟、腸胃功能。
4. 對肛門出血、痔瘡、月經不調、風濕病患，皆有幫助。
5. 強化下行氣和脊椎下部等功能。

(五)相應法與啟動法的應用及其特殊現象

1. 駱駝式一對第一至第三個脈輪有較直接的關連。可用基礎或進階的能量層啟動法，也可用心靈層或心靈導向靈性層啟動法。若用進階能量層啟動法時，可將意念集中在脊椎上的海底輪位置，然後將內外在五種生命能全部收攝至海底輪，並進入中脈，由中脈內潛存的內外在五種生命能帶動。瞬時你會感到身體輕盈，雙腳毫不費力的就舉起來了。駱駝式一動作完成後，可以同時配合練習相應法。
2. 可先練習五大元素和脈輪七重天相應法，練習時除了集中觀想的脈輪外，其它部位儘量放鬆，感覺腳的肌肉是放鬆的，但是有一股能量線上下延伸貫串其中。
3. 用啟動法練習時，身體會輕盈且充滿活力。做相應法時可能會有一些自發動作，如身體抖動、上下搖晃、自發呼吸和拙火上衝等現象，接著會入定融入。

九、蝗蟲式(Śalabhāsana，śalabha：蝗蟲)(如圖二十三)

(一)作法

1. 俯臥姿，額頭貼地。
2. 雙手握拳，拳心朝上，置於恥骨下方，或掌心朝上，置於身側，共有兩種作法。
3. 吸氣，將腿提起，雙膝不彎曲。
4. 自然呼吸維持30秒。
5. 吐氣，慢慢放下，練習4次。

(二)輔助動作

1. 蝗蟲式需要用到腰、背、臀、腿的力量。相關動作可練習鱷魚式。
2. 髖關節伸展的相關肌群，股四頭肌、髂腰肌等。相關動作可練習低弓箭步、高弓箭步、金剛跪姿的後躺式等。

(三)注意事項

1. 拳心或掌心向上，讓肩膀內旋以放鬆上半身。

圖 23

2. 用腰部的力量往上儘量舉高。
3. 雙膝不要彎曲，兩腳儘量併攏。雙腳上舉的力量是骨盆腔和腰腹力，而非大、小腿的力量，所以大腿和小腿都應該是適度放鬆，維持穩定且沿著能量線延伸。雙腳併攏讓能量集中，啟動收縮氣，收縮氣不足的人雙腳容易打開。此式是在強化下行氣，由腹部到腳底，能量線型式是延伸拉長，所以腳不會彎曲。
4. 除了著力點外，雙腳及身體其它部位要適度放鬆，維持穩定。
5. 利用根鎖、臍鎖可讓力量集中穩定。
6. 初學者可先練習單腳蝗蟲式，練習時，臀部不要一邊高、一邊低。
7. 高血壓及心臟病的人不宜練習此式子。凡是頭往下，壓力往頭部的動作，對於高血壓及心臟病患者都要謹慎。
8. 此式可與駱駝式一搭配練習
9. 腳舉不高的原因有如下因素：(1)腎氣不足(2)腰、腹部無力(3)髖部伸展度不足(4)退化性關節炎或脊椎長骨刺(5)根鎖、臍鎖等收縮氣不足(6)伸展氣和平行氣不足。

(四)主要功用

1. 強化海底輪及地元素、生殖輪及水元素、臍輪及火元素的功能。
2. 雙手置於恥骨處，比較能使雙腳抬起，其功能較傾向臍輪的強化。而雙手置於身側，則傾向生殖輪的強化。
3. 強健腎臟、腸胃功能。
4. 對肛門出血、痔瘡、月經不調、風濕病患皆有幫助。
5. 強化脊椎下部功能。強化下行氣，由肚臍到腳底的氣能。
6. 強化平行氣，穩定核心。
7. 可阻止下半身出血。下半身出血，主要是指腸、腎、膀胱、子宮、卵巢、尿道、肛門等。此式可以加強下行氣，幫助下半身氣血循環，對下半身機能有強化作用。

(五)相應法與啓動法的應用及其特殊現象

1. 蝗蟲式與駱駝式一在相應法與啟動法的應用上非常相似，所以請參考駱駝式一。
2. 在做第一、第二脈輪相關的相應法時，如果原來的雙腳張太開或抬不高，那麼可能會有一股力量，使雙腳靠攏且震顫抬高。
3. 不管你是用相應法或啟動法，如果你集中的脈輪是在臍輪以上，那麼能量可能會往上衝而拉高上半身，呈現前後都往上拉高的鱷魚式。
4. 如果有入定現象時，不必在乎停留的時間有多長。

十、閃電式(Vajrāsana，vajra：閃電、金剛、金剛杵)(如圖二十四)

(一)作法

1.先呈四足跪姿，雙膝併攏，小腿打開，再將臀部坐於兩腳中間，腳趾向後。(另一種作法可將腳背屈，腳趾朝外)
2.脊椎往上延伸，讓腰部呈自然曲線，雙手置於膝上。
3.保持此姿勢，自然呼吸30秒。
4.練習4次。

(二)輔助動作

1.增加髖、膝、踝、腳趾等關節的靈活度。
2.單腳屈膝睡英雄式、貓式、低弓箭步、牛面式、左右側彎。
3.大腿前側的伸展。

(三)注意事項

1.初學及膝關節受過傷者，練習此式務必特別小心，如以強迫方式

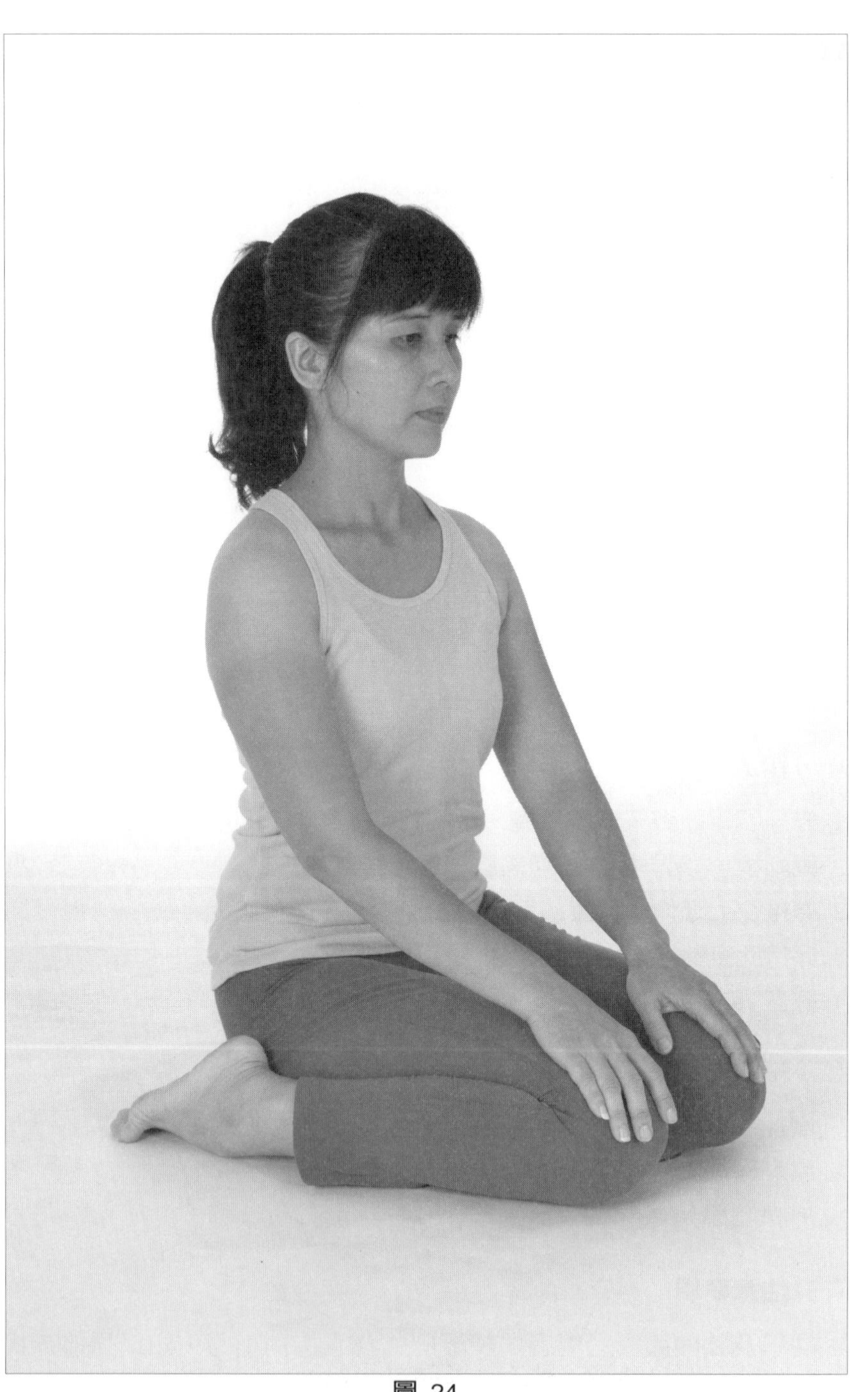

圖 24

進行，可能會造成傷害。

2. 初學者，臀部無法坐在地板上，可於臀部下方墊毛毯或瑜伽磚，或左右腳個別練習。
3. 髖關節要內旋，且加根鎖，甚至臍鎖、喉鎖。
4. 雙腳彎曲後，臀部不要坐在腳跟上，兩腳置於臀兩側邊緣。坐下前，可以先將兩個小腿肚拉高或微微向外，讓大小腿比較不會相互擠壓。
5. 彎曲後的腳掌方向，可先向後練習再向側面練習，兩種皆可，難易度因個人的骨架而不同，最好兩者皆練習。
6. 脊椎、頸椎往上延伸，腰部呈自然曲線，膝蓋盡量併攏。
7. 眼睛可注視前方一點，然後進一步做收攝。
8. 此式停留時間雖訂為30秒，但可依個人狀況加長或減少。

(四)主要功用

1. 強化胃部及幫助消化。
2. 增加膝關節、踝關節及腳趾的靈活度。
3. 此式和一般的腿部伸展方向相反，是針對大腿內側及大小腿膝關節處的反向拉伸。
4. 此式有助於簡易鴿式的練習。
5. 對於各關節的靈活度及強化有幫助，同時對相關關節的風濕病有一些療效。
6. 有助於大小腿的修長。
7. 本式最主要是強化第一、二個脈輪，其次是第三脈輪，可強化固元素，補先天腎氣和強化後天的胃氣，對於幼小時就體弱的人有幫助。
8. 藉由根鎖和臍鎖，有助於將生命能收攝至海底輪，並匯入中脈。
9. 有助於感官回收、心靈集中和禪那冥想的練習，是禪那冥想常用的式子。

(五)相應法與啓動法的應用及其特殊現象

1.此式子是比較偏向禪定用的式子，也比較少用啟動法，倒是相應法對此式幫助很大。比方說，身體層、能量層、心靈層相應法皆可，尤其可用五大元素、脈輪七重天和至上相應法等對心靈的提升頗大。
2.女相應法的集中點若是在海底輪時，會有助於腿內側肌群的收攝，使兩個膝蓋更加收攝靠攏，也有助於內外在五種生命能收攝至海底輪。
3.在做身體層、能量層相應法時，可能會有以臀部為中心的上下震動或跳動，也會有自發根鎖和臍鎖現象，並感覺到生命能收攝於海底輪。如果相應的脈輪在臍輪則可能產生內縮身印，若是相應的脈輪在心輪及其上面的脈輪，那麼可能產生浪脊椎、能量往上衝和自發呼吸的現象，甚至整個上半身往後倒，改成困難閃電式，且背部脊椎會強烈收攝拱起。
4.若此式用心靈或脈輪七重天或至上相應法，那麼生命能和拙火可能會沿中脈往上提升，所以會有種種精細面拙火提升的現象，例如出現逆舌身印、希瓦身印，頭額、嘴角、虹膜上揚、面帶微笑，頭往後仰，甚至往後倒下。

十一、困難閃電式(Utkaṭa Vajrāsana，utkaṭa：強烈的，vajra：閃電)(如圖二十五)

(一)作法

1.先呈四足跪姿，雙膝併攏，小腿打開，再將臀部坐於兩腳中間，踝關節蹠屈，如閃電式。
2.雙手往後，手肘彎曲支撐上身緩慢往後躺下，下巴微收，讓背部緩慢地貼於地面，保持脊椎的延伸。
3.當身體平躺穩固後，雙手在頭下方交叉抱住對側肩膀。頭置於小手

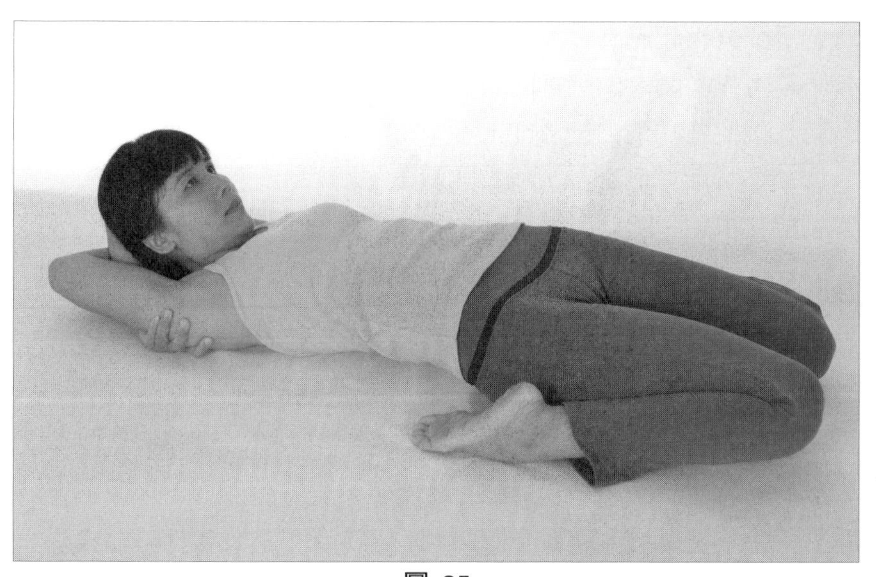

圖 25

臂上，臀部不離地，身體放輕鬆，加上根鎖不讓腰部受力，自然呼吸30秒。

4.練習3次。

(二)輔助動作

1.同閃電式，再加肩、肘關節的活動。

2.恥骨肌、髂腰肌、縫匠肌、腹直肌、腹內外斜肌、胸大小肌、喙肱肌的伸展運動。

3.增加大腿內收肌群的收縮力。

(三)注意事項

1.膝蓋受過傷或不舒服者，請謹慎練習。

2.為使腰部不至於過度向上拱起，可在做好此姿勢時，配合深呼吸，讓腰部更加放鬆，並伸展相關肌群。一般而言，臀、腰不易貼地的原因是身體沒有放鬆、肌肉、肌腱伸展度不足，還有骨架的問題。

3.若是腰臀拱起過高，可墊瑜伽磚或毯子。
4.眼睛可以微閉，做感官回收、心靈集中和冥想的鍛鍊。
5.有人做此式躺下去後，卻上不來時，所以須特別留意。建議先將腰部微提起並側翻身，以鬆開膝蓋。
6.要配合根鎖、臍鎖、甚至喉鎖。

(四)主要功用

1.與閃電式相似。
2.強化消化功能，排除腹腔的瓦斯氣。
3.幫助胸肌的強化與擴展。
4.有助肩膀及肩胛的柔軟與強化。
5.雙手抱住手臂，有助於身體兩側的伸展和氣的通暢。
6.此式對一、二個脈輪的強化比閃電式強。
7.對第三、四、五個脈輪的通暢有幫助。
8.藉由根鎖和臍鎖，有助於將生命能收攝至海底輪和匯入中脈，並引生命能和拙火沿中脈上升。

(五)相應法與啓動法的應用及其特殊現象

1.此式的相應法與啟動法和閃電式有許多相似處，所以請先參考閃電式。
2.困難閃電式可以說是閃電式的進階功法，當生命能協同拙火沿中脈往上提升時，閃電式會演變成困難閃電式。困難閃電式會進一步的使身體收縮，背脊椎拱起，兩手在頭下方的收縮也會更緊。尤其當你的集中點在喉輪或以上時，其收縮度更強，脖子更會往後彎。
3.此式做至上相應法，對拙火的提升和三摩地幫助很大。

十二、困難背部伸展式(Utkaṭa Paścimottānāsana，utkaṭa：強烈的，paścima：後面的，uttāna：伸展、擴張，a+u=o)(如圖二十六)

(一)作法

1. 仰臥，吸氣並同時將雙手往頭頂方向伸直。
2. 緩緩吐氣，從髖關節將上半身慢慢往前彎，將臉部置於兩膝蓋間，雙手握住腳大拇趾。兩腳伸直放鬆，膝蓋不要彎曲，手肘可彎曲貼於地板。
3. 保持此姿勢，停息8秒。
4. 吸氣，上半身起身，回復原來仰臥姿勢。
5. 練習8次。

(二)輔助動作

1. 背部肌群、臀部肌群、腿後側肌群(膕膀肌、腓腸肌、比目魚肌、阿基里斯腱等)的伸展。

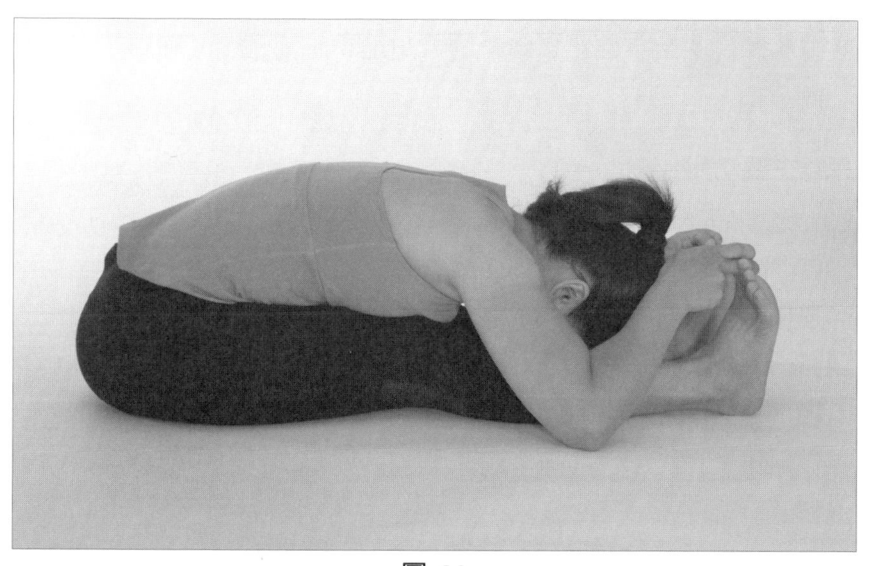

圖 26

2.核心肌群的鍛鍊。
3.蝴蝶式、頭碰膝式、屈膝前彎、高低弓箭步、單腿屈膝扭轉。

(三)注意事項

1.做時須根鎖以收攝內外五種生命能至海底輪。
2.前彎時，腿要盡量伸直，放輕鬆，膝蓋勿彎曲，但也不可過度伸展，腳板要垂直地面。
3.上半身緩慢地往前延伸時，盡量不拱背(可於身體坐正時，先將脊椎往上延伸，然後再前彎)，要避免前彎時先低頭，若是先低頭，就容易拱背。頭碰小腿前側時，手肘也可碰地。伸展度好的人，頭的位置不限定在膝蓋旁，而可以往前延伸至腳踝。
4.腰部力量不足時，可以做簡易背部伸展式，上半身不躺下，以坐正代替仰臥。
5.拉伸時的主要是在腰、臀和大、小腿後側，所以肩頸需放鬆延伸。
6.此式可與弓式搭配做。
7.肝、脾病患，盲腸發炎，疝氣患者，不宜練習此式，因為容易壓迫到患部，且易使氣行往下，使疝氣更嚴重。
8.有些體位法做不好，是與臟腑、組織、肌肉和關節腫脹、發炎有關。

(四)主要功用

1.大幅度伸展背部和脊椎。
2.可消除腹部過多的贅肉，並改善胸部和便秘毛病。
3.強化性腺與腎上腺。
4.有助於減少血液中酸度增高(由於腎臟強化後，會多製造D3，D3增加後會增加鈣的吸收，鈣增加後，可降低血酸)。
5.可強化第一、二、三個脈輪，並有助於將內外五種生命能收攝至海底輪。

6.對於梅毒和坐骨神經痛的初期有助益。
7.此式對男性特別有助益。
8.可調整上、下行氣，平行氣和遍行氣，也有助於伸展、收縮和饑渴氣的強化。
9.依《哈達瑜伽經》1-29所述，此式還可鼓動胃火，並使氣能運通於背後的中脈。

(五)相應法與啓動法的應用及其特殊現象

1.此式的主要功能是在第一、二、三個脈輪，並有助於將內外五種生命能收攝至海底輪。所以不管是相應法或啟動法，均可以此作為初學的練習標的。
2.從原來的仰臥姿起身時，可用各種啟動法啟動，身體會很輕盈。如果是用心靈層的脈輪啟動，那麼可集中於薦椎底端上的生殖輪。
3.當第一至第三個脈輪都練過後，可開始練習第四至第七個脈輪的相應法。上面四個脈輪的練習過程，有許多現象與頭碰膝式類似，可參考之。
4.浪脊椎有正浪和反浪兩種型式，有些式子只有一種浪型，有些則兩種都有。像頭碰膝式和困難背部伸展式是兩種浪型都有。

十三、弓式(Dhanurāsana，dhanur：弓的)(如圖二十七)

(一)作法

1.俯臥，額頭、鼻尖、腹部貼地，使小腿朝大腿彎曲，雙手由背後抓住腳踝。
2.吸氣，配合根鎖，以臍部做支點，將身體前後兩側向上拉起。
3.盡量伸展頸部、胸部，彎曲腰背部(但不可折腰)，肩膀要放鬆，眼

圖 27

睛注視正前方。

4.保持此姿勢，停息8秒。

5.吐氣，回復原來臥姿。

6.練習8次。

(二)輔助動作

1.肩胛內收、上提，肩關節伸展、內旋、內收，髖關節伸展、內旋、內收，膝關節屈曲，踝關節蹠曲。

2.各種後彎的動作，如蛇式、蝗蟲式、半弓式等。

3.擴胸的暖身動作。

4.拉伸股四頭肌、髂腰肌、恥骨肌、腹直肌、腹內外斜肌、胸大小肌、喙肱肌。可用舒背式(採金剛坐姿，腳尖立起，吸氣，吐氣手肘撐地緩緩往後仰躺，使臀部坐於後腳跟上。初學者可頭頂著地，背部拱起以減輕腳趾的壓力，進階者可讓肩部平貼地板，後腦勺貼地，如此腳趾所承受的壓力也會增加。)

5.核心肌群的訓練。

(三)注意事項

1. 此式是以臍部為支點向上撐起，所以做的時候，不要因為要使上半身往上拉高，而使重心往恥骨方向移動，也不能為了拉高腿部，使身體重心往胸部移而導致前傾。不管重心是上移或下移，都不能強化到該式所要強化的部位。
2. 人的體型和骨架會影響式子的重心，不管是腿相對長或相對短都可能使重心落在肚臍以外的區域。
3. 吸氣，將身體前後兩側向上拉起時要配合根鎖，不但可增加功效，還可避免折腰。
4. 此式是以臍輪為中心，屬平衡的動作，因此眼睛應注視前方而非上面。
5. 身體撐起時要前後左右都平衡，不要前傾後仰，也不要左右偏斜。導致不平衡的因素除了體型和骨架外，會與不同區塊肌群的伸展度有關，也與臟器組織功能的偏盛有關，甚至有的人與左右腦的平衡及思維有關。
6. 上下半身撐起後，可以利用觀想，一步步地放鬆肩膀、胸部、腰部、大腿、小腿、腳的緊張度。
7. 兩腳要儘量併攏，不要離太開。可以在雙腳拉起後再併攏，併攏後的拉伸力比較強，也有助於收攝。
8. 有的人做此式時，會有前後搖動的動作，如此搖動的動作，只能當作暖身及柔軟筋骨之用，而非該式的體位法。
9. 初學者如果無法連續做八次，可以在中途略休息。
10. 此式可與困難背部伸展式搭配做。

(四)主要功用

1. 強化臍部的脈輪，對腎上腺、胰腺有特殊效果。
2. 強化胃腸功能，並去除腹部過多的脂肪。
3. 強化胸腺功能，擴展胸部，結實胸肌。
4. 強化背部肌肉和脊神經。

5.強化喉部、甲狀腺、副甲狀腺功能。

6.強化腿、肩、臂等部，可美化肩部、手臂和腿部。

7.此式對身體健康很有益處，對於因人體七大要素缺陷所致的疾病，如梅毒、痲瘋病等也有助益。(七大要素指的是乳糜、血液、肌肉、脂肪、骨頭、骨髓和精髓液。七大要素缺陷所致的疾病，大都屬整體性的體質病。本式最主要是強化第二和第三個脈輪。第三個脈輪強化後，脾胃功能會改善，脾胃屬後天之本，可改善乳糜、血液、肌肉、脂肪的功能；第二個脈輪強化後，腎功能會有改善，腎屬先天之本，可改善骨頭、骨髓和精髓液的功能，所以此式對身體的健康很有幫助。

8.此式最主要是強化第三個脈輪，其次是第二，再其次是第一。

9.此式是對男性很有幫助的式子。

10.腎臟和脾胃功能不好的人，此式往往做不好。

11.椎間盤往後突出的人，在做後彎動作時，較容易壓迫到椎間盤的神經核而引起疼痛。遇此情形時，不要太勉強做後彎動作，可改做容易使椎間盤歸位的式子，如抬頭型式的風箱式、鋤式或多吊單槓等。等椎間盤復位後或消炎後，才做後彎動作。

12.有助於將內外五種生命能收攝至海底輪。

13.可調整上、下行氣，平行氣和遍行氣，也有助於伸展、收縮和饑渴氣的強化。

14.此式對整條脊椎的幫助很大，也因此對脈輪、腺體和五大元素的轉化幫助很大。

(五)相應法與啓動法的應用及其特殊現象

1.此式可用多種啟動法來啟動，但就某個層面而言，此式有其精細度，所以可試著用心靈導向靈性層的啟動法，也就是觀想大宇宙的心靈或至上的心靈直接啟動。如果做不來，那麼可退回至心靈層啟動法。

本式的主作用脈輪是臍輪，理當以腰椎上的命門，也就是脊椎上的臍輪來啟動，但是一般人做弓式時，往往比較拉不起下半身，因此可先試著用薦椎底端的生殖輪來啟動，如此比較能拉起下半身，當然若要用脊椎上的臍輪來啟動亦可。再次叮嚀，做啟動法時，要有對該式子的正確了解，比方說了解該式子的姿勢、呼吸、功用等。以此式為例，要配合根鎖，以肚臍為支撐，上下要同時拉高，兩個膝蓋距離不可過寬，眼睛平視等，如此方能將啟動法做的更好。

2. 此式啟動後，可接著做相應法。若是集中的脈輪是在第一、二個脈輪時，除了下半身容易拉高外，也有助於兩膝的靠攏，同時對生命能收攝至海底輪幫助很大。若是集中的脈輪在心輪和其上的脈輪，那麼上半身較容易拉高，此時脖子可能會往上拉，眼睛也可能出現沿著能量線往上看的現象。
3. 五大元素和脈輪七重天相應法對此式幫助很大。
4. 此式做相應法時，常會有上下搖晃的動作，此為正常現象，不用在意，應把意念專注在相應的標的上。

十四、牛頭式（Gomukhāsana，又名牛面式，go：牛，mukha：頭、臉、面）（如圖二十八、圖二十九）

（一）作法

1. 坐姿，雙腳往前伸直。

2. 將右小腿彎曲置於左大腿下，腳背朝下，後腳跟靠近左半邊臀部。

3. 左小腿彎曲跨過右腳膝蓋，左腳掌置於右臀下，雙膝儘量交叉重疊，左臀貼地。

4. 左手往後手心朝外指尖朝上貼住脊椎，右手朝上，越過肩膀，雙手掌於背後互扣。（加強開胸法如下：吸氣左肩關節內旋，左手往後手心朝外指尖朝上貼住脊椎，吐氣左肩關節外旋，肩胛骨內收，打

圖 28

圖 29

開胸部肌群。吸氣右手朝上，肩關節外旋，吐氣越過肩膀，雙手掌於背後互扣。)

5.眼睛專注前方一點，或往內收攝。

6.自然呼吸保持此式30秒。

7.左右各做一次算一回，練習4回。

簡易作法

如臀部不坐於腳掌上，將左右腳掌置於左右大腿側即可。(單練手式時，亦可以金剛坐姿行之)

(二)輔助動作

1.此體式會作用到肩關節內旋、外旋；肘關節、手腕關節屈曲；髖關節內旋、外旋；膝關節屈曲；踝關節內翻。

2.肩、肘、腕關節的活絡，可用太極導引的旋腕轉臂。

3.脊椎的延伸，胸、腹、背部肌群的強化與放鬆延展，可用蛇式、蝗蟲式、貓式等。

4.可用單鴿式、雙鴿式、手抱膝搖籃式、閃電式、困難閃電式等來活絡髖關節暨其周邊和大小腿相關肌群。

5.可用基本左右側彎、基本前彎、後彎、站姿後視式、簡易扭轉式、鶴式等來活絡和延伸兩脇肌群。

6.以牛頭式坐姿，將雙腳小腿左右拉開，儘量與膝蓋成一直線，再將上半身往前傾，及往側面前傾，以加強拉伸腿部及膝蓋附近的肌群。

(三)注意事項

1.若是左右手各關節或相關肌群伸展度不均等，可能導致雙手於背後互扣時，頭部、頸部、身體無法伸直，形成彎曲姿勢。

2.越過肩膀的手肘要儘量往上舉高，具拉伸效果，並引導能量上昇。

3.左腳在上時，即右手在上，會比較符合能量學，但有些人的作法與此相反。

4.雙臀(坐骨)儘量落地，尤其是位於上面腳的臀部(坐骨)儘量貼地，使髖關節正位。

5.初學者，如果雙手無法於背後互扣時，可利用瑜伽繩輔助，再逐漸拉近雙手。

6.於姿勢完成時，配合呼吸，放鬆臉部表情，怡然自在的融入。

7.此式男性的進階作法是將雙腳掌埋入對側的臀下，做時要注意正位與對位，以避免肢體歪斜。

8.女性只宜做簡易形式。

9.男性做此式的腳掌與扭轉式須一腳的腳跟壓住第一個脈輪不同。

10.此式的雙腳姿勢又稱跨鶴座姿。

11.交叉的雙腳膝蓋不限定一定要對齊，收攝度夠的人，可以增加雙腳的交叉度。

(四)主要功用

1. 此式是對男性很有益的式子，有助於攝護線的強化並可減少精液的流失。
2. 對手部各關節、膝關節、髖關節的伸展及柔軟有助益。對大腿內外側肌群的柔軟和手臂的美化有幫助。
3. 有助於擴胸和挺直背部，且可預防駝背。
4. 有助於性慾的控制。
5. 改善腎疾和痔疾。
6. 對腎上腺的功能調節有助益。
7. 改善肩部疾病，對腳部風濕，坐骨神經痛，失眠也有減輕的功效。
8. 主要是強化第一、二個脈輪，其次是第三、第四個脈輪。
9. 可調整上、下行氣和平行氣，也有助於伸展氣和收縮氣的強化。
10. 此式是很好的禪坐姿勢，有助於感官回收、心靈集中和禪那冥想。
11. 藉助於三個鎖印，可將內外五種生命能收攝至海底輪，並引拙火和生命能上達頂輪。

(五)相應法與啓動法的應用及其特殊現象

1. 此式是偏向禪定的式子，也較少利用啟動法，倒是相應法可以有很大的幫助。
2. 可以先用第一脈輪相關的相應法，以便加強雙腳的收攝，更重要的是透過鎖印與瓶氣(kumbhaka)將內外在五種生命能收攝至海底輪，並強化固元素。
3. 此式也是典型的上、下行氣、平行氣和伸展氣、收縮氣的鍛鍊式子。因此在做與臍輪、心輪相關的相應法時，會同時調整上、下行氣、平行氣和伸展氣、收縮氣，因而出現雙腳收攝，雙手上下對拉的現象。
4. 在做臍輪及其上部脈輪相應法時，常會有雙手緊扣拉伸，先是脊椎自然往上延伸，然後可能後仰或拱背。也可能出現頭顱清明呼吸法、拙火提升式風箱呼吸法。

5. 此式是很好的禪定式子，因此可多利用脈輪七重天和至上相應法。做的時候，常會出現拙火和生命能沿中脈提升的現象，例如，頭額上揚、微笑，發出Hum音，或全身進入靜止狀態等。

十五、扭轉式（Matsyendrāsana，又名魚王式。matsya：魚，indra：王，a+i=e）（如圖三十、圖三十一）

（一）作法

1. 坐姿兩腳伸直，彎曲右膝，將右腳跟緊觸於肛門與生殖器間的會陰（海底輪）。
2. 左腳交叉跨過右腳膝蓋成山型，置於右大腿側，腳掌著地。
3. 右手越過左膝外側，握住左腳大拇趾。（為了有助於伸展脊椎和扭

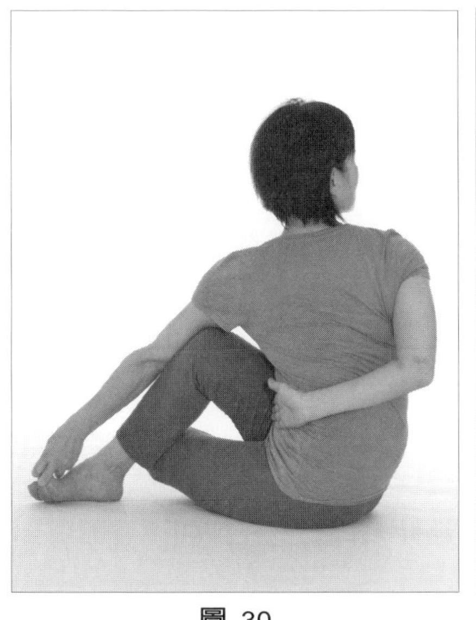

圖 30

圖 31

轉，可以先吸氣舉高右手，延伸脊椎，再依次使腰、胸、肩、頸向左扭轉，接著吐氣，右手越過左膝外側，握住左腳大拇趾。）

4. 左手肩關節內旋往後繞過背，儘量碰到肚臍。（可藉由呼吸和根鎖、臍鎖等加深扭轉，但脊椎要保持垂直對位，且不可駝背）

5. 視線專注集中於後方一點，保持此姿勢，自然呼吸30秒。

6. 放鬆回復原姿勢。

7. 換腳、換邊依前法練習，左右算一回，練習4回。

(二)輔助動作

1. 相關肌群分析：此式是扭轉的主要式子，它包括了脊椎整條的扭轉，還有肩、髖、膝關節的旋轉，也作用到上述部位的所有相關肌群。
2. 為了做好此式，上述的所有部位都必須先活絡，如此也方能確立脊椎的中立、穩定。
3. 像此類式子在扭轉時，要從底部的脊椎往上扭轉，若是先從較容易轉的脖子開始，那麼底下較難轉的位置就不易轉動。
4. 要加強腕、肘、肩三部位關節的暖身，例如用太極導引的旋腕轉臂。
5. 要加強擴胸、圓背、前彎、後彎、側彎及各種基本扭轉動作，例如十字式、馬利奇式。
6. 腹橫肌、腹直肌、腹內、外斜肌等腹部肌群的強化與伸展。
7. 腰大肌、腰方肌、下豎脊肌的強化伸展。
8. 可用鴿式、雙鴿式等加強髖關節的開展，並使周邊肌群柔軟。
9. 可用手抱膝搖籃式加強大腿外旋肌群的伸展。
10. 扭轉式屬大腿內旋和內收的式子，因此要加強縫匠肌和髂脛束的伸展，並強化大腿內收肌群的力量。

(三)注意事項

1. 坐姿扭轉時，身須中正，脊椎須延伸，背要挺直，頭頂心與臀部成垂直。

2. 位於上方的大腿要儘量靠近胸部，腳底亦儘量靠近身體，以增加貼合及扭轉度。
3. 彎曲腳之膝蓋盡量著地，若無法著地與髖關節之伸展度有關，可增加髖關節開展的輔助動作。
4. 往後繞過背部之手臂，儘量延伸讓指尖碰觸到肚臍，增進胸腹扭轉與肩膀的伸展度。
5. 此式對初學者而言算是進階動作，可以循序漸進練習，例如(1)以手掌抱住大腿外側(2)以手肘推大腿外側(3)以手抓小腿、腳踝(4)以手抓大拇趾。
6. 為了加深扭轉，除了配合根鎖、臍鎖外，可以吸氣挺直脊椎，吐氣再加深扭轉度。
7. 初學者可參考簡易扭轉式。
8. 為了避免手肘過度伸張，置於膝蓋外側之手的肩關節可內旋，手肘眼可朝內。
9. 繞過背部的手若無法碰觸到肚臍，可將手置於腰後即可。
10. 因身材比率關係，基本上肩寬、胸寬、手短、大腿粗的人要做到完全扭轉比較困難，上身長而手腳短的人，上半身較難保持挺直。
11. 可想像頭頂有一重量往下壓，脊椎往上延伸，與頭頂的重量相抗衡，使脊椎再延伸。
12. 此式的男性正統作法，會將後腳跟抵住會陰，若是柔軟度、平衡度較弱者，容易使身體歪斜，為了使身體維持正位，肌肉、關節、骨架會因扭曲用力而無法放鬆身體，因此建議男性亦可先從簡易式做起。
13. 女性只做簡易扭轉式(一)及(二)而不做完全的扭轉式。簡易扭轉式(一)原彎曲置於會陰的腳伸直(腳背內扣，啟動大腿後側肌群)其餘姿式不變。簡易扭轉式(二)原彎曲置於會陰的腳，不置於會陰底下，而是置於大腿側。
14. 扭轉式之變化式：扭轉後，前側之手，繞過上位腳的膝窩，與另一手於背後互扣。

15. 要配合根鎖和臍鎖。根鎖和臍鎖在身體層方面，可以加強姿勢的穩定與延展。在能量層上有助於下行氣的收攝，並將生命能統攝於海底輪。在導向心靈層方面，有助於生命能和拙火在中脈飛昇。

(四)主要功用

1. 扭轉類型的式子大都有如下的功用：(1)促進頸部的血液循環及扭轉功能(2)使腰部變細(3)矯正脊椎骨(4)經由脊椎的強健，可以使神經功能加強及內臟機能強健並增進壽命(5)調整食慾(6)調節免疫力(7)強化中脈。
2. 柔軟腰背部肌群，使其富有彈性，從而預防背、腰部疼痛。
3. 因為扭轉腹部，可讓腹腔器官、肝臟等周圍的血液循環更好，毒素更容易排出。此外，也有助於消化與排泄系統的強化，因此有預防和治療便秘的效果。
4. 可調整腎上腺分泌並強化腎臟功能；也可擴展胸腔，強化肺部功能。
5. 此式最主要是對第一、二、三個輪脈有益，其次是第四和第五個輪脈。
6. 有助於拙火的提升。
7. 依《哈達瑜伽經》1-27所述，此式還可消除多種致死疾病，並固定「月」露。

(五)相應法與啓動法的應用及其特殊現象

1. 此式較少用啟動法，若是要用，那麼應該先以喚醒第一、二個脈輪為主。
2. 相應法對此式幫助很大。練習時可先用第一、二個脈輪相關的相應法，以便加強收攝與扭轉，更重要的是透過鎖印與瓶氣(kumbhaka)將內外在五種生命能收攝至海底輪，並強化固元素和

水元素。

3. 接著可用與第三至第五個脈輪相關的相應法，因為扭轉式在形體上是直接對第一至第五個脈輪起作用。當你的集中點一路由海底輪往上時，身體的扭轉度和收縮度會更強，也會產生自發調息和螺旋向上的力量。過程中除了會有強烈的根鎖和臍鎖外，也可能出現喉鎖。若是拙火強力往上衝時，是有可能打開喉鎖，使整個頭後仰。
4. 可藉由集中在脊椎上的相應脈輪做五大元素和脈輪七重天相應法來強化每個脈輪，最後當然可試著用至上相應法引拙火上升至頂輪，並融入於至上。不過要記得，在精細的鍛鍊法裡，拙火是個二元性的觀念，因此真正在做至上相應法時，你應專注冥想的是頂輪或永恆的至上而非拙火的提升。

十六、手碰腳式(Padahastāsana，pada：腳，hasta：手)(如圖三十二～圖三十五)

(一)作法

1. 站姿，雙腳可以靠攏，也可以微微張開。
2. 吸氣，雙手向上(順著能量線)延伸，重心於腳掌，放鬆肩膀。
3. 吐氣，以腰部為主，身體往左側彎，左手自然下垂置於腿側，右手順著上半身和能量線，維持向上姿勢。
4. 止息，保持此姿勢8秒。
5. 吸氣，回復原來雙手向上的直立姿勢。
6. 以上述方式，改為身體右側彎，一樣止息8秒，再回復原來雙手上舉。
7. 吐氣，上半身(含雙手)從髖部做前彎，雙手握住雙腳大拇趾，脊椎往前延伸下彎到自己可以的角度。

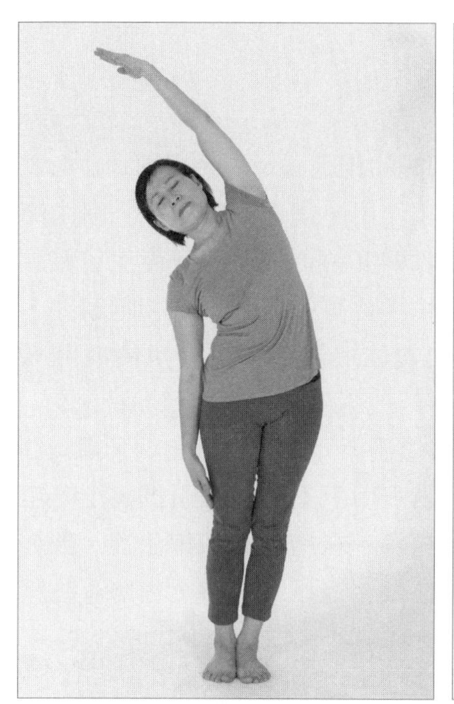

圖 32

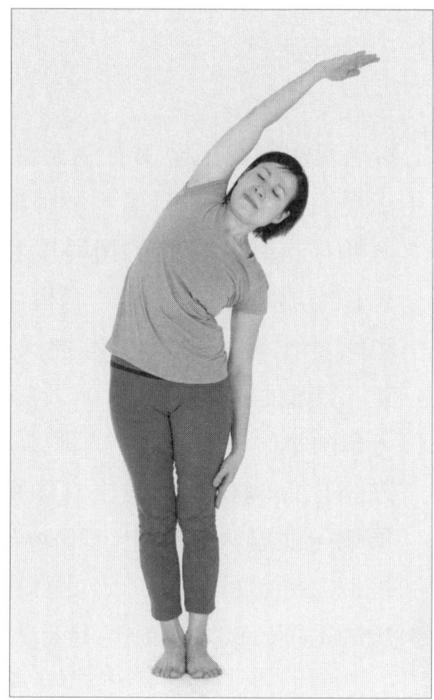

圖 33

8.止息，保持此姿勢8秒。

9.吸氣起身，雙手和上半身順勢往上，往後延展後彎到自己能力範圍就停止，此時頭在兩手中間，根鎖尾骨收，肋骨闔，胸往上推。

10.止息，保持此姿勢8秒鐘。

11.吐氣，雙手連同上半身回正並再做一次前彎，至雙手觸及雙腳大拇趾，吐完氣後，不須止息。

12.吸氣起身，身體回復原雙手向上舉的姿勢。

13.吐氣，放下雙手，回復原直立姿勢(連續做時，雙手不須放下，可直接做第二回)，如此算一回。

14.練習8回。

(二)輔助動作

1.肩部、手臂、脊椎、前後左右伸展柔軟的動作。

2.擴胸動作。

3.側彎和前後彎的加強。可用本式前後左右四個方向，在定式時做

圖 34

圖 35

數次深呼吸動作，讓自身的重量來拉伸。

(三)注意事項

1.左、右、前、後彎曲時，力量的根源是在腳掌、腳、小腿、大腿及腰部，上身起身回正時，腰部以上盡量沿著能量線延展，此式主要是用氣不用力。要掌握吸氣延伸，吐氣放鬆，順勢延展。

2.在由下往上，繼續往後彎曲時，是維持吸氣。吸氣後彎就像穿著氣束衣，既可增加延展又可避免折腰。

3.做後彎動作時要儘量配合呼吸做動作，應避免不小心而向後倒下。

4.在後仰彎曲時，要特別注意膝蓋不要彎曲，在整個動作中腰部以下盡量不要彎曲。腰部以下指的是腰椎第五節以下，而非薦椎以下。

5.有貧血、高低血壓的人，做的時候要緩進，不要勉強。

6. 做動作時，眼睛可順著姿勢注視前方，亦可微閉內斂，覺知能量的作用。
7. 雙手在上，隨上半身往後彎時，兩手要平行，不是成「V」字型，平行較能有上下延展的功效。
8. 身體前彎向下時，不限於只能握住大腳趾，如果能更低更好。
9. 前彎後，要盡量避免用彈震的方式。
10. 做此式時，須加上根鎖，也要盡量避免膝關節的過度伸展。

(四)主要功用

1. 強化內外在五種生命能的功能。
2. 可強化及順暢七個脈輪，尤其對第三個脈輪的功效最大。
3. 增強氣血循環，增進健康、充沛活力，改善貧血。
4. 加強前後左右的伸展度，且有助於脊椎的矯正。
5. 對臍輪的功效很顯著，可使腸及腹部的氣更順暢，亦有改善赤痢的功效。

(五)相應法與啓動法的應用及其特殊現象

1. 此式非常適用各種啟動法，除了可用身體層、能量層啟動法來打基礎外，更可用高階的心靈導向靈性層和純靈性層來啟動。
2. 在做高階的啟動法過程中，可以感受到至上帶著你做體位法的甜美，也可感受到至上自身做體位法的優美。除了身體輕盈、動作流暢外，生命能是融於中脈，拙火是提升的，心靈是擴展、消融的，讓你深深感受到一切都是祂。
3. 在做初階的身體層、能量層啟動法過程中，會較容易出現三個鎖印、身體抖動、自我調整體式、自發呼吸、浪脊椎、能量感和內縮身印。此時呼吸的現象是自發調整的，所以不用太在意是吸氣、呼氣或止息。
4. 此式亦可做相應法，只是相應法比較會使人入定，而此式比較偏向動態禪定。若要做相應法時，可選在四個方向的定式止息時練習。

5. 立姿的腳是否靠攏，在脈輪與拙火瑜伽裡並不是那麼重要，因為不管是啟動法或相應法都會幫你做適合你當下的調整。脈輪與拙火瑜伽不會非常強調甚麼是體位法的絕對標準式，因為每個人的條件不同，且每個人的身心狀況在不同時候亦不同。因此做適合你當下狀態的體位法，才是對你最有益，且可減少不必要的瑜伽運動傷害。

十七、蓮花坐(Padmāsana，又名蓮花式。padma：蓮花)(如圖三十六)

(一)作法

1. 坐姿，屈曲右腳，並將右腳外旋、外展打開，放在左大腿上，左腳以相同方法，放在右大腿上。

2. 上下顎閉合微收，舌抵上顎。

3. 時間不拘。

(二)輔助動作

1. 腳踝、膝蓋、髖關節、脊椎、腰部等的柔軟。
2. 轉動腳踝並且做腳刀站立、壓腳背的訓練。
3. 轉動膝關節，並做膝關節屈曲及伸展的訓練。相關動作可用金剛跪姿、弓箭步等。
4. 開展髖關節。做髖關節外展外旋及伸展的動作。相關動作可用俯蛙式、蜘蛛式、左右劈腿、鴿式、蝴蝶式、弓箭步等。
5. 雖然看似穩穩地坐正，其實脊椎還是須要伸展活絡，所以開始前要做一點前後左右的伸展動作和左右的扭轉動作，才可加深內在的活動空間。

圖 36

(三)注意事項

1. 初學者，先練習輔助動作，有助於完成此式子。不能一開始就雙盤腿，也可以先練習單盤，左右腳交替上下練習。
2. 盤腿姿勢要平穩坐正，並且儘量使兩膝蓋均能著地。初學者可在臀部下略微墊高3～6公分，以利膝蓋著地。
3. 坐正後，脊樑要正，不要左右傾或前後傾。
4. 雙手可依實際修持的方法，結不同手印。
5. 兩肩平張放鬆。
6. 頭正，下顎微收，不是低頭，而是微壓頸動脈並做根鎖和臍鎖，也可順勢做喉鎖。
7. 閉眼睛或是微張三分目，也可注視鼻頭，神內斂。
8. 舌抵上顎，也可加上逆舌。
9. 呼吸依實際修持法門而定，若無特別修持法則用放鬆的腹部呼吸法。放鬆時必須帶有靈覺。
10. 集中點依各種修持方法而定。
11. 為了增加收攝度，腳趾要儘量能超過大腿外緣，但是腳短、腿粗和伸展度不足的人，就很難辦到。如果因為將腳往上拉，致使兩膝蓋離地時，應以兩膝蓋著地為主，不再往上拉高。
12. 為了使姿式端正，可以在腿盤好後，下身不動，上身先左右搖晃，幅度由大漸小至停止，找到左右方向的中央平衡點。同理再前後搖晃，找到前後方向的中央平衡點。如此可以使坐姿不偏斜，同時也可以紓解雙腿的緊繃不適。
13. 盤腿動作的順序，先屈曲膝關節和髖關節，再外旋外展髖關節，膝蓋的側面壓力就會減少。
14. 盤腿的雙腳要上下交換。因為上面的腳外旋角度較大，長期下來會造成骨盆歪斜不正。
15. 盤腿時腳踝痛的原因是盤不深，腳踝可以深盤在大腿上就比較不會痛。

16. 這是靜坐姿勢，靈修者每天長時間盤腿數小時，很容易導致關節壓力及肌肉張力，甚至引起各種關節症狀。下坐後必須活動雙腳，並且操作反向動作。反向動作有：(1)將腳踝、膝蓋、髖內旋。可利用坐姿雙手放身後撐地，兩腳打開約瑜伽墊子寬，輪流將兩膝蓋往內壓下，或做閃電式。(2)內收雙腿，方法如牛面式。(3)伸展雙腿，方法如低弓箭步。(4)活動雙腿，方法如仰臥踩腳踏車、散步等。

17. 蓮花坐的腿部依其方向來分，有以下幾種類型：

(1) 坐姿：蓮花式、天秤式

(2) 仰臥姿：魚式、魚式身印

(3) 趴姿：蜘蛛式

(4) 倒立姿：倒蓮式

(四)主要功用

1. 此式是非常好的靜坐姿式，有助於能量導向精細，將內外在五種生命能收攝至海底輪、喚醒拙火，也有助於運動器官、感官的回收，心靈集中，禪那冥想與三摩地的鍛鍊。

2. 能控制前列腺及性慾。

(五)相應法與啓動法的應用及其特殊現象

1. 此式是非常典型的禪坐姿勢，很少用啟動法，倒是很適合用相應法。身體層、能量層相應法有助於基礎的穩固。做的過程較常出現的有根鎖、臍鎖和喉鎖，調整姿勢的扭動和抖動，自發呼吸(尤其是頭顱清明呼吸法和風箱式呼吸法)，喚醒拙火的臀部撞擊，將內外在五種生命能收攝至海底輪，並引拙火一起融入中脈，逆舌身印，內縮身印等。

2. 此式是很好的禪定式子，因此可多利用脈輪七重天和至上相應法。做的時候，常會出現拙火和生命能沿中脈提升的現象，例如，頭額上揚，微笑，呼吸變緩，甚至接近停止，發出Hum音，出現希瓦身印或全身進入靜止狀態等。

十八、完美坐（Siddhāsana，又名完美式、至善坐。siddha：完美）（如圖三十七）

（一）作法

1.以左腳跟抵住海底輪（會陰），然後以右腳跟抵住生殖輪（前陰）。

2.雙手掌向上，分別放在膝蓋上。

3.時間不拘。

（二）輔助動作

1.伸展縫匠肌、髂腰肌等肌群以幫助開胯，讓髖關節容易外展外旋。

2.同蓮花坐的相關輔助動作。

（三）注意事項

1.同蓮花坐姿式要點。

圖 37

2.交疊的雙腳可上下互換，以達姿式的均衡。
3.女性作此式時，可以不抵住脈輪。
4.由於骨架的關係，有人做的時候，上面的腳掌心，可以向上平穩的放著，有的人腳掌心稍微面向身體。為了讓姿勢更加穩定，在上面的那隻腳的腳趾，可以埋入大小腿之間。
5.完美坐的雙手掌心是向上，放在兩側膝蓋上，在自然的靜坐中，有時手指會略微自動彎曲，這是正常的現象，不要故意用力把手指撐直。當能量灌注時，會自行撐直。
6.另一種是大家熟悉的手印，其名為瑜伽印或一法印，方法是雙手拇指和食指的指腹相接，其餘三指鬆開，放在膝蓋上，掌心向上。
7.相較於蓮花坐，此式雙腳的能量比較是擴展往外，所以雙腳是呈打開的型態，雙手也放在兩側膝蓋上。
8.可配合根鎖、臍鎖和喉鎖的練習。

(四)主要功用

1.類似蓮花坐，但不像蓮花坐有強烈的感官回收和集中功用。不過雙腳跟抵住脈輪，可以控制下行氣、海底輪及生殖輪，且有助於三個鎖印的完成。
2.相較於蓮花坐，此式是直接針對脊椎，控制中脈。有助於直接喚醒拙火並提升拙火。就禪定而言，其功效較重在眉心輪、上師輪和頂輪。依《哈達瑜伽經》1-39所述，此式可淨化七萬二千條經脈中的不純淨。

(五)相應法與啓動法的應用及其特殊現象

此式與蓮花坐極為相似，但就禪定而言，其功效比蓮花坐更重在眉心輪、上師輪和頂輪，所以可多做高階的心靈相應法，也就是觀想大宇宙心靈或至上的心靈帶著你，或脈輪七重天和至上相應法。

十九、行動式(Karmāsana，karma：行動)(如圖三十八～圖四十五)

此式是由兩個部分組成，第二個部份在補助第一個部分，兩者合計算一回，練習4回。

(一)作法

第一部份：

1. 站立姿(兩腳可以併攏)，雙手交握於背後，吸氣。
2. 吐氣，上半身往左側彎曲，並以此式止息8秒(當上半身往左側彎曲時，交叉的手臂要盡量往右側伸展並拉高，左手臂要盡量靠近背部，而不是往後離開身體。如同手碰腳式以四個方向彎曲上半身，除了前彎外，肚臍以下不要動)。
3. 吸氣，回復原來的站立姿。
4. 以同樣的方式，讓身體往右側彎曲。
5. 吐氣，上半身往前彎曲，(把胸打開)讓交叉的雙手盡量往頭部方向拉高延伸，頭盡量往下，維持此式止息8秒。
6. 吸氣，回復站立姿，並同時繼續往後彎曲(仍是吸氣)，在後彎時，交握的手要盡量往下(同時擴胸)，維持此式止息8秒。
7. 吐氣，回復原來站立姿。

第二部份：

第一個部份是站著做，第二部份則是跪下來，坐在腳跟上練習，腳背不著地，腳趾頭必須朝前。然後如同第一部份的方法向四個方向彎曲身體，停留的時間和呼吸的方法也同第一部份。除了前彎外，肚臍以下的部份也不能彎曲，第二部份與第一部份不同的地方有下列幾項：

1. 當上半身往前彎曲時，頭額和鼻尖(不是頭頂)要碰到地上，且臀部盡量不要離開腳後跟。

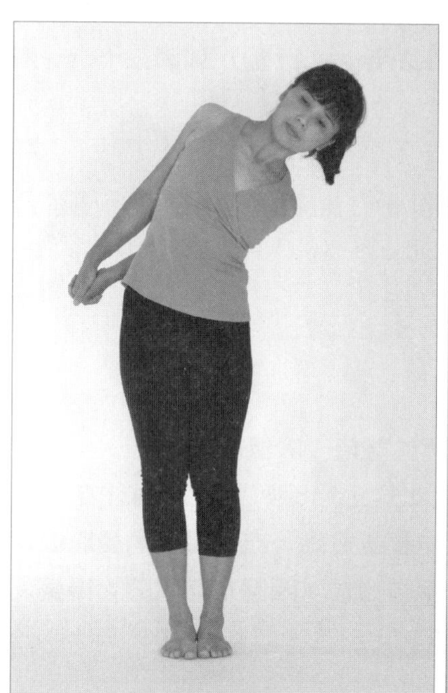

圖 38

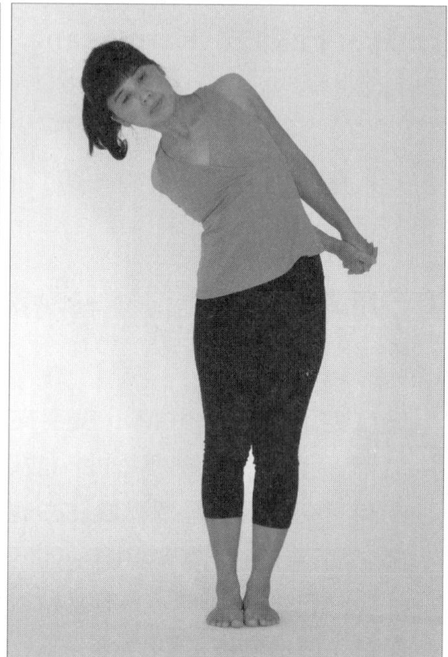

圖 39

圖 40

圖 41

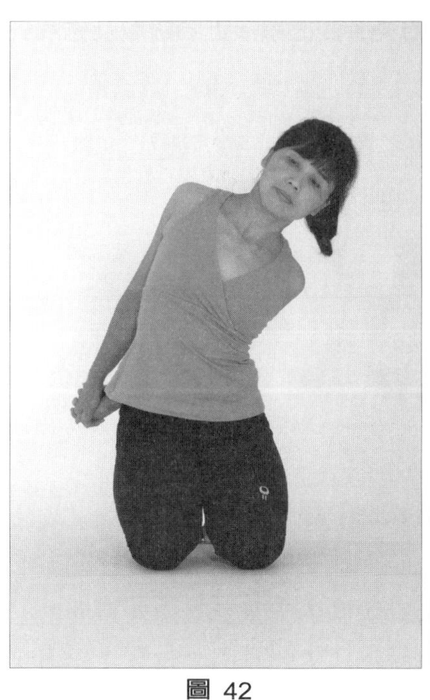
圖 42

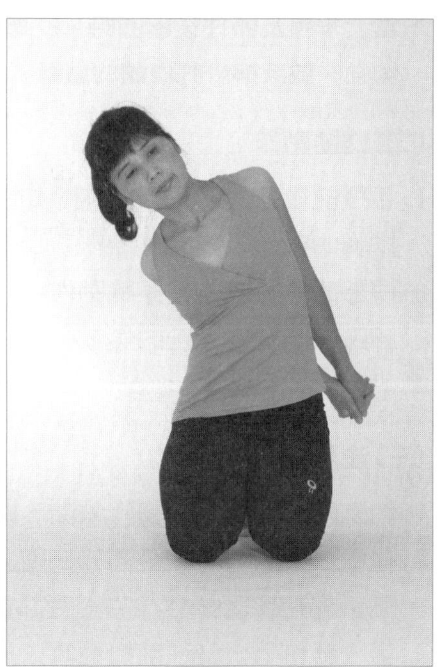
圖 43

圖 44

圖 45

2.當上半身及頭往後彎曲時，交握的雙手要盡量接近腳跟以及碰觸到地面，並支撐少許身體的重量。

(二)輔助動作

1.各種前後左右的伸展動作，如手碰腳式、弓式。
2.擴胸的動作，如鶴式。
3.肩部的伸展動作及柔軟動作。
4.腳踝、腳背、腳趾的柔軟動作。
5.貓式

(三)注意事項

1.站立時，兩腳跟不要離太開，跪姿時兩腳膝蓋要併攏。
2.在做左右側彎時，身體是側彎，而不要前傾或後仰，背部交握的雙手亦是側著拉直，靠近背部往上拉高，手肘盡量不要彎曲。
3.第一部份上半身往前彎曲時，頭盡量往小腿方向，且雙手要盡量往頭方向拉高，盡量擴展胸部，背部不要拱起。第二部份，臀部盡量坐在腳跟上，頭額及鼻尖碰地，而不是頭頂著地，且雙手盡量往頭頂拉高，此部份的重心仍在腳跟及臀部上，由腳的氣能帶動腰的前後左右彎曲。
4.往後彎時，第一部份的膝蓋不要彎曲，並且要盡量的擴胸；第二個部份要彎曲腰背部，而不是上身往後傾斜，並盡量使交握的雙手能碰觸地面，而且接近腳跟(為的不是碰觸腳跟，而是增女交握的雙手掌心最好貼合，可增加拉伸度和擴胸度。
6.手的姿勢也有助於身體的彎曲度。
7.做時要小心，避免身體往後倒或往側倒。
8.此式要做好，須根鎖和臍鎖的強力配合。

(四)主要功用

1.加強前、後、左、右的伸展。
2.以強化臍輪為主，其次是第一、二、四個脈輪。

3.增進肩膀的柔軟及伸展度，並擴展胸部。
4.強化胃腸的消化力和胰腺的功能，對糖尿病有療效。
5.有助脊椎的矯正。
6.與手碰腳式相似，可強化內外在五種生命能的功能，但比手碰腳式的收攝力強。

(五)相應法與啓動法的應用及其特殊現象

1.此式與手碰腳式相似，請參考該式。
2.此式比手碰腳式的收攝力強，在不同方向的定式時可藉助相應法來強化。
3.不管是用啟動法或相應法，過程中會有一股力量，幫助你拉伸脊椎和手臂到極致的位置，並且自動止息。你應去體會平行氣和上下行氣的相互作用與關係，以及體會伸展氣與收縮氣的拮抗關係。做相應法時，身體和能量的顫動是正常的，尤其是集中在較上部脈輪時，還會有脊椎往上抽拉的現象。
4.此式對第三個脈輪有較直接的作用，因此可以去體會以臍輪為中心帶動整條脊椎和各種生命能的關係。
5.在做第一、二部份的後彎動作時，如果意念集中的脈輪是在第三或第四脈輪時，將有助於後彎。

二十、鋤式(Halāsana，hala：犁鋤)(如圖四十六)

此式有若犁田之犁鋤，故而得名，又像一座山，所以又稱山式。

(一)作法

1.仰臥，雙手伸直置於腿側，掌心著地。
2.吸氣，雙腳往上舉往後，越過頭，吐氣，繼續往前(可雙手推地、腹背用力)，直到腳趾著地。
3.下巴靠近胸口，雙手可維持伸直置於腿側，也可改為交握。

4.以此姿勢，自然呼吸，停留時間最長5分鐘，再回復仰臥姿。

5.練習3次。

(二)輔助動作

1.此式子是頸部、脊椎前彎的動作，必須將頸後肌群、背部豎脊肌群伸展開。相關動作可用站姿前彎、困難背部伸展式、兔式等。

2.也要做肩膀柔軟和伸展的動作。

3.腰背部弱的人，做此式前最好能做一些強化腰背部的動作。

4.加強核心肌群的鍛鍊。

(三)注意事項

1.此式的手掌心朝下，且兩手不要離太開，如此才可以增加腰部及肩膀的壓迫度。另一變化式，雙手可以互扣壓地。意識式也是鋤式的變化式，當心靈集中的脈輪往上提升，或能量開始產生收縮時，手自然會互扣拉緊或產生意識式、半意識式，而當意念集中於臍輪時，有可能改成能量式。

圖 46

2. 身體向後彎曲時，雙腳應儘量伸直，膝蓋不要彎曲，但不要因此而出力，下巴要盡量抵住胸部，此式的部分功效是來自於喉鎖。

3. 輔助動作一定要做，尤其是頸部及肩膀、胸廓、腰部，以免受傷。

4. 初學者，在舉起雙腳往後彎時，可用雙手撐住背部，緩緩後彎。當身體往後，腳也伸直時，可以用雙手抓住雙腳趾，左右前後稍微搖動，一方面調整重心，一方面調順並柔軟相關部位，尤其是頸部位置的調整。

5. 定位後，腳趾碰地、腳掌直豎或腳背著地，對身體的壓迫及伸展度是不一樣的，尤其是對腿部後側的筋、腰部、背部及頸部的受力會略有不同，通常當能量收攝時，腳背較會豎起往內勾。

6. 在定式完成時，意念可放在喉輪，也可放在眉心輪，眼睛則可專注於眉心或鼻子的山根。

7. 當回復動作腳放下時，有的人上半身及頭部也會同時往上抬，其主要原因是(1)腰部及脊椎沒有一節一節的放鬆。(2)重心沒有從頸部緩緩下移，卻把重心放在臀部。(3)腹部力量不足。肩立式、意識式、半意識式、能量式亦同。

8. 初學者，每次停留的時間，可由30秒開始練習，再逐漸加長時間至最長5分鐘。

9. 動作結束回正時，下巴可略微抬高。

10. 由完成式回復到仰臥姿時，初學者可用雙手撐住背部緩緩放下身體，雙膝蓋也可以彎曲，回復的過程不要求雙腳保持直的，但直的功效較大。

11. 此式不要求背部一定要拉直。

12. 此式的重心是在頸部，要讓頸椎每一節的氣機都舒暢，把整條脊椎都拉伸，其餘部位是順能量線，放鬆延展。做此式會一種很享受的感覺。

13. 有高血壓的人，練習此式要小心。

14. 由於此式的收縮和伸展力道很強，因此要特別注意反向動作。

以肌肉、骨架、脈輪均衡原則，反向動作可選擇簡易魚式、弓式、輪式等。

15.此式要做好，必須配合根鎖、臍鎖和喉鎖。

16.常見問題：

(1)有人胸部近喉下時，胸會痛，是何因？

A.用力不當。B.該處的肌肉、組織、神經較脆弱。改善方法是，著力要適當。每一次的練習時間可再縮短，逐漸練習後，便可強化該處。

(2)有人做了之後，背頸部會痛是何因？該如何改善？

這是由於該處肌肉、組織、神經脆弱及氣血循環不良所致。在姿式回復後，神經作用和氣血循環的功能沒有完全恢復。改善的方法：A.暖身、拉筋要足夠。B.停留的時間可以再縮短。C.加強按摩。

(3)有人無法後翻，可能的原因為何？

A.腰、背、頸部無力，伸展度不足。B.少部份是由於體型的關係。例如，上半身過胖、臀部過大、腳短而粗。C.極少部份的人是由於恐懼感。D.可以採用腳往後踩牆壁，慢慢往下移至地板的方式。

(4)姿勢有的歪斜不正，原因為何？

A.相關的肌肉、肌腱、韌帶伸展不足或錯位。B.骨架、脊椎不正。C.氣機不順、能量不足。D.臟腑、組織病變。E心理的習性、習氣造成姿勢的變形。F姿勢的著力點和放鬆度沒有配合好。

(四)主要功用

1.此式最主要的作用脈輪是喉輪，但對其餘六個脈輪的強化也都有幫助。

2.頸部是人體非常重要的部位，頸部是中樞神經由腦部下達脊髓和脊髓上達腦部的樞紐，也是人體氣能最易阻塞的地方之一。鋤式可以疏通頸部的閉塞，使神經功能和氣能通暢，對於中脈的通暢、生理訊息的傳遞和疏通大腦、頭部、顏面五官的氣機有相當大的功效。

3.改善坐骨神經痛。

4.強化頸部、脊椎、背部、腰部，並增加肩部及頸部的柔軟度。

5.對肥胖、消化不良、食慾不振、便秘、月經不順、肝功能及脾臟衰弱者，皆有助益。

6.對甲狀腺、副甲狀腺、胸腺、腎上腺、胰腺，均有助益。

7.對腿的強化及修長也有功效。

8.對治風寒感冒也有助益，因為可疏理膀胱經。

9.舒緩頸部的緊張，有舒暢全身和醒腦的功能，也可紓解心理壓力。

10.有強化內外五種生命能的功能，和喚醒拙火、提升拙火的能力。

(五)相應法與啓動法的應用及其特殊現象

1. 此式開始時用啟動法，會有很大的幫助。已熟練心靈層啟動法的人，可將意念集中在脊椎上的生殖輪位置，然後用此生殖輪啟動，雙腳會很輕鬆地往後翻。當心靈層更加熟練後，可用心靈導向靈性層的啟動法，直接觀想大宇宙心靈或至上心靈帶著你做動作，如此會有更融入的感受。當然基礎上，亦可用身體層和能量層啟動法。

2.此式是對第一至第七個脈輪都有功效的式子，而且是一種定式的狀態，因此無論用五大元素或脈輪七重天相應法，都會有很大的反應和功效。做的時候，相關脈輪和其周圍都會起變化。當你的集中脈輪是臍輪時，有可能改成能量式，當你的集中脈輪是眉心輪或頂輪時，會由於能量收攝，而使雙手交握扣緊，雙腳收攝彎曲夾住雙耳，雙腳背平放於地，變成意識式。若是集中的脈輪是在喉輪時，則原來平放於地的小腿可能往上豎起，而成為半意識式。

3. 所謂意識(Śiva)是指眉心輪和頂輪，尤其是指頂輪，當你的集中點是在眉心輪或頂輪時，心靈很容易昇華成意識，融入無限，會有非常喜悅的感受，身體層和能量層也會較放鬆。而半意識式，就是心靈尚未完全融解的狀態，一半在心靈，一半在意識。因為狀態會反映在姿勢上，所以原來平放於地的小腿可能往上豎起。鋤式雖不是意識消融的式子，但與意識式在肢體放鬆上是相同的，所以姿勢的定式可達5分鐘，而半意識式只有半分鐘。

二十一、能量式(Tejasāsana，tejas：火、光明、能量)(如圖四十七)

(一)作法

1. 與鋤式方式相仿，但雙手握於膝窩處，而非置於地上。

2. 以此姿勢，自然呼吸，停留時間2分鐘，再回復仰臥姿。

3. 練習3次。

(二)輔助動作

1. 先做好鋤式，再加深肩頸胸的伸展度。
2. 先以鋤式將腳背貼地，膝蓋彎曲放額頭上，慢慢放鬆讓膝蓋貼近地面，加深肩頸胸的伸展度。

(三)注意事項

1. 做此式之前，必須將鋤式做好，因為此式雙手不是放在地上，而是手伸直抓住膝蓋，因此對頸部、肩膀、胸部及腰部所施的壓力較大，而且需要更高的集中力與平衡度，形成一個能量聚積的形式。
2. 膝蓋不要彎曲、雙手不要彎曲，能量線才會暢通延伸、具有張力和收攝力。

3.此式與鋤式在肢體上的不同是對頸部、肩膀、胸部及腰部的壓迫較大。在能量層上的不同是，對臍輪的收縮度較強，因此更須要專注、集中、平衡，並且隨順能量變化。
4.鋤式在定式完成時，意念可放在喉輪或眉心輪，眼睛可專注於眉心或鼻子的山根，但能量式還可將意念集中於臍輪。當意念集中於臍輪時，可能產生較強的能量收攝，使腳背豎起和內勾。
5.練習的時間可由短慢慢加長。
6.反向動作可選擇簡易魚式、弓式、輪式等。
7.要適度配合根鎖、臍鎖和喉鎖。其餘的請參考鋤式。

(四)主要功用

1.類似鋤式，但對第三脈輪的強化比鋤式強。
2.增加集中、平衡及定力，並聚積能量。
3.對整條脊椎都有強化作用。

(五)相應法與啓動法的應用及其特殊現象

1.與鋤式相仿，所以請參考鋤式。

圖 47

2. 可加強第三、五、六個脈輪的相關相應法。
3. 做相應法時，當集中點在第四(含)脈輪以上，身體會朝頭肩的方向晃動。

二十二、意識式(Śivāsana，śiva：意識)(如圖四十八)

(一)作法

1. 採取鋤式的姿式。
2. 彎曲膝蓋，直到碰觸到耳朵旁。
3. 手的姿勢不像鋤式平放，而採取雙手指交叉緊握，並接觸地面。
4. 練習3次，每一次最長達5分鐘。

(二)輔助動作

1. 先做好鋤式，再加深肩頸胸的伸展度。
2. 參考鋤式和能量式。

(三)注意事項

1. 做此式之前，必須將鋤式做好，因為此式膝蓋要著地且夾住耳朵，背部彎曲度很強烈，因此對頸部、肩膀、胸部及腰部，所施的壓力大於鋤式。
2. 雙手的姿勢是手指交叉扣緊，可增加肩頸部的收縮度。
3. 與鋤式不同處有(1)伸展度及收縮度比鋤式大(2)平衡度較強(3)感官收攝度較強(4)可進一步控制腺體，使能量轉向更精細。做此類式子時，心靈須要更平靜，呼吸也必須較精細，才能進入更深的禪定。
4. 初學者做此式時，如果彎曲度不夠，膝蓋無法夾到耳朵時，可藉助雙手來使雙腳膝蓋靠近耳朵，並可用雙手由小腿上方跨過來

圖 48

抓住耳朵，或者以意識式的姿式，雙手不必緊握，以自身的重量下壓，配合深呼吸來增加脊椎的伸展度。

5. 如果身軀的彎曲度夠的話，膝蓋除了夾住耳朵外，還可以著地，此外，也可使大腿與胸部更貼近。
6. 練習的時間可由短慢慢加長，可由幾秒鐘逐漸加長至5分鐘，並且愈做愈柔軟放鬆，心靈也愈平靜深沉。
7. 姿勢要保持平衡，不要傾斜一邊。
8. 腳背放鬆著地，不是腳尖著地。
9. 鋤式在定式完成時，意念是放在喉輪或眉心輪，而能量式還可將意念集中於臍輪，但意識式是以意識為主，也就是以眉心輪和頂輪為主，因此應將意念以集中於眉心輪和頂輪為主。
10. 此式讓頸椎極度伸展，因此必須操作反向動作，以避免頸椎曲度過直而影響健康，反向動作可選擇簡易魚式、弓式、輪式、貓式等。做貓式時可練習胸椎貼地，雙手往前延伸，讓胸椎和頸椎前側伸展，也可加上單腳往上舉高以加深伸展度。此外，也可採金剛跪姿，雙手背後互扣，雙手往下，讓胸椎、頸椎前側延伸。

11. 要適度配合根鎖、臍鎖和喉鎖。

(四)主要功用

1. 類似鋤式，但對第六、七脈輪的強化比鋤式強，且增加集中、平衡及定力的強度，也增加感官的收攝和腺體的控制度。
2. 從第一頸椎到尾椎的整條脊椎都全部伸展，但能量比較集中於頭顱腔。
3. 可以減肥，消除腹部贅肉。
4. 像意識式、半意識式、鎖蓮式、龜式、困難龜式等，這些都是有助於感官收攝，腺體控制，心靈集中與修定的體位法。

(五)相應法與啓動法的應用及其特殊現象

1. 與鋤式相仿，所以請參考鋤式。
2. 可加強第六、七個脈輪的相關相應法。做此種相應法時，會有更強的收攝感、融入感和喜悅感，也容易喚醒拙火並提升拙火至頂輪。

二十三、半意識式(Ardhaśivāsana，ardha：一半，śiva：意識)(如圖四十九)

(一)作法

1. 採取意識式的姿式，雙膝一樣靠近耳朵，但是彎曲膝蓋，小腿伸直往上。
2. 自然呼吸30秒，練習4次。

(二)輔助動作

1. 先做好鋤式，再加深肩頸胸的伸展度。
2. 參考鋤式和能量式。

(三)注意事項

1. 此式的注意事項與意識式相似，也要適度配合根鎖、臍鎖和喉鎖。
2. 此式與意識式在姿式上的唯一差別是：在意識式中，當膝蓋彎曲靠近耳朵後，腳是平放於地面上，而在此式裡，小腿是伸直往上，如肩立式的形式。
3. 此式只做4次，每次30秒，此點與意識式不同。
4. 由於小腿是往上舉，所以此式比意識式更須要進一步的肢體收攝與平衡力，初學者可用手幫忙，協助姿式的調整。
5. 儘量使彎曲的小腿與大腿接近，但不要為了大小腿的接近，而使臀部抬高，導致膝蓋離開耳旁，因為大小腿的接近靠的是收縮力。

圖 49

(四)主要功用

1.類似意識式。

2.比意識式更加強收攝及平衡的控制。

(五)相應法與啓動法的應用及其特殊現象

1.與鋤式相仿，所以請參考鋤式。

2.集中點若在第六、七個脈輪，比較會傾向於意識式，集中點如果落在第一、二個脈輪，則臀部可能往上抬高，膝蓋可能伸直，而形成像鋤式一樣。

二十四、輪式(Cakrāsana，cakra：輪)(如圖五十)

(一)作法

1.仰臥，雙腳彎曲，雙腳掌平行貼地，雙腳掌間的距離可如臀部寬度或略寬於臀寬。雙手肘彎曲反掌，掌心撐地，指尖朝向臀部。

2.腳掌、手掌用力推地，吸氣將身體撐起，身體彎曲的形狀就像輪子一般。

3.手腳的距離儘量縮短。

4.自然呼吸30秒。

5.放下時，下巴微收，靠近胸口，背部先貼地，再緩慢將頭及身體放下，恢復仰臥姿。

6.練習4次。

(二)輔助動作

1.這是一個強烈後彎的動作，必須先強化的部位如下列幾點。後背豎脊肌群必須先有力量才可後彎，才可以支持身體前側，使其穩定地伸展，以及啟動脊椎上脈輪的能量。相關動作可用蝗蟲式、鱷魚式等。

2.若要胸廓開展，肩胛後背力量必須加強，胸腔的開闊度是由後背肩胛部力量的支持。要使脊椎得到最佳的伸展，應從胸椎開始，這樣就可避免頸椎與腰椎過度代償，從而防止下背部及頸背部的壓力和疼痛。相關動作可用八點式、貓式、魚式等。

3.髂腰肌、股四頭肌和腹直肌的延伸有助於後彎，讓身體後彎時有一個優美的弧線。相關動作可藉助於高、低弓箭步、困難閃電式、蛇式、弓式等來改善。此外，也可藉著腿往後伸展和內旋來改善一般人長時間坐著，所引起的髂腰肌緊繃和縮短的現象。

4.強化核心肌群、骨盆穩定、腿部力量、腿內收肌群力，並藉助根鎖、臍鎖等，讓後彎穩定及正位。

5.加強胸大肌、胸小肌和手臂內側肌群，如喙肱肌的伸展動作。可用下犬式讓肩下壓，或將手掌反向，將指尖朝向腳，並往下推地。

圖 50

(三)注意事項

1. 初學者，要先加強輔助動作，以免受傷。
2. 做此式時不要勉強，並且要注意手掌不要滑動，以免身軀突然掉下來造成傷害，要下來時也要下巴內收緩緩放下。
3. 要把身體往上舉之前，可以頭先頂地，但此時身體力量不可放鬆掉(否則會壓迫頸部)，略微調整手掌、身體、腳掌的位置，平衡重心，再緩緩舉高。另一種作法對頸部較安全，是直接推起身體，不用頭撐地，在仰臥姿，將手腳擺放好預備姿式後，找到兩股力量，其一是尾骨內捲，根鎖、臍鎖；其二是肩胛骨推進身體，擴胸且讓後背脊椎有力量。維持這兩股力量，下巴微扣保護頸椎，再將雙手雙腳用力推地將身體舉起，胸椎推高後再讓頸椎順勢往後，眼睛隨能量線。
4. 把身軀往上撐起後，可前後再略微移動以調整重心、著力點及平衡度，然後再加深動作。加深動作的方式一：腳儘量伸直，讓身軀往上和往手部推，使腰部推高，頭部與手臂幾乎呈一直線與地面垂直。加深動作的方式二：逐漸調整手掌與腳掌間的距離，使之漸漸縮短。但是要特別強調的是膝蓋及手肘儘量伸直，手腳距離縮短是為了加深腰背部的彎曲度。
5. 兩腳掌支撐於地的力量要均衡，不要只有腳跟出力，也要避免墊腳趾。
6. 兩手掌如肩寬或略寬於肩，兩腳掌維持平行臀寬或略寬於臀。
7. 如果無法支撐30秒，可由較短的時間開始，再慢慢加長。
8. 如果伸展度和穩定度不足時，兩腳掌不宜太靠近，以免從側邊倒下。
9. 回復動作後，施行反向動作，例如，困難背部伸展式。
10. 為了撐起身體，初學者可略微加寬雙手間和雙腳間的距離，但是過度加寬距離或外八腳掌、墊高腳趾都是不穩定的方式，甚至對骨架、肌肉有傷害。

(四)主要功用

1. 輪式對脊椎的強化有很大的功效，而脊椎主掌了身體內部各臟腑的功能。所以此式能間接強化各臟腑的功能。
2. 可強化胸部、腰部，幫助消化，拉伸腹肌並去除腹部贅肉，改善便秘。
3. 強化肩膀、手臂的力量。
4. 對腎上腺、胸腺的功能有助益。
5. 對第一至第四個脈輪皆有幫助，尤其對心輪幫助最大，其次是生殖輪。
6. 可調整內外在五種氣，並喚醒拙火。
7. 可強化固元素，減少骨質疏鬆。
8. 此式是對女性很有助益的式子。
9. 一般體位法不適合第二性徵未發育前(約12或13歲以下)的人練習，但輪式可以，即使是只有5歲，如果他的體重及身高不足或發育不良，亦可練習。

(五)相應法與啓動法的應用及其特殊現象

1. 此式非常適合用各種啟動法來啟動，尤其適合用心靈層或心靈導向靈性層的啟動法。若用心靈層啟動時，可將意念集中於脊椎上的心輪。
2. 此式也很適宜用五大元素和七重天相應法來鍛鍊。集中點的位置會大大影響外在姿勢和內在能量。當集中點導引至喉輪或眉心輪時，你的上身會往頭部移動，甚至有可能變成手倒立，然後翻過去。同樣的，若將心靈的集中點由心輪導引至臍輪，則腹部會往上推，又倘若將心靈的集中點導引至生殖輪或海底輪，你的腹部會往腳的方向移動，甚至有可能會轉成立姿而站起來。

二十五、肩立式(Sarvāṅgāsana，又名全身式、肩倒立。sarvāṅga：全身的)(如圖五十一、圖五十二)

(一)作法

1. 仰臥，吸氣慢慢(倒著向上)舉起全身，雙腳伸直朝上，身體挺直並與地面垂直。
2. 整個身體的重量落在肩頸上(主要以頸部為主)。
3. 為了加強喉鎖，胸部必須碰到下巴。
4. 雙手肘支撐背部兩側，兩腳大拇趾併攏，兩眼注視腳大拇趾。
5. 保持此式，自然呼吸，最長不超過5分鐘，然後緩緩放下。
6. 練習 3次。

(二)輔助動作

1. 頸部伸展動作，讓頸後肌群柔軟。例如：鋤式及其變化式。
2. 擴胸和後彎的動作，可強化後背肩胛和豎脊肌群的力量，讓脊柱有力量撐起身體。例如，蝗蟲式、弓式、鱷魚式、背立式等。
3. 加強肩膀的柔軟與活絡。
4. 核心肌群的鍛鍊。

(三)注意事項

1. 此式要特別注意頸部柔軟的準備動作，以免頸部受傷。
2. 初學者，大部份是由於腰、背部沒力而做不起來。

圖 51

圖 52

3.初學者，可先將背立式練好，以加強腰、背部和肩頸的力量，以及平衡能力。
4.雙手撐住背部後，可以微調身體到適當的位置。使身體挺直並維持平衡，不要晃動，除了著力點外，其餘部位要適度延展放鬆。
5.全身的重量置於後頸部，其次是肩膀，手肘只是協助支撐而已，不是著力點。不要為了把身體撐直，而讓手用力較多，反而忽略了讓重量自然落在頸部上，重心自然落在頸部，有助於強化第五脈輪，並使頸椎每一節舒暢、疏通、消除張力。有些派別做的時候，頸部是懸空的，這樣的作法沒有辦法強化到第五至第七脈輪。
6.當第五至第七脈輪及相關脈輪被強化後，會分泌適量的荷爾蒙，如腦內啡、多巴胺、正腎上腺素，血清胺等，使人進入神逸恍惚的狀態，同時可喚醒拙火並提升拙火，這就是《哈達瑜伽經》上所說的引甘露下降，引拙火提升。
7.初學者停留時間可以由30秒，漸漸加長至5分鐘。
8.要與魚式身印搭配做，一次肩立，一次魚式身印(魚式身印的時間是肩立式的一半)，其中要稍作休息，但時間不像大休息那麼長。此作法除了可使頸部回復其自然曲度外，更重要的是平衡腺體。
9.要適度做好根鎖、臍鎖和喉鎖才能達到最好的功效。
10.腰、腹、腎氣不足，頸部的前彎度和承受力不足的人，做時比較難挺直，即使挺直了，也不能維持很久。
11.由於每個人的體型不盡相同，如果做時頸部有不舒服的人，頸部底下可置一軟墊或毛巾。
12.兩腳若不能併攏是收縮氣不足；身體伸不直是伸展氣不足，也與平行氣、上下行氣不均衡有關。
13.眼睛注視腳大拇趾，有助於身體姿勢的穩定，並藉助根鎖，可將生命氣收攝至海底輪。

14.可以先做好鋤式的形式，再把腳往上舉，如此做，頸部後側的夾肌群較能舒展。

15.高血壓、心臟病、年紀大、體弱者，不要勉強練習。

16.此式是對男性非常有益的體位法。

17.當集中點改為鼻尖或肚臍時，稱為逆作身印。

18.此式的變化式之一是雙手在體側，不撐住後背部，但做的時候要小心，以免突然倒下。

19.此式的另一變化式是倒蓮式，也就是雙腳由豎直改為雙盤，其功用亦是收攝。做時，眼睛亦可注視盤腿交叉處或海底輪。在禪定方面其功效甚於一般的肩立式。

(四)主要功用

1.此式的梵文名稱是全身式，是對全身都有益的體位法。

2.可強化所有脈輪，功效遍及全身。尤其對第七脈輪的松果體、第六脈輪的腦下垂體，第五脈輪的喉輪、頸部、甲狀腺及副甲狀腺有大功效。

3.肩立式和兔式是強化松果體和腦下垂體最主要的兩個式子。

4.可避免甘露落至喉輪以下。

5.疏通中樞神經、氣機並舒緩頸部張力，亦可調整自律神經、治療焦慮和失眠，亦可減輕心臟的負擔，預防靜脈曲張。

6.對消化不良、便秘、內分泌失調、肝膽疾患、腎臟、胰腺和消化系統的功能皆有很大的幫助。

7.可舒緩立姿的壓力與張力，防止內臟，如子宮、胃、腸等下垂和消化器官老化。

8.幫助血液循環，使身體感到輕盈。

9.可使甲狀腺等腺體平衡，以有效減肥。

10.由於是倒轉身體，所以較高的腺體可以得到休息。

11.可以增長壽命和烏髮。

12.有助於調整內外在五種生命能並喚醒拙火。

(五)相應法與啓動法的應用及其特殊現象

1.此式可用各種啟動法啟動。因為此式比較精細，所以可多利用心靈層、心靈導向靈性層，甚至靈性層啟動。

2.此式亦屬全身式，可用大部分的相應法來鍛鍊不同的層面。但初學者還是要避開使用至上相應法，以免一時心靈融入而倒下。雖然集中於眉心輪、頂輪的相關功法會使人非常法喜，但若不是很熟練，還是要避開集中在這兩個脈輪上。

3.此式若集中於海底輪做有關的相應法時，有助於雙腿的收攝靠攏和向上伸直。

二十六、魚式(Matsyāsana，matsya：魚)(如圖五十三)

(一)作法

1.蓮花式坐好，向後仰臥，臀部以下不可離地。

2.由頭後方，用右手抓住左肩、用左手抓住右肩。

3.頭部放在小手臂上。

4.自然呼吸30秒，練習3次。

(二)輔助動作

1.先做好蓮花坐。

2.後彎、擴胸的動作。使身體前方的肌群，如髂腰肌、恥骨肌、腹直肌、前鋸肌、胸大小肌等伸展度加強。

3.肩膀的柔軟及伸展。

4.蜘蛛式的彈腰，可加深盤腿。

(三)注意事項

1.初學者做此式時，腰部會自然拱起，這是因為腰部沒有放鬆，

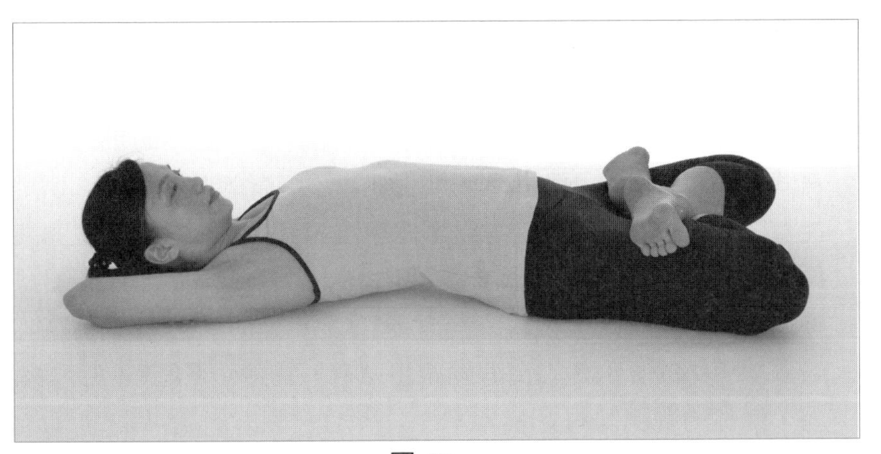

圖 53

以及髂腰肌、恥骨肌、腹直肌等相關肌群伸展度不足，少部分人是因為骨架的關係而拱起，所以做的時候要儘量讓該部位放鬆，可以配合深呼吸使腰部放鬆，才能達到功效。

2.臀部以下不可離地，膝蓋要著地，膝蓋著地能量線才有張力。

3.盤腿及雙手放在後腦抓手肘，都是為了收攝能量，引拙火上提。

4.要配合根鎖和臍鎖。

5.眼睛和注意力可集中於鼻尖或眉心。

(四)主要功用

1.有助於第一至第五個脈輪的強化。

2.強化腰部、腎臟，可以間接細腰，也有助於蓮花坐的柔軟度及穩定度。

3.有助胸肌的強化及擴展，也有助於肩膀及肩胛骨周圍肌群的柔軟和強化。

4.可使上身兩側和手臂兩側的氣順暢。

5.調整平行氣和上下行氣以及收縮與伸展氣。

6.有助於生命能收攝至海底輪。

(五)相應法與啓動法的應用及其特殊現象

1.此式比較少用啟動法，倒是可用相應法來強化各個脈輪。

2.當你集中的脈輪是在心輪及其上部脈輪時，不管你的手有否像魚式身印一樣抓住兩腳拇趾，都可能產生拱背的收縮姿勢，這是能量內攝和拙火提升的現象。即使還沒達到拱背姿，至少也會使原來放在頭下方的雙手臂更加往內收，且有一股張力往頭頂拉伸。

3.如果你集中的脈輪是在海底輪或生殖輪，那麼可能會有一股收攝力，使你的雙腿盤的更深。

二十七、魚式身印(Matsyamudrā，matsya：魚，mudrā：印、身印)(如圖五十四)

(一)作法

1.蓮花式坐好。

2.向後仰臥，頭頂著地，臀部以下不可離地。

3.雙手握住兩腳拇趾，使背部拱起。

4.自然呼吸，最長停留2分半鐘。

5.緩緩復原。練習3次。

(二)輔助動作

1.先練好魚式。

2.強化頸部、肩膀及腰部的各種後彎動作。例如，八點式、蛇式、駱駝式二、貓式等。

(三)注意事項

1.此式若要做好，須配合根鎖和臍鎖，如此方能達到身心收攝和引

圖 54

拙火上提的功能。

2.為使頭頂和膝蓋著地，頸部、背部及腰部的後彎度很重要。

3.眼睛注視鼻尖。鼻尖的凝視點控鎖鼻尖輪，鼻尖輪位於懸雍垂，有承接拙火由喉輪往上到眉心輪的作用。

4.此式的著力點是在頭頂、頸部、臀部而不是手肘，所以做變化式時，可以將雙手放在胸前合掌。

5.此式要與肩立式配合練習，一次肩立式，一次魚式身印，時間是肩立式的一半，即肩立式若做2分鐘，此式便做1分鐘。因為其一半時間所刺激的量恰能與肩立式平衡。

6.此式要注意嘴巴不要打開，頸部伸展度不足的人會拉扯到下顎，嘴巴會打開。

7.雙盤盤好後再躺下後仰，其收攝與拉伸的功能會比較強。

8.盤腿及雙手拉腳，都是為了幫助能量收攝。

9.有心臟病、高血壓的患者，做此式要特別小心。

(四)主要功用

1.此式最主要功用是將內外在五種生命能收攝至海底輪，並引拙火沿中脈到頂輪。在脈輪方面，則是以作用第五脈輪為主，其次是第二、四、六、七個脈輪。

2.平衡甲狀腺與扁桃腺的功能，促進體內鐵、碘、鈣、磷的平衡。一般而言，甲狀腺功能低下的，可用肩立式來強化，而亢進的則用魚式身印來減緩。

3.放鬆頸部肌肉及相關肌腱、韌帶、神經。

4.擴展胸部，間接強化背部、腰部及腎臟，並可細腰。

5.增進蓮花坐的柔軟度、穩定度及收攝度。

6.魚式身印及知識式，皆可增進記憶力，也可改善失眠和焦慮。。

7.給予人全身的活力。

8.此式子主要是強化頸部而非腰部。

9.對於一般感冒有療效。

10.魚式身印是對男性很有益的體位法。

(五)相應法與啟動法的應用及其特殊現象

1.可用集中於脊椎上的心輪做心靈層啟動法。

2.當意識的集中點由心輪移至喉輪和鼻尖輪時，整個身體就會有一股張力往頭頂拉伸，使拙火上提。雙膝要著地，能量才會穩定。

附： 簡易魚式身印作法

無法做蓮花坐的人，可改做簡易魚式身印。

1.仰臥，兩腳伸直併攏，然後配合根鎖，用雙手拉臀下緣，而不是用肘撐地，因為此式的功用在收攝而非腰背後彎。

2.如魚式身印將背部拱起，頭頂貼地。

3.回復動作時，手肘撐地，將胸挺起，下巴收，背部先貼地，再將頭緩慢放下。

二十八、(棒)平衡式(Tulādaṇḍāsana，tulā：相稱、平衡，daṇḍa：棒、柱、杖)(如圖五十五)

(一)作法

1. 吸氣，用左腳站立，雙手扶住腰兩側，吐氣，右腳抬起伸直，往後延伸。同時上半身往前彎曲。頭頂自然往前延伸，上半身與往後延伸的腳成一直線並與地板平行，眼睛可專注於外在或內在一點。
2. 自然呼吸調息30秒。
3. 換邊做，左右算一回合，共練習4次。

(二)輔助動作

1. 因為只有單腿立於地板，所以需要更多的穩定與平衡。全身相關肌群、肌腱、韌帶、關節，乃至脈輪、腺體、神經、心念皆需正位，方可做好平衡式。

圖 55

2.先做一些前、後、左、右，以及屈曲、伸展、側彎、扭轉的基本動作，並加強前後分腿的姿式。
3.平衡練習。相關動作可做簡易平衡式、樹式及其變化式等。
4.股四頭肌訓練，相關動作可做動態與靜態椅式等。
5.核心肌群訓練，相關動作可做船式、駱駝式一等。
6.腰部、背部強化，相關動作可做蝗蟲式，如果腰部無力，可先練習單腳蝗蟲式。
7.按摩、拍打、捏筋能幫助大腿肌群的活化、放鬆，更有助於平衡。

(三)注意事項

1.上身往下彎時，腳須同時往上抬且延伸，如翹翹板原理，而不是分段做動作。
2.往上抬的腳，要由大腿根部往上抬並內旋，腳尖朝下，腳跟往後踢，使身體穩定，不要為了抬腿，而讓上半身往下沉。
3.上半身與延伸的腿須與地板平行，脊椎延伸不拱背，膝蓋伸直，腳尖朝下，腳後跟往後踢。站在地板的腳，坐骨頂向天花板，使雙邊的臀部與地板平行而不是側傾，身體要儘量維持穩定。
4.雙手插腰，手肘、肩膀、背部適度放鬆。做變化式時可將雙手臂輕輕放在腰上，掌心朝上，雙手肘放鬆，不往天花板翹高，放鬆上半身，此式是放鬆平衡，不需抬高手肘擴展胸腔。
5.要做好平衡式，須配合根鎖、臍鎖，且下盤要穩固，腹肌要有力。除了左右腿能輕易分開外，就是用氣不用力。還要有向下札根、前後對拉、左右對稱和飛揚之勢。非集中點與施力點的部位不要緊繃(可用觀想法帶動各部位的放鬆，內氣不足時，身體不易放鬆，所以養氣的鍛鍊也很重要)。
6.配合呼吸，呼吸調勻可以幫助集中與平衡，眼睛可以張開注視某一點，以幫助集中與平衡，此集中點可以由外在慢慢練習到內觀自在，且內觀的集中點還可以移動標的。若姿勢穩定，可以進一步練習閉眼，把集中點收於內在。

7. 外在姿勢穩定後可以覆誦梵咒。由外在平衡引導心靈的平衡，進入更深沉的禪定。
8. 做完平衡後，若會覺的喘，可以深呼吸來緩和，不必急於做下一回。
9. 此式的變化式有(1)雙手可左右平伸與地板平行。(2)雙手可往前平伸，也可平伸後合掌。(3)一手前，一手後，並且與地平行。

(四)主要功用

1. 平衡式主要是強化第一個脈輪和固體元素，鍛鍊下盤穩固，對第二、第三個脈輪也有很大的功效。第二、第三個脈輪可幫助腎氣運行，尤其大部分的平衡式子會對第三個脈輪起平衡作用，使上行氣與下行氣上下對拉平衡，強化平行氣及相關生命能。
2. 當做到姿勢要領第6點時，會產生自發性的能量，一方面引領能量平衡，一方面引領能量精細，並經由肢體及氣的平衡，引領心靈的平衡。
3. 當生命能量轉向精細後，人的身體會感覺輕盈，情緒也更容易平衡及受到控制，而自然而然散發出祥和喜悅的神情。
4. 當做到姿勢要領第7點而進入更深禪定時，可以融入無限的生命裡，並受到至上的加持。不同的理念會引導不同的能量，所以理念是非常重要的。

附註：

1. 此平衡式是典型平衡與修定的式子，可增進定力與心靈集中。
2. 每一個人的體型不一樣，有人上身長且重，有人下半身長且重，所以不要求站立於地板的腳與地板垂直，而是身體能與地板平行。
3. 平衡式與樹式同樣是單腳，其間的差異有：(1)質量重心(2)平衡度(3)伸展度(4)平衡式較能強化第二、第三個脈輪。
4. 平衡式做得好時，看起來會有飄逸感而非僵硬感，其它的平衡式如知識式、鳥式、孔雀式、雙直角式等亦同。

5. 靠牆練習平衡的方法有：(1)後腳跟貼牆英雄式(2)腳掌抬高貼牆，利用腳掌用力踢牆的力量使身體平衡。

平衡不易達成的可能原因有：

(1)身體骨架問題(2)足弓沒力，如扁平足(3)沒有配合呼吸。保持平衡的穩定與能量都來自平靜、流暢的呼吸(4)意念沒有專注集中(5)肌肉、關節暖身不足，大腿內外側肌肉不協調(6)腎氣不足(7)脊椎與核心肌群力量不足(8)姿勢不正確(9)完成姿式停留時，除了集中點與施力點以外其餘肌肉需放鬆，否則會造成全身僵硬緊張。練習時若緊張過度或是穩定性和能量不足，就很難體會到優雅、舒緩、平衡與通達的感覺。

(五)相應法與啓動法的應用及其特殊現象

1. 平衡式的基礎在身體層和能量層，因此可先練習此兩層的啟動法和相應法。練得好時，會覺得身體輕盈，能量通暢。
2. 平衡式的內在目的是使生命能轉向更精細，並藉由身與氣的平衡導向心靈的平衡，因此當身體層和能量層鍛鍊好後，可鍛鍊心靈層和心靈導向靈性層。此兩層可用相關啟動法和相應法來鍛鍊。
3. 當心靈也平靜後，身心就會有飄然飛揚之勢。

二十九、簡易椅式(Sahaja Utkaṭāsana，sahaja：簡易的，utkaṭa：坐式的一種，又名utkaṭikā)(如圖五十六)

圖 56

(一)作法

1.如坐在虛擬的椅子上。

2.雙手臂往前平舉，與地板平行。

3.眼睛可注視前方一點(或內觀自在)，以幫助集中和平衡。

4.以此姿勢自然呼吸30秒，練習4次。

(二)輔助動作

1.要強化豎脊肌群、腰方肌、腰大肌、大腿和核心肌群，也要維持骨盆、膝關節、踝關節的穩定。

2.練習甩手蹲下再站立，做20～30次，以加強下盤、大腿與膝蓋的力量。此輔助動作不要與椅式緊接練習，因為體位法是靜態、精細的，過度動態的動作有時會干擾到精細的能量。

3.單純蹲下、起立練習。吸氣雙手放膝蓋或往前平舉，吐氣尾閭(骶骨)收，緩緩往下蹲，腳跟不離地，背部儘量與地板垂直，重心平均放在腳掌上，意念放在尾閭，由尾閭帶動，膝蓋不往前推，保護膝蓋。

4.雙人練習，面對面雙手互拉，一人站立，一人蹲下，雙人交互起立與蹲下。兩人間的距離，以維持站立時，背部能與地板垂直。

5.氣功式的練習。站立，雙手平舉往前，手心向上，手肘微彎。吸氣，吸滿氣，吐氣，上身自然垂直緩緩蹲下，再吸氣，尾閭收，觀想氣由腳底往上，使上半身往上挺直站立。此式的腰、背與地板應儘量垂直，意念放在尾閭，由尾閭帶動，膝蓋不往前推，保護膝蓋，重心在腳掌上，腳跟不離地。

6.要讓膝蓋穩固、有力，就要訓練股四頭肌。此外，也可按摩和拍打膝關節四周及相關肌群。

7.幫助膝蓋強化的體位法動作有：(1)坐在椅子上，背靠椅背，小腿抬起伸展、屈曲(2)仰躺，膝蓋彎曲，膝蓋中夾球或毛巾，伸展、屈曲(3)站姿，單腿屈曲、伸展與髖同高(4)仰躺，以背立式的方式做踩腳踏車的訓練。

8. 當人躺下時，膝蓋受力為零，站著走為一，上樓負擔增為四，跑步約為六，游泳時因有水的浮力，不傷膝蓋軟骨，是相當適合的運動。

(三)注意事項

1. 上半身不前傾或後仰，儘量往下蹲至與地板成平行。尾閭往下但不是縮肛夾臀，也不翹屁股。如果重心容易往前或往後傾，可以練習靠著牆或扶著欄杆，以調整位置和重心。
2. 尾閭往內收，根鎖、臍鎖，啟動核心肌群的力量，不要將壓力帶給膝蓋。
3. 雙腳成平行，不內八，也不外八。就氣功而言，外八是氣外放，內八是氣內斂。
4. 著力點放在腳掌，身體自然放鬆，尤其是肩膀更要放鬆，慢慢會感覺能量會由腳底往上昇。
5. 下盤虛弱、腎臟不好的人，作此式時，無法停留久，而且會顫抖，因為腎主骨。開始時可由較短時間慢慢增加，姿勢也可以由較高姿勢慢慢降低。
6. 當姿勢穩定後，可練習禪觀冥想和持咒。
7. 起身時，可以原姿勢垂直緩緩起身，也可以先蹲下，讓臀部先向上，帶動身體往上，後者較緩和，但功效較不如前者。
8. 此式看似簡單，但做完此式會覺得很喘，是因為能量上升及平衡過程的現象。當下盤未穩固，內在氣路未暢通，以及沒有適度的放鬆，便會感覺喘。
9. 椅式雖有很好功效，但練習時間不宜超過自己的極限，過度勉強，對氣、血、筋、骨也會有傷害。
10. 此式做不好的原因有：(1)身體骨架問題(2)腎氣與下盤氣力不足(3)全身放鬆不足。
11. 膝蓋的動態強健和靜態強健有何差異？動態的特點有：(1)較輕

鬆，可隨意活絡氣血(2)屬動態肌力訓練(3)是一種外力，但外力未必能得到適當能量。靜態椅式較不活潑，但其特點：(1)可激發內在能量 (2)可走適當的氣路 (3)能量形成較精細 (4)屬靜態肌力訓練。兩者各有優點，最好能搭配練習。

(四)主要功用

1. 此式最主要是強化第一、二個脈輪，其次是第三個脈輪。
2. 強化固元素，加強下盤穩定度與支撐度。人的衰敗，通常會由固體元素開始，固元素強化後，人比較不易老化。
3. 強健腎臟，腎主骨、藏精、又主水，因此可增加骨質密度和靈活關節。
4. 強化平行氣和上下行氣、遍行氣。
5. 強化腳踝、膝蓋的穩定。腳踝若不正無力，位於上面的膝蓋、骨盆、脊椎便無法正位，身體也會慢慢歪斜不正。
6. 有助於感官回收、心靈集中和禪那冥想的鍛鍊。

(五)相應法與啓動法的應用及其特殊現象

1. 椅式是以身體層為基礎，若能先練習身體層啟動法和相應法是最好，但是如果練不來，可先用進階能量層啟動法，亦即藉由潛存於中脈的內外在五種生命能來啟動。不管用何種啟動法或相應法，都會令你感到輕盈。
2. 可用五大元素相應法來強化相關脈輪的身體層，也可用脈輪七重天相應法來強化和提升心靈層。
3. 椅式的最主要和次要作用脈輪是第一至第三個脈輪，因此可多做此三個脈輪有關的相應法。
4. 椅式也與感官回收、心靈集中和禪那冥想的鍛鍊有關，因此在基礎相應法熟練後，可練習進階的心靈層和至上相應法，也可應用相關的啟動法。

三十、困難椅式(Jaṭila Utkaṭāsana，jaṭila：困難的，utkaṭa：坐式的一種，又名utkaṭikā)(如圖五十七)

(一)作法

1.蹲下，以雙腳大拇趾，支撐全身的重量。

2.雙手插腰，臀部坐在腳跟上。

圖 57

3.眼睛可注視前方一點，或內觀，以幫助集中和平衡。

4.自然呼吸30秒，練習4次。

(二)輔助動作

1.同簡易椅式。

2.腳背、腳趾及腳踝力量鍛鍊動作，如：(1)踮腳旋轉腳背、腳踝 (2)內、外側足弓、橫向足弓鍛鍊 (3)舒背式 (4)花環式(訓練腳踝) (5)站姿和半蹲姿的腳跟離地甩手。

3.髖關節開展可用蜘蛛式、俯蛙式、金字塔式、站姿拉弓式。

4.按摩外側髂脛束以紓解肌肉的張力，可讓體式做起來更輕盈且更平衡。

(三)注意事項

1.上半身挺直，腳背伸直，著力點在大拇指及第二、第三趾。兩腳間的距離，沒有絕對的標準，如果雙腳掌可併攏就儘量併攏垂直，若無法併攏就微張開，只要將臀部坐在後腳跟上。雙膝蓋要向左右適度張開，如果是單純的強化練習，兩膝蓋可以併攏朝前。

2.身體要保持平衡，配合根鎖、臍鎖，不要搖晃。下盤要穩固，有向下扎根之勢，上身適度放鬆，有向上延伸之勢。

3.張開大腿，不要求與地平行，而是放鬆自然下垂。

4.此式是知識式的基礎。

(四)主要功用

1.此式最主要功效是強化第一個脈輪和固元素，並鍛鍊下盤穩固，其次是強化第二、第三個脈輪。有助於平行氣、上下行氣的強化。

2.有助於腳趾、腳踝、腳背、膝關節的強化與平衡鍛鍊。人最粗鈍的位置是在腳，但就腳而言，前面部位又比後面部位精細，尤其大拇趾更是精細，因此腳趾的鍛鍊就非常重要。在靈修上，腳趾還有吸收或取走業力的意義。

3. 此式在姿體上結合了下盤穩固和平衡的鍛鍊，如果能配合適當的根鎖、臍鎖，將有助於將生命能收攝至海底輪，並引拙火和生命能往上提升。此式在心靈層上是一種感官回收、心靈集中和禪那冥想的鍛鍊。
4. 此式之所以稱為困難椅式是因為支撐點較簡易椅式小，因而更須要平衡的鍛鍊。

(五)相應法與啓動法的應用及其特殊現象

1. 與椅式相似，請參考椅式。
2. 與椅式較不同的地方是，在用各種功法鍛鍊時，更須要專注、平衡與收攝。

三十一、知識式(Jñānāsana，jñāna：知識)(如圖五十八)

(一)作法

1. 蹲下，臀部坐在左腳跟上。
2. 彎曲右腳，將右腳踝置於左大腿近膝蓋上，形成一個類似三角形的平面，並與地板平行。
3. 右手下垂，手指尖碰地，左手往上舉，靠近耳朵。
4. 眼睛注視前方一點，自然呼吸30秒。
5. 換腳做。左右算一回合，練習4次。

(二)輔助動作

1. 參考困難椅式。
2. 腳墊、腳趾、腳背、腳踝及大腿、小腿肌力的加強鍛鍊。可先將兩膝著地，兩手置於腿上，僅用單腳來練習支撐。

圖 58

3.合蹠式、俯蛙式、蜘蛛式、雙鴿式。

(三)注意事項

1.腳背直，腳跟可置於兩臀之間。
2.一腳跨在另一腳上時要成三角形並與地面平行。腳踝不必像蓮花式靠近鼠蹊部，腳踝亦不須超出大腿外側，否則膝蓋容易往上翹。姿勢不正確，會使下盤不穩固且不易平衡。
3.身體中正，脊椎往上延伸，配合根鎖、臍鎖，保持平衡，上舉的手要儘量貼近耳朵。
4.支撐的著力點在腳趾、大拇趾後方的腳球前端、腳踝和腳根與會陰。小腿、大腿和觸地的手指尖是輔助的著力點，其餘的部位要順著能量延展，不可緊繃，但要保持收攝、集中與平衡。在能量上有類似樹式的往下紮根和往上延展的感覺。
5.不易平衡的原因可能是：(1)腳趾、腳球、腳背、腳踝等沒有力量 (2)相關的肌肉、關節、韌帶等伸展度與柔軟度不足 (3)沒有配合呼吸 (4)感官收攝與集中度不足 (5)姿勢不正確 (6)能量沒有平衡 (7)用力沒用氣。
6.初學者，可扶著牆壁練習，也可以先雙手撐地或用瑜伽磚輔助，以加強腳趾、腳球、腳背、腳踝的肌力練習，並學習適度收攝與放鬆。
7.腳掌與地面愈垂直困難度愈高也愈不易平衡，但如果做得來，功效較佳。
8.變化式可做：(1)雙手可合掌於胸前或合掌上舉(2)眼睛閉起來，內觀脈輪。

(四)主要功用

1.類似困難椅式。
2.可強化第一至第三個脈輪，以及相關的固、液、火等元素。
3.有助於平行氣、上下行氣的強化。

4.由於是單腳支撐，所以在形體上更能強化腳趾、腳背、腳踝及小腿，而在心靈上更能增進收攝、集中，平衡與禪那冥想。
5.在下盤的穩固和平衡鍛鍊上，此式比困難椅式強，如果能配合適當的根鎖、臍鎖，將有助於將生命能收攝至海底輪，並引拙火和生命能往上提升。
6.可強化腳大拇趾，腳大拇趾在腳底反射區是屬腦部區域，因此可以增進腦力、記憶力。
7.腳趾強化有何重要性？腳趾與手指是人體四肢的末端，也是血液循環的末端，同時也是十二經絡的起點與終點，對於心臟無力，血液循環不良的人，手指頭會瘀黑，對腎臟病、糖尿病、膀胱病、痛風等病患也會產生疼痛與麻痺。對於練氣功的人，打通四肢末稍也是練氣功的基礎。

(五)相應法與啓動法的應用及其特殊現象

1.參考椅式和困難椅式。
2.此式更須要打好第一至第三個脈輪的基礎，因此相關功法皆可加強鍛鍊，熟練後可練習較高的相應法。

三十二、理念式(Bhāvāsana，bhāva：理念、法體)(如圖五十九～圖六十二)

(一)作法

1.站姿，兩腳跟微分開，以簡單椅式的方法蹲下，打開兩腳掌並指向相反的方向，(吸氣)，雙手合掌於胸前，將視線集中於眉心，(止息)，並維持此式8秒。
2.(吐氣)，雙手臂伸向右側，左手臂碰觸到胸部，且盡量往右伸直，(止息)，維持此式8秒。

圖 59

圖 60

圖 61

圖 62

3.（吸氣），雙手往中間移動（可合掌，但中間不止息，不停留），過了中心後，接著（吐氣），雙手臂伸向左側，右手臂碰觸到胸部，且盡量往左伸直，（止息），維持此式8秒。
4.（吸氣），雙手回到胸前（可合掌，但中間不止息，不停留），接著（吐氣），雙手合掌置於背部，指尖朝上，（止息），維持此式8秒。
5.（吸氣），雙手回到胸前，雙腳站直回到一般的站立姿，然後（吐氣），雙手放下。
6.以上合計算一回，練習4回。
7.如果是連續做時，在動作6（吸氣）雙手回到胸前之後，不必起身，可接著（吐氣）雙手向右，繼續下一回。

（二）輔助動作

1.各種強化下盤穩固的動作。
2.各種開胯的動作，如蝴蝶式、俯蛙式、蜘蛛式、雙鴿式。
3.肩帶周圍肌群的伸展，如牛頭式的手勢、平臂式的肩膀伸展、雙手臂往後握拳伸展。

（三）注意事項

1.蹲的姿勢不要太高，太高功效會降低。
2.視線從頭至尾皆應集中於眉心，注意力不可隨手的動作而分心，且要保持身體的平衡，並配合適度的根鎖、臍鎖。
3.腳跟要略為分開，腳掌盡量打開。
4.雙手往左、右邊時，要盡量伸直、伸展，但肩膀不可僵硬變形。
5.雙手合掌於背部時，位置點不要過低，要貼緊。
6.上半身不要前後左右傾斜，且胸部要盡量舒張，不駝背。
7.重心在腳掌上，能量往上帶，心念集中於眉心。
8.過程中高度不要有起伏現象。類似太極拳和中國功夫，在做某些動作時，上身不宜有起伏，左、右肩也不宜有高低改變的動作。
9.雙手置於胸前須收攝放鬆，但不緊貼。
10.最後一個動作起身時，上半身可適度放鬆，由腳底帶動往上。

11.眼睛可否閉起來練？此式比較類似希瓦身印(śāmbhavī)的收視返聽，止觀雙運。如果眼睛閉起來，除了比較容易進入陰境和胡思亂想外，會失去本式對收攝、集中、平衡與禪那冥想的鍛鍊。

(四)主要功用

1.此式以強化第一和第六個脈輪為主，其次是第二、三、四個脈輪。
2.強化固元素，鍛鍊下盤的穩固，增進身心的平衡。
3.如果能配合適當的根鎖、臍鎖，將有助於將生命能收攝至海底輪，並引拙火和生命能往上提升。
4.此式在心靈層上是一種強烈的感官回收，有助於心靈集中和禪那冥想的鍛鍊，也有助於腺體的平衡和心緒傾向(vṛtti)的淨化。
5.藉由心念集中於眉心，可統攝全身能量，調和氣血，幫助能量轉為精細，且有助於中脈的強化。
6.有助於伸展氣和收縮氣的練習。
7.平衡式、椅式、困難椅式、知識式、理念式和下一個鳥式，在下盤的強化、平衡上，以及能量層的收攝、提升上和心靈的收攝、專注上都有相似的功用。

(五)相應法與啓動法的應用及其特殊現象

1.就身體層而言，理念式不像一般體位法有強力的肢體伸展或收縮，也不須要有強力的身體支撐，但是在心靈層上則須要精細的收攝並保持身心的平衡。因此在鍛鍊上，身體層也須要打好基礎，才不會在心靈層的鍛鍊上有後顧之憂。因此要先採取身體層和能量層的啟動法和相應法來鍛鍊。
2.由於此式比較精細，因此用啟動法來帶動時，會比其它式子更有輕盈自在和收攝感。
3.也由於此式比較精細，因此比其它式子更適合用高階的啟動法和相應法。例如可用心靈導向靈性層或純靈性層啟動法，也可在姿勢的最後動作，即動作5尚未起身站立時做至上相應法，會有強烈的拙火提升作用，並帶來無比的喜悅感。

三十三、鳥式(Garuḍāsana，garuḍa：鳥)(如圖六十三)

(一)作法

1. **站直，將右腳往後伸展越遠越好，左手臂往前延伸，右手臂往後延伸使兩手臂成一直線，並與地平行。**
2. **試著以右手碰觸右腳大拇趾(實際上碰不到)，身體儘量不彎曲、前傾。**
3. **右腳可輕微彎曲，這姿勢就像一隻正在飛行的鳥。**
4. **保持此姿勢，自然呼吸30秒。**
5. **換邊做，左右算一回，練習4回。**

(二)輔助動作

1. 平衡類的式子大都是上下延展，或前後延伸，而鳥式是屬於三度空間，必須下盤穩固，上身平衡，上行氣延展，下行氣穩固，且要往側邊延展，手腳相對，能量平穩，因此須要多一些側邊的鍛鍊。
2. 加強下盤穩固訓練。
3. 各種平衡式、關節骨架可動域的鍛鍊。相關動作可用樹式、簡易平衡式、壯美式等。
4. 增強側彎伸展，相關動作可用簡易扭轉、簡易鴿式等。
5. 腹部核心肌群強化、腰部、下背部肌群強化。
6. 大腿內、外肌群強化，相關動作可用側臥抬腿、拍腿等。
7. 可先練習右手從側面拉起右腳，左手上舉的鳥式變化式。

圖 63

(三)注意事項

1.上半身儘量不彎曲或斜傾，想像手要碰到腳，其主要是靠腰的側彎度。

2.站立的腳膝蓋不要彎曲，雙手成一直線並與地平行。

3.身體是側著，手也是側的，頭往前，眼睛注視前方。

4.初學者，可先練習鳥式的變化式，用往後伸的手抓住往後延伸的腳大拇趾，以增進側彎度和幫助平衡。當姿勢穩定後，再試著放下抓住的腳拇趾，此時姿式會較靈活，且能形成一個能量場。

5.上舉的腳儘量往後延伸，越遠越好，其延伸度愈強，平衡度愈高，但須注意有些人氣力不足，放鬆度不足，容易造成抽筋。

6. 鳥式往後延伸的腳，不只是向上勾，還須帶著延伸、延展感，而且膝眼要盡量朝下。
7. 要保持姿勢的下盤穩固，上盤鬆活，有如鳥在天空自在飛翔，也帶著像書法和國畫般的「飄逸、自在」感。
8. 與此式類似的各種支撐式和平衡式大都會運用到根鎖、臍鎖，除了有助於穩固和延展外，也有助於拙火提升。

(四)主要功用

1. 此式最主要是強化第一至第四個脈輪，其次是第五、六個脈輪。
2. 各脈輪在此式所扮演的角色如下：第一脈輪支撐，第二脈輪延展，第三脈輪平衡，第四脈輪擴展，第五脈輪融入空，第六脈輪融入大宇宙心靈。
3. 增加側彎度，增進下盤穩固、平衡，增進感官回收、心靈集中和禪那冥想力。
4. 此式與一般的平衡式不同處，在身體層方面是增加動態感和側彎度，側彎度增加則所需要的平衡度就要增加，在心靈層上是除了收攝外，更增加融入大宇宙之感。所以在身心上都是比較靈活。
5. 此式可使身體層導向能量層，能量層導向心靈層，心靈層導向靈性層，或者說，由形到氣到精神到禪定的串連。做得好時，就會像是大鵬鳥往上飛，也就是拙火在中脈上飛升之義，也會如中國所說的達到「化境」，亦即解脫之境，因此是一個很具代表性的式子。

(五)相應法與啓動法的應用及其特殊現象

1. 此式可用各種啟動法和相應法練習。
2. 當集中脈輪是在第一、二個脈輪時，有助於穩固、側向延展和平衡，集中在第三脈輪時，有助於平衡和側向延展，集中在第四脈輪時，有助於心胸擴展，集中在第五脈輪時，有助於融入於空，集中在第六脈輪時，有助於融入大宇宙心靈，集中在第七脈輪時，有助於融入至上，會確實感受到就像大鵬鳥往上飛，也就是拙火在中脈上飛升之義，也會如中國所說的達到「化境」，亦即解脫之境。

三十四、勇氣式（Vīrāsana，又名英雄式。vīra：勇氣、英雄）（如圖六十四）

（一）作法

1. 臀部跪坐在後腳跟上，腳趾頭往內彎，趾骨貼地。
2. 手背放在大腿上，手指朝向鼠蹊部。
3. 眼觀鼻，繼之鼻觀心，自然呼吸。
4. 初學者可由幾秒鐘慢慢加長。

（二）輔助動作

1. 踝關節及足部相關關節的活動，如：(1)踝關節背屈和蹠屈(2)距下關節內翻與外翻(3)跗骨間關節的活動(4)蹠、趾關節的活動。
2. 增強腳趾後彎承受重力的能力，可用各種姿勢如站式、蹲式等，一腳一腳練習。
3. 初學者可用毯子墊底，以免過度刺激腳趾背部關節，並將毯子慢慢變薄，一直到不需要毯子。

（三）注意事項

1. 身體坐正，脊椎延伸，臀部坐在後腳跟上，腳背直立，兩腳腳跟、大拇趾要儘量靠攏，不要只有腳拇趾靠攏而腳跟是分開的。
2. 手臂伸直，手背輕鬆放在大腿上，手指朝向鼠蹊，手的姿式可幫助感官回收和能量、心靈集中。手的位置未必一定要靠近鼠蹊

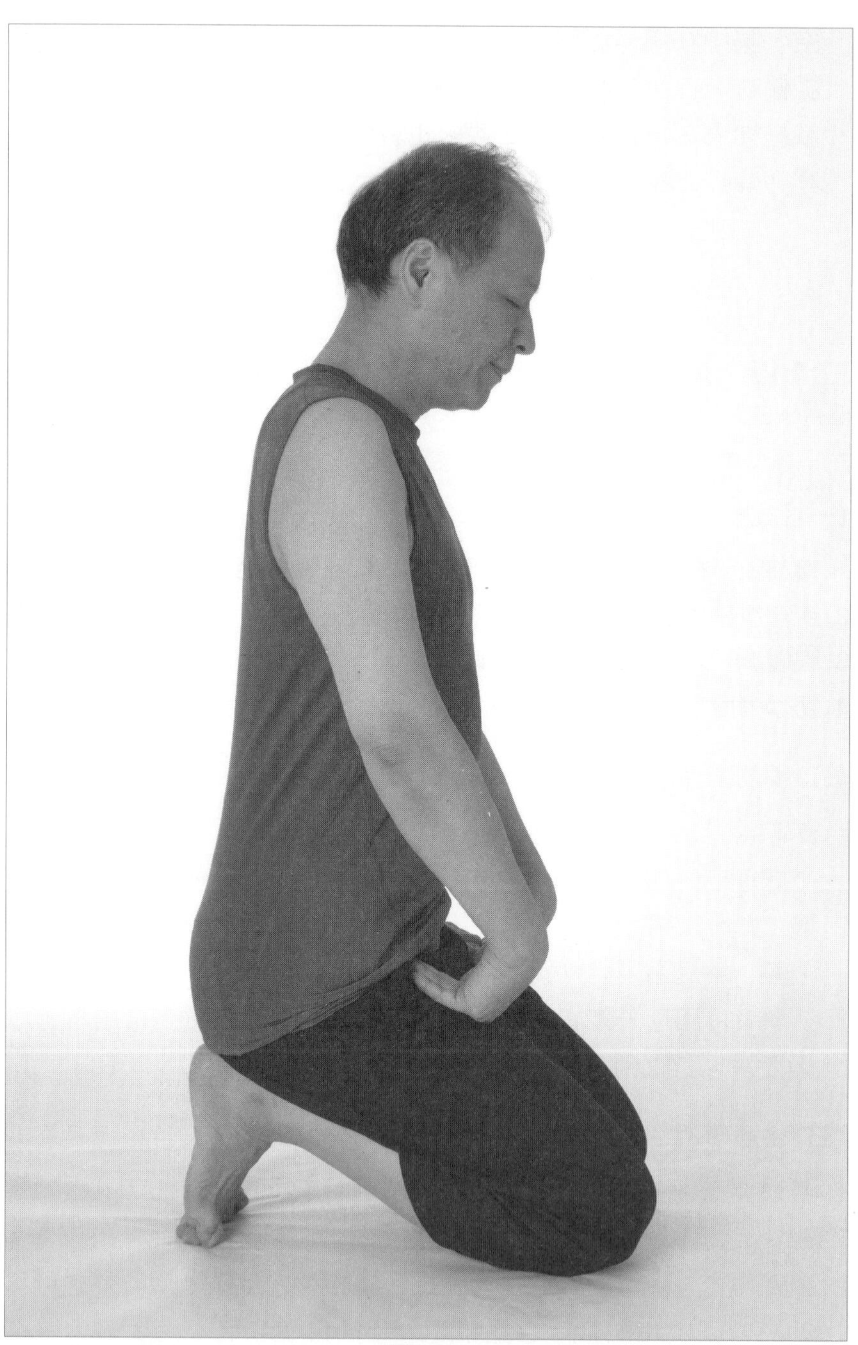

圖 64

部，依體型也可以放在大腿的中段，所謂手臂伸直，並不要求很直，也不宜出力。

3. 腳趾內彎，初學者可用大拇趾第一、二節及第二至第四趾的第二、第三節支撐，慢慢練習由大拇趾第一節及第二至第四趾的第二節支撐，練習時間可由短慢慢加長。
4. 重心放在腳趾上，因每個人腳趾長短順序不盡相同，所以著力點略有差異。
5. 眼睛注視鼻尖，做收攝與內觀。身體，尤其肩膀要適度放鬆，呼吸調勻。
6. 如果有配合其它禪那冥想練習時，便按其方法做。
7. 不宜過度勉強練習，以免傷害腦部神經、臟腑和精細的能量。
8. 要配合適度的根鎖、臍鎖和喉鎖，以便將生命能收攝至海底輪。
9. 在以此式做脈輪與拙火瑜伽時，常會引動身體的抖動，並產生手與上半身姿勢的些微變化，也會產生頭顱清明呼吸法和拙火提升式的呼吸法，遇此現象時，應將意念專注在你的禪那冥想上而非動作變化上。

(四)主要功用

1. 此為禪那冥想的一種姿勢。有助於感官回收、心靈集中和禪那冥想。
2. 對第一至第五個脈輪及相應的五大元素有特別強化和轉化的作用。
3. 有助於將生命能收攝至海底輪，並引拙火和生命能沿中脈提升。
4. 經由腳趾背的末梢神經刺激，可以轉化生命能，使之由粗鈍轉精細，並提振精神與勇氣。
5. 經由腳趾背的刺激，也可間接強化腺體與臟腑機能。
6. 可使頭部冷卻，並防止落髮。
7. 有助左右鼻孔通氣。
8. 此式做的好，會感到輕盈與喜悅。

9. 可間接瘦身。

10. 民間為了去除霉運，有的會帶信徒過火、踩碎玻璃、睡釘床、坐釘椅等，其原理以此相似，皆是透過刺激、收攝、集中和向上的力量，以逼出晦氣。

(五)相應法與啓動法的應用及其特殊現象

1. 此式較少用啟動法，倒是可多用相應法。
2. 此式的基本功用是轉化生命能和五大元素，因此非常適合應用身體層、能量層和五大元素相應法來鍛鍊。
3. 此式的進階功用是禪那冥想，因此非常適合一般心靈和進階心靈相應法，也適合用更高階的脈輪七重天和至上相應法。
4. 做上述相應法時，常會引動身體的抖動，並產生手與上半身姿勢的些微變化，也會產生頭顱清明呼吸法和拙火提升式的呼吸法。更強烈的會在你做每個脈輪觀想時，出現強烈的震顫或打開脈叢結的衝關現象，以及頭往後仰。遇此現象時，應將意念專注在你的禪那冥想上而非動作或呼吸的變化上。做完相應法，除了會感到身體輕盈、充滿能量外，心靈也會變得喜悅自在，超脫俗塵。

三十五、獅子式(Siṃhāsana，siṃha：獅子)(如圖六十五)

(一)作法

1. **以金剛跪姿坐在雙腿腳後跟上，背部垂直，雙手放在大腿旁接近膝部地上，手指朝向後方。**
2. **微吸氣，然後張大嘴巴，舌頭盡可能向下巴延伸，軀幹前伸，保持背部挺直，眼睛專注於眉心輪，由下腹部哈氣並發出像獅吼般的叫聲。**

圖 65

3.姿勢完成時會自動停息個數秒鐘，練習4次。

(二)輔助動作

雙手內側暨手腕肌群的延展。

(三)注意事項

1.雙腳擺放的姿勢有多種，如：(1)金剛跪姿坐在雙腿腳後跟上(2)雙膝併攏，跪坐在腳踝交叉的腳後跟上(3)蓮花坐姿

2.因為此為一個藉由收攝引拙火上提的式子，所以凡是違反此原則的就是不當的姿勢，例如：(1)跪坐在雙膝打開的而腳踝交叉的腳後跟上(2)跪坐在雙膝打開，雙腳大拇趾相碰的腳跟上(3)置於地上的手掌，指尖朝前而非朝後(4)眼睛專注於鼻尖而非眉心(5)沒有配合根鎖、臍鎖和喉鎖(6)沒有由下腹部哈氣發音，而是由胸腔哈氣。不當的姿勢也會有功效，只是功效較小。

(四)主要功用

1.藉由根鎖、臍鎖和喉鎖，將生命能收攝至海底輪並引拙火和生命能沿中脈上達頂輪。其憑藉的是：(1)足部的收攝(2)手部的收攝(3)哈氣時的腹部收攝(4)舌頭向外伸出(5)眼睛專注於眉心。這五個動作有助於三個鎖印的收縮。

2.所以說獅子式可使三個鎖印結合在一起，而三個鎖印的主要功效，便是要迫使生命能收攝至海底輪並引拙火和生命能沿中脈上升，最後藉由眼睛專注於眉心使拙火上達眉心輪和頂輪。

3.以上是主要功能，至於打開手臂的心經氣脈，清除喉嚨疾病，讓腹部、喉嚨、下巴放鬆，增進音色，消除呼吸及肝膽疾病，舒緩尾骨疼痛等皆是此式的附屬功能。

(五)相應法與啓動法的應用及其特殊現象

1.此式是一個引拙火提升的重要式子，較少用啟動法，倒是可多用相應法。

2.在式子完成時，可用脈輪七重天相應法。在做第一、二個脈輪七重天相應時，會強力引動根鎖；做第三脈輪時，會出現強力臍鎖，亦可能產生內縮身印與頭顱清明呼吸法；做第四、五個脈輪時，會出現強力喉鎖；做第六、七個脈輪七重天相應法或至上相應法時，會出現眼睛虹膜往上，脖子、頭後仰以及衝關的現象。然後接著身心息可能會進入幾乎不動的入定狀態，這就是拙火提升至頂輪以及生命能消融於中脈的一種徵兆。通常由此種狀態出定，心中會充滿無比的喜悅，當然也可能出現捨不得出定的悵然。

三十六、鎖蓮式(Baddha Padmāsana，baddha：收束、鎖、縛，padma：蓮花)(如圖六十六)

(一)作法

1.以蓮花式坐姿坐著。

2.右手從右邊繞到背後，握住右腳大拇趾。

3.左手自左邊繞到背後，握住左腳大拇趾。

4.保持背部挺直，自然呼吸30秒。

5.放鬆，調息。練習4次。

(二)輔助動作

1.同蓮花坐的輔助動作。

2.肩關節暨其相關肌群的開展。

3.加強胸大肌和胸小肌的延展動作。

4.加強前彎動作，如鶴式、困難背部伸展式、頭碰膝式等。

5.加強後彎動作，如貓式前趴(讓頸椎、胸椎後彎)、駱駝式二、蛇式、弓式等。

圖 66

6.加強扭轉動作，如扭轉式、馬利奇式等。
7.髖關節開展與骨盆相關肌群強化，如合蹠式、俯蛙式、蜘蛛式、鴿式、雙鴿式。
8.左腿伸直右腿單盤蓮花，右手繞過背後抓右腳大拇趾後，前彎做頭碰膝式，再換邊做。
9.蓮花坐，右手抓右腳大拇趾做扭轉動作，再換邊做。

(三)注意事項

1.身體須坐正，脊椎要延伸，雙膝儘量貼地。
2.要做好肢體收攝，要先練好肢體的延展，沒有良好的伸展度，是很難做好收攝。
3.以哪一手先抓腳趾並沒有絕對的規定，但通常會先抓比較困難的一邊，再抓較簡單的一邊。
4.為了方便較容易抓住腳趾，可先將上半身前傾，等雙手皆握住腳趾後，再將身體坐正。
5.姿勢完成後，眼睛可注視前方一點或觀鼻或內觀脈輪。
6.呼吸調息，放鬆身體，使心靈安住。
7.做此式時會有自動根鎖、臍鎖和喉鎖的現象，若是沒有自動鎖上，那麼要適度的鎖上。
8.如果左右腳的上下盤腿位置固定不變，容易導致骨盤歪斜，因此建議，左右腳的位置要有規律的交換，且做完盤腿後，要做一些大腿內旋的反向動作，以免腿內側鬆而外側緊。
9.當體內有發炎或火氣大時，伸展度會比較差，以鎖蓮式為例，就會因伸展度不足而導致收攝無力。
10.膝蓋不舒服的不要勉強做。
11.暖身不足不建議做，要等骨架、關節、肌群都適度暖身後再練習此式。要做好鎖蓮式，相關的輔助動作非常重要。

(四)主要功用

1.有助於第一至第五個脈輪的收攝與強化。

2.除了有類似蓮花式的感官回收、心靈集中和禪那冥想功用外，還可加強肢體的收攝和感官的回收以及腺體的進一步控制和強化。
3.有助於將生命能收攝至海底輪並引拙火和生命能沿中脈提升。此外，也可引甘露下降。
4.此式屬於比較收攝集中的式子，為了完成此式，需要更精細調勻的呼吸。
5.幫助腰部及背部挺直。
6.擴展胸部，加強肩膀活動範圍。
7.總述：鎖蓮式是典型的收攝和喚醒拙火的體式。在身體層上，可收攝感覺器官和運動器官；能量層上，可收攝三種鎖印和內外在五種生命，使生命能收攝至海底輪並融入中脈；在心靈層上，可使變形心靈懸止並轉成至上之念。當三個層次都收攝、淨化時，左右脈便因收攝而不起作用，中脈也因念念至上而被淨化，此時拙火自然會被喚醒，並沿著中脈上達頂輪。

(五)相應法與啓動法的應用及其特殊現象

1.此式較少用啟動法，倒是可用較精細的相應法，如進階的心靈層相應法、脈輪七重天相應法和至上相應法。當然也可用身體層、能量層和五大元素相應法。
2.在做比較屬於身體層、能量層相應法時，可能出現身體抖動，四肢和三個鎖印收攝更緊，舌頭內捲。在做較精細的相應法時，可能出現背部往胸部隆起，下巴上抬，頭後仰，也可能出現內縮身印、逆舌身印、希瓦身印，呼吸緩慢或接近停止，心靈漸漸停止作用或已懸止；抑或是先出現拙火衝關現象，然後身心進入如如不動。這些都是可能的過程，其中也隱含著部分個體小我業已融入至上大我。
3.做此式時，當生命層次從身體層進入到能量層，身體會自動收縮得更緊，若再進一步提升到心靈層，則收縮的強度又會更緊。

三十七、(收束手臂)頭倒立(Baddha Hasta Śirasāsana，baddha：收束、鎖，hasta：手臂，śiras：頭)(如圖六十七)

(一)作法

1. 嬰兒跪姿，雙手互抱手肘與肩同寬。
2. 跪立貓姿，雙手十指相扣，使手掌成杯形，下手臂貼緊地板，兩手肘距離不超過肩膀寬。
3. 將頭抵住雙手形成的杯子中。
4. 頭部位置放穩後，雙膝離地抬起，腳趾往頭方向移動。
5. 走到大腿貼住胸部時，使雙腳曲膝，緩緩離開地面。
6. 先將雙腳彎曲停留調息，穩定後再慢慢將雙腳往上伸直。
7. 自然呼吸調息，停留30秒～3分鐘，練習3次。
8. 放鬆膝蓋並慢慢將雙腳放回到地面。
9. 嬰兒式休息。

(二)輔助動作

這是一個全身式平衡的動作，必須強化的部位如下：

1. 頸椎、脊椎的強化，增加脊柱可動域，強化及提升後背及腰部相關肌群的柔軟度，並提升軀幹與骨盆的安定性，方可與地心引力抗衡，使身體達到平衡。相關動作可用眼鏡蛇、蝗蟲式、俯臥交叉上舉等。
2. 手腕、手肘、手臂相關肌群強化。頭倒立或手倒立體式，手臂的穩定與強化是非常重要的一環。相關動作可用肘撐棒式、海豚式等。
3. 強化胸腹核心肌群。核心肌群是身體能量控制中心，是身體最穩固的底盤，讓我們無論在何種情況下都可維持平衡，不會晃動和無力。相關動作可用捲腹運動、百式等
4. 大腿內側肌群強化。頭倒立或手倒立體式皆是雙腳朝上，若大腿內側肌群無力，雙腿就無法併攏，力量若無法收攝集中，

圖 67

便無法達到平衡、穩定。相關動作可用側臥拍腿、側臥剪刀腿等。

5. 全身關節、骨架的穩定度鍛鍊。
6. 平衡訓練。

(三)注意事項

1. 初學者，要先加強輔助動作，循序漸進以免受傷，且停留時間勿過長。
2. 雙手掌互抱手肘，雙手肘寬度與肩同寬，若身體骨架需求，亦可將手肘稍往外放寬。
3. 雙手互扣時，雙手要扣緊，小指側掌緣要穩定的平放在地板上，如果鬆開，身體重量會壓在小指的指關節上，而引起疼痛和影響平衡。
4. 手腕、手肘垂直貼穩地板，力量往下紮根，讓腋下挖空，前鋸肌、擴背肌有力，肩胛骨往外擴展，胸骨微下沉。
5. 雙腳先彎曲朝上，呼吸調勻，等平衡後再緩緩將雙腳往上伸直。
6. 雙腳伸直時，大腿內側肌群用力往身體中心線收攝集中，尾椎骨內收，使身體與地面垂直。
7. 支撐的最大力量來源是手肘而非頭頂，所以不要讓頭頂分擔太多的支撐力，以免傷到精細的頂輪或甚至是頸椎。此式做得正確時，頭頂的受力實際上是很小。
8. 初學者，必須在同伴的輔助幫忙下或背部靠牆，才可以練習此式。
9. 背部靠牆練習時，手與牆的距離大約一個手掌寬。
10. 如果腳上舉後，導致重心過度前移，那麼要小心地讓上半身順勢倒到前面，假如可能的話，讓腳掌先著地，千萬別傷到頸椎，以免產生嚴重的後遺症。
11. 要配合適當的根鎖與臍鎖。
12. 患有高血壓、低血壓、眼壓高的人，不建議練習此式。一般而言，只要頭部低於心臟，便有頭倒立的基本功效。

13.倒立式做不來的人，也可用肩立式替代，其功效相近。

(四)主要功用

1.在古代典籍中，將頭倒立稱為瑜伽體位法之王。

2.作用到第一至第七個脈輪。

3.因為身體倒立的關係，靜脈的血液在重力的作用下，可以流向心臟。

4.讓健康純淨的血液流入腦部，活化腦細胞，讓腦下垂體、松果體得到適當的血液供應，增強思考能力，強化記憶力，讓思緒清楚。

5.可以調控內外在五種生命能，尤其是平行氣、上下行氣以及伸展氣和收縮氣。

6.有助於拙火的喚醒與提升。

(五)相應法與啓動法的應用及其特殊現象

1.此式非常適合用各種啟動法練習，無論是粗的或細的皆可。如果是用心靈層的脈輪啟動時，可用集中於薦椎底端的第二脈輪來啟動。各種啟動法都會讓你感到身心更輕盈自在，且容易平衡，同時也可一併喚醒細胞的深層意識。

2.除了與頂輪相關的七重天相應法和至上相應法外，各種相應法皆很適合此式。透過相應法，可以喚醒拙火，並提升各個相關的層次，使其跟大宇宙更加連結。

3.就身體層面來說，當意念集中於第一、二個脈輪時，有助於雙腳往上伸直，集中於第三脈輪時，有助於腰桿挺直，集中於第四脈輪時，可使胸部支撐更有力，集中於第五脈輪時，可使雙手支撐更有力。

4.並非與頂輪相關的七重天相應法和至上相應法絕對不能練，而是擔心有人因融入而致身體失去平衡摔下。

三十八、孔雀式(Mayūrāsana，mayūra：孔雀)(如圖六十八、圖六十九)

(一)作法

1. 採跪姿，兩腳膝蓋打開，臀部坐於腳跟上。
2. 雙手手掌貼於地面，手指朝向腳的方向，雙手腕併攏，曲肘，雙手肘盡量靠近。
3. 上半身微微往前彎曲，讓手肘貼住肚臍，讓頭頂貼於地面，雙腳再

圖 68

圖 69

往後延伸拉長，腳趾踩地。

4.經由雙肘及手掌支撐全身的重量，上身微往前延伸，調整重心，慢慢將頭、上身及雙腳抬起，並使身體與地面平行成一條線。

5.自然呼吸，停留30秒，練習4次。

6.然後以額頭著地，回復跪姿，調整呼吸。

(二)輔助動作

1.頸部肌群的伸展，如頭部左右、前後的延伸，180度的頸關節轉頸活動。

2..加強胸腹肌群、上下背部肌群的強化與伸展，可用蛇式、蝗蟲式、弓式、駱駝式、輪式、蜘蛛式。

3.加強身體兩側的伸展，可用左右身體的側彎、門閂式。

4.加強肩胛胸廓關節、肩關節、肘關節、腕關節的活絡與強化，可用鷲鳥的手勢旋轉(讓雙肘較能靠攏)、貓拱背、大貓式等。

5.加強手平衡的動作，可用棒式、反棒式、下犬式、烏鴉式、天秤式。

6.加強腰椎和髖關節的活絡和強化，以及腹部的訓練，可用雙鴿式、後視式、坐姿或站姿的前彎。

7.加強核心肌群的鍛鍊。

8.為了加強手的支撐力和平衡力，雙腳可以伸直頂著牆練習。

(三)注意事項

1.各種相關的輔助動作和暖身要加強練習，此式為難度較高的動作，做時要盡量避免受傷。

2.雙手腕盡量的併攏，著力點在手掌、手腕及手肘與臍部的接觸點，靠腰力及腹力支撐身體，讓姿勢得到平衡。

3.可先練習上半身的離地，再練習一腳先離地，然後兩腳離地。為了讓腳容易離地，可在身體往前延伸時，延伸至雙腳自行離地。

4. 兩腳不要張開，膝蓋不彎曲，雙腳要順著能量線往後，與上半身成對拉平衡之勢。
5. 除了上半身與腳要有對拉平衡之勢外，也要維持左右的平衡，才不會從側邊倒下。
6. 此式的能量算是比較強的，但不算很精細，每一次做完，要先把呼吸調勻後，再進行下一次。
7. 做此式，從開始到完成時，其重心略有移動。
8. 為了讓支撐更容易平衡，有的人會盡量讓五根手指撐開以加大面積與穩定度。
9. 手掌置於地面的姿勢有兩種，一種是手掌著地，五指都朝向腳的方向，另一種是掌心略成空心，拇指朝前，另四指朝腳的方向。
10. 有的人做此式時，身體並沒有保持與地面平行，而是腳稍微往上，此種情形其著力點和重心，並沒有在臍輪，對臍輪的強化功效較小。
11. 此式的強化作用比較適合男性腺體，女性的腺體較細緻，因此不要過度勉強練習。
12. 有的人肩膀較寬，上手臂較短，腿太長或女性乳房過大，都會影響此式的難易度。補救方法有二，其一是在腹部墊止滑墊；其二是用一個軟硬適中、大小適中的枕頭墊在腹部。
13. 此式的變化式是以雙盤代替伸直的雙腳來做，如此也可以克服因腳太長所引起的重心不穩。
14. 要適度配合根鎖、臍鎖。做的時候有時會自發做喉鎖，以形成瓶氣(kumbhaka)，瓶氣既可使身體輕盈、平衡外，又能幫助拙火的提升。

(四)主要功用

1. 可增加手掌、手腕、手肘的力量。
2. 可增強胸肌、腰力及腹力，並增加平衡度。

3.此式最主要是強化第三個脈輪，其次是第一、二、四個脈輪。

4.對胰臟、糖尿病及腸胃疾病等有療效，也可增加消化能力，對痔疾的改善也有幫助。

5.可強化腎上腺功能，增進對恐懼感的克服力。

6.可強化火元素、平行氣、伸展氣，調控上下行氣。

7.此式能量蠻強勁的，有助於體內毒素往外逼。初學者做時，常有滿臉及眼通紅的現象。

8.對感官回收和心靈集中的鍛鍊有幫助。

(五)相應法與啓動法的應用及其特殊現象

1.由於此式的物質與能量屬性較高，所以在開始練習時，很適合用含五大元素相應法在內的身體層與能量層的啟動法和相應法來鍛鍊，等熟練後可用心靈層來鍛鍊，至於更高層次的功法則較少練，但不是不能練。

2.各種啟動法都會讓你感到身心更輕盈自在，且容易平衡。如果用心靈層的脈輪啟動法時，可將意念集中於薦椎底端的第二脈輪，此法有助於雙腳的離地與抬高。

3.就身體層面來說，當意念集中於第一、二個脈輪時，有助於雙腳抬高伸直，集中於第三、四脈輪時，有助於腰桿挺直穩定，肘與手掌的支撐更有力。

4.配合根鎖、臍鎖用啟動法和相應法鍛鍊時，有可能會出現自發喉鎖，而形成瓶氣(kumbhaka)，瓶氣既可使身體輕盈、平衡外，又能幫助拙火的提升。

三十九、蛙式(Maṇḍūkāsana，maṇḍūka：蛙)(如圖七十)

(一)作法

1.以蓮花式坐姿。
2.將雙手臂置於大腿下膝蓋旁。
3.雙手十指交叉互扣，手掌貼地。
4.用手掌支撐，將身體抬離地面。
5.往前跳躍三次，再往後跳躍三次。
6.往前、往後算一回，練習3回。

(二)輔助動作

1.蓮花式相關輔助動作。
2.鎖蓮式相關輔助動作。
3.手腕、手肘、手臂相關的強化訓練。

(三)注意事項

1.要配合根鎖、臍鎖，甚至喉鎖，以幫助拙火的喚醒和提升。
2.初學者，只要能將身體撐起即可，不必急於跳躍。
3.要特別注意手腕，以免受力太大而受傷。
4.往前及往後跳躍時，每一次都是以臀部著地，而非以雙手撐地直接跳躍。
5.臀部撞擊地板的目的在於喚醒拙火。
6.有的人雖然雙盤可以盤的很好、很緊縮，但由於上身長，腿長，手短，以至於雙手無法交叉於大腿下，此時變通法為，雙手不交叉，改為雙手直接撐地後，向前及向後跳躍，功效略微低於標準式。
7.此式是本書所列的唯一應用到撞擊法的式子。在靈性上，撞擊的目的是在喚醒拙火，並使生命能和拙火沿中脈飛昇。因此大部分撞擊的位置是在海底輪，只有少部分是在頂輪，頂輪的撞

圖 70

擊目的也是在解開物質面和能量面的束縛。束縛力有身體層、能量層、心靈層和心靈導向靈性層，撞擊只能在身體層和能量層起作用，若要突破心靈層和心靈導向靈性層的束縛，還須要結合包括心靈在內的高階修法。有些瑜伽士急於喚醒拙火，採用離地較高的海底輪強力撞擊法，其精神雖然可嘉，但如果不小心，往往會造成尾骶骨和脊椎損傷。

(四)主要功用

1.可強化第一至第三個脈輪，並喚醒拙火，使生命能和拙火沿中脈飛昇。

2.可以大力強化第三脈輪，使人有多日不進食的能力。

3.有助於強力收攝和提振能量。

4.有助於身體健康。

5.對第四脈輪也有間接的強化功效。

(五)相應法與啓動法的應用及其特殊現象

1.此式的要旨在於以撞擊法來喚醒並引拙火上提，可用各種啟動法來練習。如果用心靈層的脈輪啟動法時，可集中於海底輪的會陰。

2.當你融入自發啟動時，身體會非常輕盈，撞擊的方式會多樣化，撞擊的速度和次數會隨著須要而改變，使撞擊達到非常高的功效。

3.此式比較偏向以身體層和能量層的方式來喚醒拙火，因此在初階時，若要用相應法，可多用身體層、能量層和五大元素相應法，而且應以第一至第三個脈輪為主要的鍛鍊標的。練法上的要點是結合根鎖、臍鎖並配合觀想，要強力觀想位於海底輪上的拙火被喚醒。

4.練習過程也可能出現內縮身印、喉鎖等而形成瓶氣，使身體輕盈，易於跳躍和喚醒拙火。

5.當能量轉為精細時，會從外在的身體震動，轉為內在的氣能震動和收攝。

四十、雙直角式(Dvisamakoṇāsana，dvi：雙，sama：直，koṇa：角)(如圖七十一)

(一)作法

1. 先做簡單的椅式。
2. 右腿往前伸直與地平行。
3. 左手往上舉，右手插腰。
4. 止息8秒，再換邊練習，兩邊合計算一回。
5. 練習4回。

(二)輔助動作

1. 椅式、平衡式、鳥式及鬆結式等以強化股四頭肌暨下盤的式子。
2. 本式是一種綜合的式子，不是只鍛鍊下盤穩固即可，還包括到平衡的部分，以及相關關節、肌群、伸展度等配合，所以輔助動作也要做一些後彎、扭轉及平衡的動作。
3. 加強胸、腹、背部肌群和脊椎的強化與延展，相關動作可用蛇式、蝗蟲式。
4. 強化與活絡髖關節周邊肌群，可做鴿式、閃電式。
5. 腿後側肌群暨阿基里斯腱的伸展，可做困難背部伸展式、站姿前彎。
6. 先擺好椅子的姿勢，再把重心移至其中一腳，另一隻腳又是輔助撐地，然後再換腳練習，以強化單腳的支撐力。
7. 左腳站立，右腳往上伸直約與地平行，右手拉著伸直的右腳，練習蹲下站立，然後再換腳練習。
8. 類似雙直角式，但先完全蹲下，兩手抱著曲腳的膝蓋(另一腳是伸直的)，練習由蹲姿往上站立。

(三)注意事項

1. 初學如無法蹲低沒有關係，可以隨著下盤的穩固度，逐漸往下

圖 71

蹲。

2.著力點在腳底，眼睛可注視前方一點。
3.腿要伸直與地平行前，先吸一口氣再抬起，除了可增進抬舉力外，還可增進重心的平衡。
4.腳抬起伸直後，要注意前後左右的平衡。
5.配合根鎖、臍鎖，有助於動作的完成。姿勢完成時，可藉由止息增進平衡。

(四)主要功用

1.主要是強化第一、二個脈輪和固元素，其次是第三、四個脈輪。
2.強化腳踝、膝關節及腰部等下盤，也增進平衡度。
3.有助於改善血液循環及提升能量。
4.有助於瘦弱症的改善。
5.有助於將生命能收攝至海底輪。

(五)相應法與啓動法的應用及其特殊現象

1.此式與孔雀式相似，其物質與能量屬性較高，所以在開始練習時，很適合用含五大元素相應法在內的身體層與能量層的啟動法和相應法來鍛鍊，等熟練後可用心靈層來鍛鍊，至於更高層次的功法則較少練，但不是不能練。
2.各種啟動法都會讓你感到身心更輕盈自在，且容易平衡。如果用心靈層的脈輪啟動法時，可將意念集中於會陰的第一脈輪上。此法一方面有助於地上的支撐腳，也有助於伸直腳的抬起。
3.初學者若要練相應法，可先練習將意念集中在第一至第三脈輪的相關鍛鍊上，因為此三個脈輪是此式的基礎。

四十一、鬆結式（Granthimuktāsana，granthi：結，mukta：鬆解）（如圖七十二）

(一)作法

1.站姿。用右手握住左腳踝或背，往上舉，使左腳大拇趾碰觸右鼻孔。
2.左手往上舉高伸直，止息8秒。
3.再換邊練習，兩邊合計算一回。練習4回。

(二)輔助動作

1.髖關節的開展，如低弓箭步、鴿式、蝴蝶式、橫向劈腿。
2.腿後側的伸展，如站姿前彎、鷺鷥式、前後劈腿。
3.身體兩側的伸展，如左右側彎、三角式、扭轉式。
4.練習俯臥姿鬆結式，繼之，練習仰躺鬆結式，最後練習靠牆立姿鬆結式。

(三)注意事項

1.站立的腳不彎曲，上半身不拱背，有上下對拉之勢。
2.眼睛平視前方。
3.拉起的腳趾盡量靠近鼻子。
4.配合適當的根鎖、臍鎖和站立腳的大腿內旋，將有助於姿勢的平衡穩固。
5.腳往上拉高時，除了可用形體來帶外，還可用呼吸和意念來帶。

(四)主要功用

1.主要是強化第一、二、三個脈輪和固元素，其次是第四、五個脈輪。
2.伸展大腿、臀部和下背肌群，有助於困難龜式的練習。
3.如本式之名，可鬆開關節，增加關節的可動域，尤其是對髖關節

圖 72

的開展功效最大。
4.強化平行氣、上下行氣和遍行氣，並提升能量。
5.可強化下盤，並增進下盤的穩定與平衡。
6.同雙直角式，有助於瘦弱症的改善。
7.有助於改善顏面，耳鼻等輕微神經麻痺。

(五)相應法與啓動法的應用及其特殊現象

1.此式與孔雀式、雙直角式、平衡式、鳥式、椅式、公雞式等都屬於支撐和平衡的式子。大致上來說，此類式子都須要穩固的下盤或支撐，也須要良好的平衡感。舉凡類似特性的式子，如果能用啟動法來做，都可以有很大的幫助，鬆結式也不例外，可用各種啟動法來做。但這類式子都應先以有助於打好下盤或支撐力的功法為主，也就是以身體層和能量層的強化為主。
2.繼上一段，此類式子為了能有良好的平衡度，除了須要有強健的骨架、關節、肌群的配合外，還須要有強健的生命能，調勻的呼吸，感官的回收、心靈的集中和禪那冥想的配合。因此在進階鍛鍊上，可提升至心靈層暨心靈導向靈性層的鍛鍊。藉此，也可將此類式子的屬性從身體層和能量層，提升至心靈層或心靈導向靈性層。
3.不管用何種方法，在練至較精細的層面時，有時會自然住氣止息，進入身不動搖的狀態，此刻的外形是平衡不動的，內在心靈是消融的。
4.就身體層面來說，當意念集中於第一、二個脈輪時，有助於立姿腳的穩定，集中於第三脈輪時，有助於腰桿挺直和平衡，集中於第四、五個脈輪時，有助於將腳舉高。

四十二、公雞式(Kukkuṭāsana，kukkuṭa：公雞)(如圖七十三)

(一)作法

1.蓮花式坐姿
2.把雙手小手臂個別插入小腿與另一小腿肚中間。
3.用雙手支撐全身重量，將身體往上撐起來，使臀部離開地面。
4.眼睛注視前方，自然呼吸30秒。
5.緩緩放下。練習4次。

(二)輔助動作

1.蓮花式基本相關輔助動作。
2.肩關節暨相關肌群的開展與強化，還有肘腕關節的強化，可做天秤式、烏鴉式。
3.加強胸大肌和胸小肌的延展動作。
4.活絡踝、膝、胯等關節。
5.核心肌群的鍛鍊。
6.使大小腿修長的式子。

(三)注意事項

1.需避免手腕受傷。
2.為使此式較易做，可先把一手插入欲彎曲的第一隻腳，再拉另一隻腳坐雙盤，其次再將另一隻手插入另一邊的小腿骨中間，在撐起身體之前，手要長長的伸出腳外，如此才較容易撐起。
3.配合根鎖、臍鎖有助於此式的完成，且可減少手腕的過度使力與受傷。
4.像公雞式、龜式、困難龜式等較困難的動作，未必每個人都需練習，應依個人身心需要選擇適當的體位法，以避免受傷。

(四)主要功用

圖 73

1. 此式可強健胸、腹，以及肩、肘、腕關節，也可使身體免於缺鈣。
2. 此式是一個收攝、集中、平衡的式子，若配合根鎖、臍鎖，則對海底輪、生殖輪、臍輪有很大功效，且有助於生命能進入中脈。

(五)相應法與啓動法的應用及其特殊現象

此式從身體層、能量層到心靈層都作用到了。適合用各種啟動法和相應法來鍛鍊，不過畢竟其基礎在於支撐、平衡與能量的應用，因此在初始階段，還是應以身體層和能量層的強化為主，且以第一至第三個脈輪為主。等基礎穩了之後，可做較進階的啟動法和相應法，也可練習較高的脈輪，讓此式在心靈層的功效也展現出來。

四十三、龜式（Kūrmāsana，kūrma：龜）（如圖七十四）

(一)作法

1.採取蓮花式

2.把雙手、小手臂個別插入小腿與另一小腿肚中間。

3.上半身與頭部往前彎。

圖 74

4.雙手交叉抓住後頸部。
5.眼睛很平穩的盡量往前方的遠處看，自然呼吸30秒。
6.緩緩放鬆，練習4次。

(二)輔助動作

1.公雞式。
2.半意識式等使身體收攝及伸展的式子。
3.扭轉式及弓式等使肩膀伸展的式子。

(三)注意事項

1.身體要放鬆，呼吸要調匀、柔細。
2.手、腳長且細的人較易做好此式。
3.初學者，可於手、腳相關部位輕抹潤滑油，以便於手的插入。
4.要適度配合根鎖、臍鎖。

(四)主要功用

1.有助於第一至第五個脈輪的平衡與強化。
2.有助於四肢的伸展與收攝。要做好收攝，往往須要先練好伸展。
3.有助於心靈的收攝和呼吸的柔細。

(五)相應法與啓動法的應用及其特殊現象

1.此式比較少用啟動法，但用相應法的功效還不錯。
2.可先用身體層和能量層相應法，讓此兩層自行去調整，然後用五大元素相應法來強化，接著用心靈層和脈輪七重天相應法來提升，最後用至上相應法，來達到融入與合一。
3.在相應法的練習過程，有時會產生自發的根鎖、臍鎖和內縮身印等。

四十四、困難龜式(Utkaṭa Kūrmāsana，utkaṭa：強烈的，kūrma：龜)(如圖七十五)

(一)作法

1.把右腳舉起來放在右肩上。
2.把左腿舉起來放在左肩上，並且與右腳踝交叉。
3.雙手合掌在臉前或胸前做致敬手印Namaskāra。
4.維持此姿勢，自然呼吸30秒。
5.緩緩放鬆恢復，練習4次。

(二)輔助動作

1.此式是困難度較高的式子，全身關節、肌群、骨架，尤其是脊椎與髖關節和大腿前、後肌群，必須要有相當程度的柔軟與開展。
2.鬆結式暖身。

(三)注意事項

1.此式是困難度較高的式子，練習此式時須循序漸進不可勉強。
2.可以先練習單腳舉起來放在肩上，等孰練後再練習雙腳。
3.此式除了要求伸展度以外，還需要有相當程度的平衡度。練習雙腳往上舉時，可以先練習躺著，趴著或靠牆做。
4.要配合根鎖、臍鎖。

(四)主要功用

1.有助於全身關節的強化，並給予一致性的強度。
2.有助第一至第五個脈輪的平衡與強化。
3.有助於內外在五種生命能量的收攝與強化。
4.有助於感官回收、心靈集中和禪那冥想的鍛鍊。
5.凡是收攝的式子，或多或少都可以減少生命能和精神的耗散，但

圖 75

要記得，收攝的內在精神是朝向更高的心靈層和至上。

6. 雙腳掛於脖子上時，若能配合根鎖，並把意念及中於眉心輪或頂輪時，有助於拙火的提升。

(五)相應法與啓動法的應用及其特殊現象

與龜式相似，但比較不同的是在相應法的練習過程，除了會產生自發的根鎖、臍鎖和內縮身印外，還會產生喉鎖，而形成寶瓶氣，並進而達到希瓦身印，使拙火和生命能沿中脈上升至頂輪，體證到小我融入大我的天人合一之境。

體位法總表

(c代表脈輪)

順序	名稱	呼吸法與次數	主要心法	功用
1	攤屍式 (挺屍式)	1、中間30秒-2分鐘 2、最後3分鐘-10分鐘	調身、調息；五大融入五大；生命能融入中脈；心靈融入大宇宙心靈；七大脈輪融入七重天	調整身心靈，更新生命
2	瑜伽身印	止息8秒/做8次	根鎖；往下/上的重心皆在臀部	有益女性；有益2、1 C
3	蛇式	止息8秒/做8次	根鎖；臍不離地	有益女性；有益2～5、1 C
4	風箱式	各止息8秒/做8回	調合內外在五種生命能	有益3、1、2 C
5	兔式	止息8秒/做8次	根鎖；血壓高者小心	有益女性；有益7、6、5、2 C
6	大拜式	止息8秒/做8次	根鎖；往下/上的重心皆在臀部	有益女性；有益2、1、3 C
7	頭碰膝式	各止息8秒/做4回	根鎖；男性屈曲的腳要壓會陰	有益1、2 C
8	駱駝式一	自30秒/做4次	根鎖；核心肌群；配蝗蟲式	有益1-3 C
9	蝗蟲式	自30秒/做4次	根鎖；核心肌群；血壓高者小心；配駱駝式	有益1-3 C
10	閃電式	自30秒/做4次	根鎖(臍鎖、喉鎖)；修定	有益1、2 C、次3 C
11	困難閃電式	自30秒/做3次	根鎖(臍鎖、喉鎖)；收攝	有益1、2 C、次3-5 C

12	困難背部伸展式	止息8秒/做8次	根鎖；核心肌群；肝脾、疝氣患者不宜；配弓式	有益男性；有益1-3 C；改善酸性體質
13	弓式	止息8秒/做8次	根鎖；核心肌群；眼平視；重心在臍	有益男性；有益3、2、1、4 C及七大要素病
14	牛頭式(牛面式)	各自30秒/做4回	根鎖(臍鎖、喉鎖)；男性雙腳置雙臀下	有益男性；有益1-4 C及腎上腺
15	扭轉式(魚王式)	各自30秒/做4回	根鎖；男性屈曲的腳要壓會陰	有益1-5 C；矯正脊椎；強化內臟；喚醒拙火
16	手碰腳式	各止息8秒/做8回	根鎖；核心肌群；向兩側及後彎時腰以下不彎	有益3、1、2、4、5 C；矯正脊椎；改善貧血
17	蓮花坐	不限	根鎖(臍鎖、喉鎖)；修定	攝諸根；禪那冥想；拙火上提
18	完美坐(至善坐)	不限	根鎖(臍鎖、喉鎖)；修定	攝諸根；禪那冥想；拙火上提；控制下行氣
19	行動式	各止息8秒/做4回	根鎖；核心肌群；向兩側及後彎時，腰以下不彎	有益3、2、1、4 C；矯正脊椎；改善糖尿病
20	鋤式	自30秒-5分/做3次	根鎖(臍鎖、喉鎖)；核心肌群；血壓高者小心；小心頸部	有益5、4、1、2、3 C；防治感冒
21	能量式	自30秒-2分/做3次	根鎖(臍鎖、喉鎖)；核心肌群；血壓高者小心；小心頸部	有益3、5、4、1、2 C；強化能量
22	意識式	自30秒-5分/做3次	根鎖(臍鎖、喉鎖)；核心肌群；血壓高者小心；小心頸部	有益5、6、7、4、1、2、3 C；有助收攝、集中
23	半意識式	自30秒/做4次	根鎖(臍鎖、喉鎖)；核心肌群；血壓高者小心；小心頸部	有益5、6、4、1、2、3 C；有助收攝、集中
24	輪式	自30秒/做4次	根鎖；核心肌群；血壓高者小心；避免滑倒和手腕受傷	有益女性；有益4、3、1、2 C
25	肩立式(全身式)	自30秒-5分/做3次	根鎖(臍鎖、喉鎖)；核心肌群；血壓高者小心；小心頸部、重心在頸部；眼注視腳尖；配魚式身印	有益男性；有益5-7、1-4 C；避免甘露落至喉輪以下；舒壓
26	魚式	自30秒/做3次	根鎖(臍鎖、喉鎖)	有益1-5 C；收攝、延展
27	魚式身印	肩立式的一半/3次	根鎖(臍鎖、喉鎖)；血壓高者小心；小心頸部；眼注視鼻尖；配肩立式	有益男性；有益5、6、7、1-4 C；拙火提升、舒壓、安神、增記憶
28	(棒)平衡式	各自30秒/做4回	根鎖、臍鎖；收攝、平衡	有益1-3 C；平衡；強化固元素
29	簡易椅式	自30秒/做4次	根鎖、臍鎖；眼平視內攝	有益1-3 C；強化固元素
30	困難椅式	自30秒/做4次	根鎖、臍鎖；眼平視內攝	有益1-3 C；強化固元素
31	知識式	各自30秒/做4回	根鎖、臍鎖；眼平視內攝	有益1-3、C；強化固元素；平衡

32	理念式	各8秒x4 /做4回	根鎖、臍鎖；兩眼注視眉心	有益6、1-4 C；收攝、集中、強化固元素
33	鳥式	各自30秒 /做4回	根鎖、臍鎖；氣定神閒飄逸	有益1-4 C；強化固元素；平衡
34	勇氣式	不限	根鎖、臍鎖(喉鎖)；眼注視鼻尖，收攝內觀	有益1-5 C；攝諸根；禪那冥想；拙火上提
35	獅子式	自動停息數秒 /做4次	收攝三個鎖印	提升拙火
36	鎖蓮式	自30秒 /做4次	根鎖、臍鎖、喉鎖；收攝	有益1-5 C；攝諸根；禪那冥想
37	(收束手臂) 頭倒立	自30秒–3分 /做3次	根鎖、臍鎖；避免頭頸受傷；血壓高者小心	有益7、6、1-5 C
38	孔雀式	自30秒 /做4次	根鎖、臍鎖(喉鎖)；核心肌群；避免手腕受傷	有益3、1、2、4 C；強化固元素；平衡
39	蛙式	前後各3次 /做3回	根鎖、臍鎖(喉鎖)；核心肌群；平衡；避免手腕受傷	有益1-4 C；喚醒拙火
40	雙直角式	各8秒 /做4回	根鎖、臍鎖；核心肌群；平衡	有益1-4 C；強化固元素；平衡
41	鬆結式	各8秒 /做4回	根鎖、臍鎖；核心肌群；平衡	有益1-4 C；強化固元素；平衡
42	公雞式	自30秒 /做4次	根鎖、臍鎖(喉鎖)；核心肌群；平衡；避免手腕受傷	有益1-4 C；強化固元素；平衡
43	龜式	自30秒/做4次	根鎖、臍鎖、喉鎖；內攝	有益1-5 C；內攝
44	困難龜式	自30秒 /做4次	根鎖、臍鎖、喉鎖；核心肌群；平衡；內攝	有益1-5 C；內攝；平衡

第四篇

其它相關的理論哲學和解剖學

心靈不同層次的解析與修煉簡述

人的存在，實際上包括肉體的層面、心靈的層面和靈性的層面，但是如果我們心靈極度的開展，將會發現到心、物原是一如的。人活著，大部份僅運用其潛能的百分之一、二而已，對於深層的心靈潛能幾乎都不曉得其存在，這是由於低層次心靈的活動阻礙了高層次心靈的展現。人若能從事靈性的鍛鍊，在這過程中將會不斷地開發潛能，增長智慧，讓心靈更精細，更擴展。

個體心靈五個層次(Pañca Koṣa)的位置(梵文Pañca 是「 五」，Koṣa(Kośa、Kosha)是指「層、鞘、藏」的意思，佛教譯為俱舍)

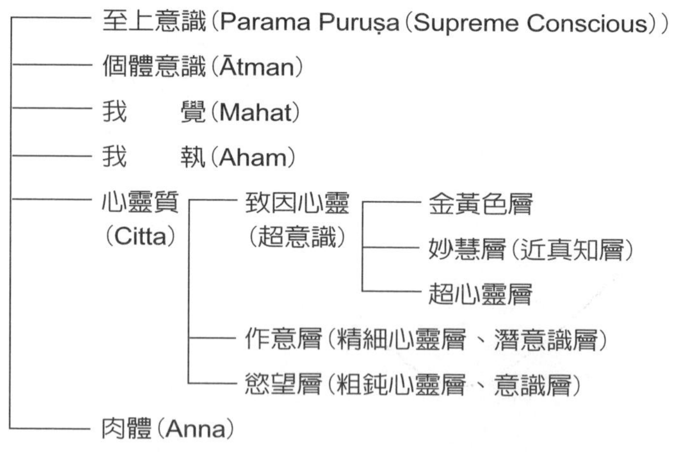

一、肉體層(Annamaya Koṣa)：由食物所構成的層次

肉體是由五大元素所構成，舉凡肉體的一切，包括肌肉、骨骼、血液、神經、大腦、腺體、運動器官和感覺器官，都是屬於肉體的層次。肉體是心靈的軀殼，沒有心靈的作用，肉體就失去生命的意義。而肉體的持續存在則需五大元素(如：食物)供給他營養。

鍛鍊方式：如食物、斷食、體位法……等。

二、心靈的第一層：慾望層(Kāmamaya Koṣa，粗鈍心靈層、意識層)

主要作用：1.感覺 2.慾求或嫌惡 3.行動。人基本的本能如飢餓、睡眠、恐懼、性……等、初層次的思考與短暫記憶都包含在此層內。

鍛鍊方式：除肉體層的鍛鍊方式外，再加上持戒、精進。

三、心靈的第二層：作意層(Manomaya Koṣa，精細心靈層、潛意識層)

主要作用：1.深沈思考、推理、反省 2.深層記憶與回憶3.夢境

鍛鍊方式：除了意識層鍛鍊法外，再加生命能(呼吸)控制法。

四、心靈的第三層：超心靈層(Atimānasa Koṣa，致因心靈或超意識的第一層)

主要特點：1.創造性的內觀 2.夢的直覺 3.直覺 4.因果業報的儲藏所。這是個超越人、地、時、空的範疇，時空在此處是同時的。此層次的心靈是不經由邏輯、思考、推理、記憶，也不經由學習。

鍛鍊方式：除了前一層次的鍛鍊法外，再加感官回收。

五、心靈的第四層：妙慧層(Vijñānamaya Koṣa，致因心靈或超意識的第二層，又譯為近真知層)

主要特點：1.明辨 2.不執著。在此特殊知識的層次裡，心靈更加擴展，除了有較好的人格特質如平靜、祥和、擴展、謙卑外，更具有精細的智慧及不執著的特質。

鍛鍊方式：除了前一層次的鍛鍊法外，再加心靈集中。

六、心靈的第五層：金黃色層(Hiraṇmaya Koṣa，致因心靈或超意識的第三層)

主要特點：1.渴望永恒與無限 2.感受到道的吸引力愈來愈強 3.強烈的虔誠感，渴望與道融合。在此層次裡，不求法、不求知，而是

渴望與道合一(是一種心靈的溶解而非理解)，在心靈的第二、三層裡，會有求法修法之念，在第四層裡仍有是非對錯之辨及對執著的放下。而在此層裡既沒有是非對錯之辨，也沒有「放下執著」的問題。

鍛鍊方式：除了前一層次的鍛鍊法外，再加禪那冥想。

簡而言之，心靈提升的目的在提升智慧，擴展心靈，超越對待，服務社會，並進一步的融入於道中。

靈性標幟(YANTRA)

梵文YANTRA的YAN意指控制，TRA意指解脫。YANTRA是一種靈性標幟或圖形，它可以喚醒拙火，使心靈從束縛中得到控制，也可經由它與萬物及至上相應，它與梵咒(MANTRA)同樣具有靈性的振波，二者皆可使身、心、靈得到平衡、控制與最終的解脫。

靈性的標幟有很多種，簡述如下：

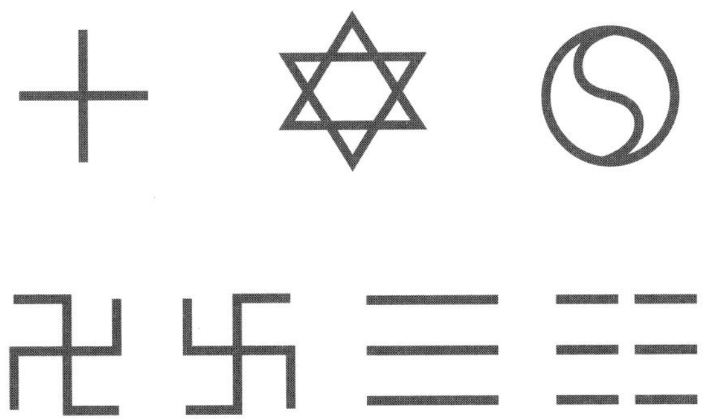

瑜伽教師完整學程的特色與精神

你需要一位「真正明白的上師或老師」的引導和「你應以不執著之心持恆地鍛鍊」

曾經有位偉大的瑜伽大師說：「你學習瑜伽的目的是甚麼？如果你為的是學習很多功法，或許你會學到很多功法，但你無法了悟至上；如果你是為了悟至上而來的，或許你學的法並不多，但是確有了悟至上的機會，一旦你了悟至上，你將了知一切法，但你卻不會執著一切法。」

脈輪與拙火瑜伽是為了了悟真我、了悟至上，服務社會，以達到天人合一而設計的。為了讓絕大部份的人，能因此法而受益，所以此法在修持上力求簡易明瞭，無需高難度的體位法，即能讓人體證到三摩地。但是為了讓各種根器的人都能隨順因緣獲得益處，身為老師或指導者就須要學習更多善法、正法、方便法，以滿足更多類型者的需要。諦聽祕音即是一個很好的例子，在《哈達瑜伽經》4-65說：「對於無法了悟真理和鈍根者也會喜愛和受持諦聽祕音法」。為此筆者將瑜伽最主要的修持法歸納成下述幾大項，你若為的是了悟至上，你不一定須要學習許多種方法，你只須挑選相應的法即可，但是你若想提供需要者更多善巧的方便法，那麼可從下述中挑選更多你所相應的法學習。不過不管你學的法是多還是少，最重要的有兩項，一是你需要一位「真正明白的上師或老師」的引導，另一個則是「你應以不執著之心持恆地鍛鍊」(《博伽梵歌》6-35)。

瑜伽教師完整學程的內容

一、有次第地研修本書所列的十二個古典瑜伽派別。簡要內容包括：瑜伽八部功法；知識、行動、禪那、虔誠瑜伽；身印、鎖印；梵咒瑜伽、諦聽祕音和瑜伽梵唱；拙火瑜伽；瑜伽潔淨法、飲食法和斷食法；五大元素與心靈轉化瑜伽。而其中瑜伽八部功法中的體位法則應以脈輪與拙火瑜伽為主，呼吸、身印也應該兼顧身心靈三個層面，集中、禪那和三摩地的修煉更不應被忽視。

二、與瑜伽相關的現代解剖學和中醫學研習

三、預防瑜伽運動傷害

四、瑜伽療法(療癒瑜伽、瑜伽理療)和阿育吠陀(āyurveda，印度傳統醫學)

五、瑜伽常用梵文的學習

六、瑜伽經典和故事集的研讀

七、瑜伽心理學

八、如何成為一位好老師的理論與實務

九、如何經營和推廣瑜伽

十、近代優良瑜伽派別的認知與研習

了悟真理是一種內在的觀照，至於方便法則有無數種。有一位「真正明白的上師或老師」引導是非常的重要，在未遇到好的老師前，不管你遇到的是甚麼因緣，也都應該視為善緣，好好學習與鍛鍊。除了要感恩你所有際遇中的老師和朋友外，還需要一顆熱切渴望至上的心。當因緣成熟時，適合你的良師就會找上你，此刻的你更當積極努力，以不執著之心持恆地鍛鍊。

所有鍛鍊的主要的精神是了悟真我、了悟至上、服務社會，以達到天人合一。

與瑜伽相關的中醫學簡述

一、與瑜伽相關的中醫主題有

1.中醫學的基本理論
2.陰陽五行、四診心法、八綱辯證
3.臟器功能與經絡學
4.中醫經絡學與體位法
5.十二經絡與奇經八脈在體位法上的應用

筆者在此先僅就經絡和五行歸類做概述。

二、中醫經絡學的基本概念

在東方醫學上，將氣血流通的路程稱為「經絡」，「經」者有「徑」之意，如路徑可通行各處，且是縱行於身體上下；「絡」者有「網」之意，縱橫連結的網路，是橫出的旁支。而經絡是聯繫人體五臟六腑、五官九竅(眼、口、鼻、耳、前陰、後陰)、四肢百骸、皮肉筋骨等內外器官、組織之聯絡網路，並直接與人的大腦皮質層相通，形成整體功能的自然體系。透過伸展、擠壓、扭轉、按摩經絡和穴點，可刺激和調節人體的能量系統，以達到改善健康和自我療病的能力。

三、五行歸類

任何一個體位法都不會只是作用到單一的經絡，而是整體性的運作。

臟為陰（裡、實心器官）胸中銜接		腑為陽（表、空心器官）頭面銜接
【胸中府穴～手大拇指橈側少商穴】 手太陰肺經（寅時3-5點）	→	【食指商陽穴～鼻側迎香穴】 手陽明大腸經（卯時5-7點）
↓		↓
【足大拇趾外側隱白穴～胸脇大包穴】 足太陰脾經（巳時9-11點）	←	【眼下承泣穴～足二趾外側厲兌穴】 足陽明胃經（辰時7-9點）
↓		
【腋下極泉穴～手小指內側少衝穴】 手少陰心經（午時11-1點）	→	【手小指外側少澤穴～耳前聽宮穴】 手太陽小腸經（未時1-3點）
		↓
【足底湧泉穴～胸俞府穴】 足少陰腎經（酉時5-7點）	←	【目內眥睛明穴～足小趾外至陰穴】 足太陽膀胱經（申時3-5點）
↓		
【胸中天池穴～手中指中衝穴】 手厥陰心包經（戌7-9點）	→	【手無名指關衝穴～眉尾絲竹空穴】 手少陽三焦經（亥時9-11點）
		↓
【足大拇趾內側大敦穴～胸期門穴】 足厥陰肝經（丑時1-3點）	←	【眼尾瞳子髎穴～足四趾外側足竅陰】 足少陽膽經（子時11-1點）

【五行歸類例表】

五行	木	火	土	金	水
方向	東	南	中	西	北
五臟	肝	心	脾	肺	腎
五腑	膽	小腸	胃	大腸	膀胱
季節	春	夏	長夏	秋	冬
五氣	風	暑	濕	燥	寒
生化	生	長	化	收	藏
五官	目	舌	口	鼻	耳
五體	筋	脈	肉	皮	骨
五志	怒	喜 驚	思 憂	悲	恐
五色	青	赤	黃	白	黑
五味	酸	苦	甘	辛	鹹
五音	角	徵	宮	商	羽
五聲	呼	笑	歌	哭	呻
五液	淚	汗	涎	涕	唾
五華	爪	面	唇	毛	髮
五藏	魂	神	意	魄	志

瑜伽飲食法

《哈達瑜伽經》1-58至60說：「節制飲食是指攝取令人滿意的食物和甜點，並留給胃四分之一的空間，且把飲食視為是對至上的取悅。」又說「要避免無益的食物」。

此外，有關食物的消化可分為物理性的消化，化學性消化，生物性消化，還有一個最重要的「意識轉化」。今天我們吃進去的食物基本上是無生命的，即使是有生命的食物，吃到體內也會經由消化而變成無生命，而部分營養素，最終都要轉成我們細胞的一部分。人體的每個組成細胞都具有我們的心靈，吃進去的食物最後會變成我們肉體的一部份，也可說是我們心靈的一部份，如果食物的業力深重，毒素很重，也要概括承受。如果要將吃進來的食物轉成身體的細胞，就需要把食物提升到我們現有的細胞心靈層次，這個過程最重要的是意識轉化。如果食物的業力深重，毒素很重，則轉化成心靈的過程就會耗費很多能量和心力，所以選擇正確的食物是非常重要，這就如同選擇朋友，近朱者赤，近墨者黑的道理一樣，可見飲食在瑜伽鍛鍊上的重要。

雖然脈輪與拙火瑜伽不要求所有的學習者一定要嚴格遵守瑜伽飲食法，但仍非常強調瑜伽飲食法的重要，若能持之以恆地繼續從事瑜伽的鍛鍊，隨著身心不斷淨化後，其飲食習慣自然就會改變。

一、瑜伽飲食將食物屬性分成悅性、變性和惰性等三類

1. 悅性食物

大部分的蔬菜、水果、芽菜、五穀雜糧，包括牛奶、蜂蜜、薑

等。

2. **變性食物**

碳酸飲料、巧克力、咖啡、茶葉、飲食過量、過度刺激性食物、過度加工的食品。

3. **惰性食物**

肉類、魚類、蛋類、菇菌類、蔥、蒜、韭菜、菸酒、放置過久的食物、飲食太飽。

說明

食物的屬性不能只看食物的稟性，還要看其相關作用的影響，例如：

1. 飲食過量，悅性會變變性，太飽則變成惰性。
2. 放置的時間會影響食物屬性。
3. 氣候、體質和一天的不同時辰也會影響食物的屬性。
4. 心念、情緒與烹調法都會影響食物的屬性。
5. 愈精細純淨的人愈需要愈精細純淨的食物。
6. 葷與素是看稟氣，而不是說植物就是素，如果稟氣對心靈的影響是負面的就稱為葷。
7. 瑜伽的飲食觀所強調的是攝取悅性的食物，也就是著重食物的稟性，而不是著眼在殺生與否，但是瑜伽的修煉仍非常重視不殺生、不傷害的原則。

二、瑜伽飲食重視鹼性食物的攝取

為什麼瑜伽強調要吃鹼性食物？這是因為所有新陳代謝都是一種酸化反應，體內組織器官不易衰敗，靠的是鹼性體質和鹼性血液，過酸就會中毒，所以要盡量選擇鹼性和偏中性食物而少吃酸性食物。

1. **鹼性食物**：蔬菜、水果、芽菜、小米
2. **酸性食物**：肉類、魚類、蛋類
3. **偏中性食物**：五穀、雜糧

說明

食物的酸鹼性，並不是以我們的味覺來區分，比方說，蘋果嚐起來酸酸的，但卻是鹼性食物。所謂酸鹼性食物是以化學的定量分析來看，如果含的酸性物質如氯、硫、磷、碳等較之含鹼性物質如鉀、鈉、鎂、鈣多的就稱為酸性食物，反之則為鹼性食物。

三、瑜伽飲食法的要點

1. 盡量選擇悅性食物，少吃變性食物，不要吃惰性食物。
2. 不要一次吃太多種食物，以免造成消化的混亂和生命能的墮落。
3. 吃食物時要有良好的氣氛環境，且要眼到口到心到鼻到才能吃到食物的生命能量，還要有顆提升的心靈。
4. 著重當地、當令食物。
5. 注重中醫的四氣、五味、稟性和入經。
6. 注重五大營養素和植化素的均衡攝取。
7. 注重食物的烹調法，烹調法不同，屬性特質就會跟著改變。
8. 不要吃過度加工和過度烹調的食物，我們要吃的是食物不是食品。
9. 著重天然原味、全穀和具有黃金組合的食物。
10. 過敏是人體的保護機制，大部分的萃取食物是不健康的。
11. 外在的肢體動作和感官作用，會強化內在五臟六腑的功能。

備註：

我個人的部落格(博客)有更多與瑜伽飲食有關的文章，歡迎上網去瀏覽。

第6章

瑜伽斷食法

斷食是瑜伽最重要的自然療法

斷食是瑜伽最重要的自然療法，自古以來，許多門派的修行者都遵行斷食的修煉，為何他們要如此呢？人與動物在生病時都會本能地斷食，除了生理功能的改善外，斷食也有助於生命能的轉化，所以像偉大的佛陀、摩西、蘇格拉底等都做過長天期的斷食。雖然脈輪與拙火瑜伽不要求所有的學習者一定要嚴格遵守規律的斷食，但仍強調規律斷食的重要，而隨著練習者身心越來越淨化後，除了其飲食習慣會自然改變外，也會為了更精細的鍛鍊而從事規律的斷食。有關斷食要義簡述如下：

1. 體內每天所產生的毒素，無法經由一般管道完全排出。
2. 日常生活當中我們到底接觸到多少毒素？
3. 當體內毒素累積很多時，眼耳鼻舌皮膚等感官和思考就會不靈敏。
4. 熱量燃燒的順序：從碳水化合物到脂肪再到蛋白質。
5. 斷食會增強免疫力。
6. 斷食的原理：自我修復力、燃燒廢物和擴散作用。
7. 聖者會藉由斷食以幫助身心靈的提升。
8. 發育中的小孩、哺育母乳的媽媽及無法自我修復的重症病患較不適合斷食。
9. 昆蟲蛻變時會斷食，斷食有助於生命能和基因的轉變。
10. 斷食的步驟：第一階段減食，第二階段斷食，第三階段復食。

11.減食的方法：

一般來講就是慢慢減，有些人比進餐時間晚一點進食就會受不了。比較簡單的方式是晚餐先改喝流質或者減半吃，再來就是晚餐午餐都改喝流質的，接著改為午餐喝流質，晚餐只喝水，再接著早餐只吃一點點，最後早餐也只喝水，這就是循序漸進的方式。循序漸進的方式分兩方面，一個是「量」的減少，另一個是「質」的改變。量的減少就是減少進食量，質的改變就是將原來的固體食物轉為流質的食物，把大魚大肉和重口味改為較清淡較好消化的輕食。

12.適度的運動和新鮮的空氣，可以加速體內毒素的排出。

13.斷食的生理與心理反應：

(1) 身體虛熱或發寒的現象。

(2) 因為沒有吃東西且又處於排毒過程，身體手腳會有無力和酸軟感。一般來說，人體內第一階段可供熱量的肝醣和澱粉醣約有1200至1400大卡，而以坐辦公室的人而言，一天約需要1800至2200大卡，所以基本上到了第一天晚上，肝醣和澱粉醣所提供的熱量就會被消化掉，所以才會有全身手腳無力的現象。

(3) 情緒不穩定：因為沒有進食，荷爾蒙會改變，所以斷食期間情緒會受影響，但斷食過後，荷爾蒙會調整到更好，情緒也會變得更好。

(4) 因排毒而口臭加重，舌苔也會很重，牙齒會有很多黏膜，這是生理上的排毒現象。

(5) 兩天以上的斷食者，即使天天洗澡，身體還是會散發出酮酸味，那是因為在缺乏葡萄糖作用下，脂肪在轉化的過程中所產生的酮體。

(6) 其他現象：斷食的現象有很多，也因人因時而異。有的人到了晚上會有心律不整的現象；有潛在疾病的人也常會在斷食期間誘發出來，例如：痛風患者會在斷食期間引起痛風加重的現象，所以有潛在疾病者，應先諮詢醫師。

14.與脂肪結合在一起的毒素不易排除。

15.斷食期間應加強身心靈的鍛鍊。

16.復食的方法：

(1) 循序漸進：

假設昨天斷食，今天復食，是不是把昨天沒吃的今天補回來儘量吃？不！一樣要循序復食。

(2) 喝檸檬鹽水：

假設沒有嚴重的胃病，基本上一天的斷食是可以先喝淡淡的檸檬水。檸檬汁稀釋加鹽巴，鹽本身含有鎂的成分，是一種很好的軟便劑，而鹽巴如果是用一般的精製鹽，排宿便的效果較不好，若能用海鹽或天然湖鹽效果較好。大自然的粗鹽本身有比較強的生命能，而精製鹽比較沒有能量，因為雜質去掉就會笨笨的。所以現代人有時會欣賞粗曠的美，不修邊幅比較自然，比較有生命能。

A、鹽巴的量：

可用1/4至1顆檸檬(要看檸檬大小、汁多少以及個人因素而定)加水稀釋，然後再加少許鹽巴。至於鹽巴的量沒有絕對，以生理食鹽水為例，為了和我們的血液融合在一起，用的濃度比較高，會用千分之九，大約一百克水加一克鹽；還有一種生理食鹽水是飲用的，它只會用到千分之五的濃度。如果你是要喝淡淡的檸檬汁就用千分之五，如果是為了排宿便可用千分之九。

B、飲水量：

500CC是最基本的量，排宿便的效果不大，最好是1500CC以上，其實1500CC還不夠，如果要徹底排，要喝到3000CC，會跑廁所至少五次以上，排到變成水狀，清清的沒有顏色。但不是一次喝完500至1500CC的水，而是第一次喝400至700CC，喝了以後每隔十分鐘到半個小時左右不斷地喝。喝完第一次後，大約一個小時左右，會開始跑廁所，跑廁所的時間不要有壓力，不要是上課上班或用體力的時候。而是要盡量放輕鬆，散散步，做做輕微運動、瑜伽、氣功、拍打等。

C、排宿便：

在排宿便時會有輕微瀉肚子的現象，快則每隔3至5分鐘一次，慢則10至20分鐘就要上一次廁所。但是如果環境有壓力，就不易排出，因為人一緊張，肛門括約肌就會收攝，一收攝就會不易排出。排的狀況是，會從較惡臭較濃的便，一直排到五顏六色，黏黏的包括黏膜都會一起出來。但接著排出的顏色會愈來愈淡，一直到完全沒有顏色，像是清水。拉的時候會很痛快，很少人會有不舒服的現象。排的次數可能達6次以上，如果喝的檸檬汁沒有這麼強，也會有3至5次，次數多寡都是正常。如果要加強排便，可多加一些鹽巴，但也不宜變成習慣性，否則沒有大量鹽巴就會排不出來。如果一個月做兩次一日的斷食，每回都有3至6次排宿便是正常且暢快的。宿便排淨後，人會感到煥然一新。

(3) 吞香蕉：

一日的斷食，在早餐前可以吃半根香蕉，香蕉可以稍微咬大口一點。香蕉像海綿，可以把排到食道、胃、腸子的黏膜帶出去，又香蕉本身可以軟便，有助於宿便的排除。但有些體寒或氣血瘀阻的人，若不喜香蕉，未必一定要吃香蕉。又中長天期的復食，往往不宜吃香蕉，因為香蕉稟氣凝滯，不宜在消化機能尚未喚醒時就食用。

(4) 適當的運動與靈修活動：

喝完檸檬汁後不是馬上開始吃香蕉，最好能有一些靈修的活動，例如緩和的動禪、瑜伽體位法和靜坐，如果時間夠的話，靈修活動的時間可以長一些。

(5) 復食的早餐簡單就好。

17. 一天的斷食，可選在農曆十一和二十六或十二和二十七以降低大潮對人身心的影響。

18.斷食期間的服藥問題，最好能請教專業醫師。

19.人體的本能在葡萄糖不足的時候，會利用酮體當代糖。

20.斷食療病的原則是自我要有足夠的免疫能力與修復力。

備註：

我個人的部落格(博客)有更多與瑜伽斷食有關的文章，歡迎上網去瀏覽。

印度養生醫學——Āyurveda簡述

想進一步瞭解瑜伽療法，不能不認識印度傳統醫學Āyurveda，音譯為阿育吠陀、阿由吠陀或阿輸吠陀，其字義是由āyur(生命的)+veda(知識)所組成的生命醫學，其醫理的主要架構認為人是由七種成份——乳糜、血液、肌肉、脂肪、骨頭、骨髓、精髓液所組成。而人的生命主要作用有三要素(tridoṣa)——氣(vāta,vāyu又譯為風)，膽汁(pitta)和黏液(śleṣman,kapha又譯為痰)，這三個要素又與五大元素有關，氣代表空(乙太)和氣元素，膽汁是火元素，黏液是水和土元素，這三個要素的每一個要素又細分為五項，阿育醫學認為疾病就是與這三個要素和七個人體成份有關。阿育醫學還有一個特色，那就是注重日常生活的身心靈修養，其主軸鍛鍊就是瑜伽。它的療法則都採取自然的方法(如水療、泥療、日光浴)和自然的材料(如天然植物、礦物)。

在阿由醫學裡將風(氣)(vāta或vāyu)、膽汁(pitta)和痰(黏液)(kapha或śleṣman)視為人體的三個主控因素，三者若失調就會導致疾病。有關其特性、主要功能和主掌位置請參考右表：

然而瑜伽對人的生命概念不僅是在氣、膽汁、黏液等三大要素(或五要素)和七大組成成份上，其實它更強調包含心靈和靈性層面功能的三脈七輪以及天人合一的概念。所以凡是有助於身心靈修持和有利於天人合一的功法，均可以是瑜伽養生和疾病治療的方法。

三要素 /（相對五大元素）	特性	主要功能	主掌位置
風（氣）/（空、風）	乾、輕、易動、快、冷、粗糙	神經系統、全身的運動、血液循環、呼吸、語言、感覺、觸覺、聽覺、排泄、恐懼、焦慮、悲痛、熱情	結腸、臍下、膀胱、骨盆、骨骼、大腿、腳、觸覺器官、耳朵
膽汁 /（火）	熱、敏銳、流動、難聞的氣味	消化酶、激素、饑、渴、體溫、視覺、勇氣、高興、智力	小腸、肝、膽、臍上、汗液、血液、淋巴、視覺器官
痰（黏液）/（水、地）	重、冷、柔軟、甜美、穩固、緊密、遲滯、黏	約束、關節、身體穩固、生殖力、體力、耐力、忍耐、克制	胃的上部、胸、肺、喉部、頭部、頸部、關節、脂肪、鼻子、舌頭

瑜伽自然療法簡介

一、自然療法

自然療法並沒有統一的定義，不過基本上有幾個原則如下：1.非醫藥 2.利用自然媒介(如陽光、空氣、水、植物、礦物) 3.利用自癒能力 4.副作用小。

當今自然療法的種類甚多，有的雖然不符合上述全部條件，但有2至3項符合，亦可視為自然療法的輔助療法(complementary therapy)，有時自然療法也會結合另類療法(alternative therapy)一起為病患進行治療。許多養生功法也被視為自然療法，所以實際上這些功法間並沒有明顯的分際。下列是筆者所認為的自然療法，其餘相似性質的療法則歸為輔助療法和另類療法，但這種分類並不是絕對的。

1.陽光(日光浴)、空氣、各種水療、海浪、瀑布、泥敷、森林
2.大部分的氣功、吐納、拳術
3.瑜伽體位法、身印、鎖印、擊印、手印、心印
4.大部分的天然食材(含蜂膠)和飲食法
5.天然的植物、花草和天然的礦物、寶石、木炭
6.天然磁場、氣場、宇宙能場
7.自發功與靈氣開發
8.斷食療法
9.音聲、音樂、梵咒療法
10.圖像、繪畫、雕刻、神祕符號暨藝術療法
11.呼吸控制與生命能控制法

12.修心養性與習氣控制

13.觀想與意念療法

14.禪坐冥想

15.大部份的運動

16.部份的中醫經絡療法(如推拿、按摩(含腳底)、拍打、捏筋)

17.生活起居調養並培養好的嗜好，例如寫書法

18.依大氣的季節、節氣和生理時鐘12時辰的調養法

19.人體工學的枕頭、臥床、鞋子和護具

20.親近善知識(satsaṅga)

21.親近健康的人

22.遠離致病因子

二、瑜伽療法

瑜伽療法又稱為療癒瑜伽和瑜伽理療。一般人聽到瑜伽療法，直接想到的是瑜伽體位法的治病，是的，瑜伽體位法對不同的腺體、神經、肌肉、脈輪、情緒等有調整和平衡的作用，但與這些有直接作用的還有身印、鎖印和擊印。其實瑜伽療法並不僅於此，瑜伽的真正概念是建立在「個體身心靈修煉」，並以達到「天人合一」的瑜伽境界為目標。個體身心靈的主控在三脈七輪，而「天人合一」的理念是與大自然、萬物的調合，視萬物為一體，所以在治療上都環繞在強化、淨化、平衡和提昇三脈七輪的功能上，並強調與大自然和平相處，把治療融入日常生活裡。本書裡所介紹的整體瑜伽鍛鍊法，包括八部功法在內，都是屬於瑜伽療法的應用範疇。

如何成爲一位好老師

一、一位好老師所須具備的條件與特質

1. 有良好的品德，身教重於言教，有諸中才能形諸外。修行方法的傳授與一般知識的教授不同，主講者必須以身作則，成為學生的典範。
2. 對至上臣服，對眾生熱愛。
3. 有責任感，能主動關心學生在身、心、靈三方面的成長，並且不要冷落了任何一位參與者。
4. 有良好的專業知識和一般常識。
5. 有良好的教學內容與教學技巧。
6. 有良好的教案設計能力：針對學生、課程內容、欲達到的目標設計教案，其中亦包括教學方法與驗收成果的方法。
7. 了解學生的需求與學習動機，並針對他們的需求及預定的教學目標授課。並且能讓學生了解學習後的成果與功效。激發學生的學習興趣，並開發其潛能。
8. 了解全部課程及每一堂課所要達到的目的。
9. 能發掘並了解學生可能有的問題。
10. 重視學生的反映。
11. 能驗收及了解學生的學習成果。
12. 擬定自己的學習和成長計畫，不斷地進修，同時也能透過教學，達到教學相長的目的。
13. 了解自己的特質與所長，並適切地發揮。
14. 了解到自己不是萬能者，自己也有一些不足之處。

15.一位好的瑜伽老師要有自創體位法的能力。

二、良好的教學內容

1.針對不同的需求及學習動機準備教材。比方說：不同的教育程度，不同的信仰，不同的年齡……等；不同的學習目標：如健康、美容、情緒平衡、知識、靜坐、靈修……等。

2.教具的設計與準備。

3.內容的結構清楚否？組織完整否？層次是否分明？理念是否正確？有否重點分析？是否多樣性？經濟性？前後課程是否連貫？注意的事項是否有加強？

4.內容是否符合時代、符合地區、政治背景、社會背景、宗教背景？是否考慮到相關團體、宗教、瑜伽等所教授內容的異同性？

5.內容是否兼顧實用性與普遍性。

6.參考資料的提供。

7.由學生補充教材。

8.多使用例子、譬喻，亦可多設計一些實驗，並佐以理論。

9.講名詞要解釋，講方法忌空論，講作用有依據，講道理要確切，講經驗要真實。

10.以偏概全、無緣無故的執著、缺乏實質意義、拘泥於瑣碎之事等，即名為惰性的知識。(博伽梵歌18-22)

三、良好的教學技巧

1.因才、因地、因緣施教。

2.有良好的行為與言語表達能力，且音量也適當。

3.授課時間的規劃與控制良好。在時間不足時，能掌握簡明扼要。

4.能掌握整個課程的進行，能營造良好的氣氛，讓學生、老師與課程有一體的感受。

5.教學方法富有活潑性、實用性與創造性。

6.兼顧活動性的教學，並且藉著活動安排，讓學生與課題結合。

7.正面鼓勵學員，激發學生潛能，使學生能主動學習、主動思考和主動參與活動。
8.開放性思考與多重思考的教學。
9.讓學生經驗〝發現〞、〝證明〞、〝推理〞、〝選擇〞之過程。
10.重視團體的互動與師生的互動。
11.同學之間，師生之間的情感與研討是良性的互動。
12.營造良好的學習情境，上課有幽默感，讓大家都在沒有壓力下學習。
13.讓學生主動發表意見及發問。
14.能適切地回答問題，遇到不會的問題時，也知道如何轉介。
15.除了要照顧表現良好的學生，也要特別照顧那些有學習障礙的人。
16.讓學員知道或看到其學習的目標與成果。
17.良好的肢體語言，包括五官的動作等，沒有不良的舉動或小動作，例如：眨眼、斜眼、歪嘴、搖頭、摸頭、抓癢、聳肩、搖晃身體、抖動身體等。
18.體位法老師要特別關照學員的體適能和健康狀況，以免不當的練習。
19.不要有不當的口頭禪。
20.所謂不能解決的問題，意指用昨日的方法無法解決，但並不表示用明日的方法無法解決，因此遇到問題時，要不斷研究、學習。

四、如何克服擔任老師的緊張與畏怯

緊張與畏怯是初為人師者常有的現象，其顯現於外在和影響到內在的情形也有很多種。顯現於外在的可能有所謂的三板教學(眼看天花板、地板、黑板或書本講義)、口乾舌燥、說不出話來、手足無措、腦筋一片空白……等。影響到內在的可能有生理失調、情緒失調、失眠、胃口不佳……。以下提供幾點克服緊張與畏怯的方法參考：

1.心境調適，謁大人必邈之。
2.可以自我解嘲，微笑來緩和緊張，以便放鬆。
3.反問學員問題，請學員講解和示範。
4.講笑話。
5.轉話題。
6.深呼吸。
7.增加學員的參與，避免老師單獨主持。
8.帶活動。
9.用愛與虔誠。
10.正性的自我暗示。
11.觀想上師與至上。
12.完全地臣服，把一切交給至上，視自己為老天的一個工具。

五、多元化(性)

單一的生態(例如只有一種或少數種動植物)並不適合生命體的生存。近親繁殖不適合抵抗環境的變化，所以愈高等的生命體，愈是雌雄交配，以產生更多不同於原父母的特質，且多種動、植物、昆蟲也常以基因突變來適應環境的變化。所以就教學的層面而言，多元化(性)亦是非常重要。多元化，不僅指教學內容的多元化，教學技巧也要多元化，老師所須具備的條件與特質也應多元化。

六、其它

1.選定適當的學習環境、地點及時間。
2.不同等級課程，需對學生有不同程度的要求。例如要上高級班的學員，必須已上過中級班。
3.發意見調查表給學生填寫。
4.為學生、老師及整個學習設計評量表。
5.課後聯誼。

6.符合經濟性與進步利用論。

7.預先了解學員的背景。

8.注意學員的一些特殊行為，如：借貸、推銷產品、標會，不良與不誠信的行為，不良的交友關係，邀保險，邀投資，不當的言論……等。

9.若是帶體位法要有安全第一的概念。

與瑜伽相關的西醫解剖學簡介

第一節 骨骼系統簡介

一、中軸與四肢骨

人體的骨骼系統是由206塊骨頭及超過200個關節所組成，約佔成年人體重的15%。骨骼構成了人體的支架，支持人體的軟組織，賦與人體一定的外形，並承擔起全身的重量。如果沒有了骨骼系統，人體就無法支撐。骨骼亦具有保護體內重要器官的任務，如顱骨保護腦、胸廓保護心、肺等。骨骼也為肌肉提供了附著面，好讓肌肉收縮時能夠牽動骨骼作為槓桿，並結合關節引起各種各樣的運動。骨的紅骨髓有造血的功能，而黃骨髓則有儲藏脂肪的作用。骨還是人體礦物鹽(特別是鈣及磷)的儲存庫，供應人需要時之用。骨骼的主要功能總括為：**支持、運動、造血、儲存、保護**。

人體骨架是以骨骼為主，並佐以關節、韌帶、肌腱、肌肉和關節軟骨組成，而骨骼可按其所在位置可分成中軸骨及四肢骨(附肢骨)，列表如下：

中軸骨			四肢骨(附肢骨)	
顱骨(包括聽小骨及舌骨)		29塊	上肢骨包括肩胛骨、鎖骨；肱骨、橈骨、尺骨；腕骨、掌骨、指骨	64塊
椎骨	頸椎(7)胸椎(12)腰椎(5)骶骨(薦椎)(1原5)尾骨(1原3-4)	26塊		
肋骨		12對	下肢骨包括骨盤的薦椎、尾骨、髖骨(腸骨、坐骨、恥骨)；股骨、髕骨、脛骨、腓骨、跗骨、蹠骨、趾骨	62塊
胸骨		1塊		

二、骨的化學成分

骨是由有機物(主要是骨膠原纖維和粘多糖蛋白，約佔骨總重量的30至40%)和無機物(主要是磷酸鈣，其次是碳酸鈣和氟化鈣，約佔骨總重量的60至70%)構成，骨的有機物使骨具有韌性，而無機物使骨具有硬度，骨整體的彈性和硬度也就是由這兩種化學成分的比例而決定。骨中有機物與無機物的比率會隨著年齡的改變而發生變化，成年人的骨含有2/3 的無機物和11/3 的有機物，這樣的比率使骨有最大的堅固性。根據力學測定，每平方厘米的股骨能承受170至220千克的抗壓(縮)強度(軸向)。由於兒童的骨是有機成分大而無機成分小，故硬度差，但韌性及可塑性大。雖然不易骨折，但卻容易彎曲變形。因此，兒童應特別注意良好的坐立姿勢。反之，老年人骨中的無機物隨年紀而增多，有機物卻相對地減少，所以骨較脆而易折斷，而且不易癒合。因此，老年人不宜從事太過劇烈和幅度大的活動。

三、骨的形狀

人體骨骼的大小不一，但大致上可歸納為四類：長骨、短骨、扁骨及不規則骨。

1. 長骨(long bone)：長骨大部分呈長管狀，一般位於四肢(例：股骨、肱骨)，主要在肌肉收縮時，作為槓桿而引起各式各樣的運動，特別是幅度較大的運動。
2. 短骨(short bone)：短骨的形狀近似立方形(例：指骨)，主要分佈在需要承受較大壓力及作靈活和複雜運動的部位(例：腕部、踝部)。
3. 扁骨(flat bone)：扁骨呈薄板狀，面積較大，適合於保護內臟器官(例：顱骨)和作肌肉的附著面(例：肩胛骨)。
4. 不規則骨(irregular bone)：不規則骨呈不規則形(例：椎骨)，有些內部還含有空氣的腔隙，以減輕重量(例：上頜骨)。

四、骨的結構

骨的結構由外至內可分為三個部分：

1. 骨膜：大部分的骨頭表面是由骨膜包覆(滑液關節除外)**(註)**。
2. 緻密的骨組織(compact bone tissue)：形成骨頭外層最硬的部分，裡面包覆者許多血管。
3. 海綿骨(spongy bone tissue)：由疏鬆的結締組織組成，有許多針狀或片狀，稱骨小樑(trabeculae)的骨質結構按照壓(重)力和張力方向有規則的排列著，這種排列方式能使骨以最經濟的骨質材料，達到最大的堅固性。骨小樑的排列，還會按壓(重)力和肌肉牽拉力的方向變化而作適應性改變。當一個人骨質疏鬆時，骨小樑會變細且數目會變少。此外，骨的中心則有骨髓貫穿，也具有神經組織。

骨的裡面還充滿著骨髓，人體的骨髓分紅骨髓(red marrow)和黃骨髓(yellow marrow)兩種。在胎兒和幼兒時期，所有的骨髓都是具有造血機能的紅骨髓。隨著年齡的增長，除了扁骨，不規則骨和部分骨內的骨鬆質(例：髖骨、肋骨、胸骨、股骨等)的紅骨髓是終生存在外，骨髓腔內的紅骨髓都會被脂肪組織所取代，變為黃骨髓。黃骨髓並沒有造血的功能，但當人大量失血和惡性貧血時，黃骨髓則可以轉化為紅骨髓，從而執行造血的機能。

註： 骨膜的補充解說

骨膜是覆蓋骨骼表面的一層緻密纖維膜，分2層：外層(纖維層)及內層(細胞層)。外層主要由膠原纖維組成，有神經纖維，故受傷時有痛感。此外，外層也有很多血管，其分枝穿過骨質供應骨細胞，並經過福爾克曼氏管(volkmann)與哈弗斯氏管(haversian)中的血管相連。骨膜內層含成骨細胞，在成骨作用非常旺盛的胚胎期及幼兒期，成骨細胞為數甚多，成年後數目減少，但仍保持著成骨的能力。若遇外傷便大量增殖，產生新骨以修復組織。

骨膜內層有一些纖維穿入骨質，與血管共同將骨膜附著於骨質上。外傷如骨折後，創傷區周圍的骨膜血管出血，在骨碎片周圍形成血凝塊，48小時內成骨細胞大量增殖，骨膜內層的成骨細胞厚達數層，並開始分化，在骨折端之間形成新的骨質。骨骼表面除軟骨覆蓋的部位(如關節面)及肌腱、韌帶附著處以外，均有骨膜覆蓋。在肌腱與骨質相連的部位，骨膜常為纖維軟骨代替。顱骨內面的骨膜與保護腦髓的硬膜緊密結合，成為一體。

五、骨的生長

骨和身體其它的器官一樣，有豐富的血管和神經，它的細胞是在不斷新生和死亡，所以骨實在是一種極具生命力的器官。骨的生長包括了骨的長粗和長長，和小幅度的變形(畸形)。骨在不斷增粗的過程中，管壁的厚度增加卻並不顯著。12至18歲間的兒童少年，骨骼尚未完全骨化(軟骨成骨的過程)，尚有許多軟骨存在，所以骨增長的速度很快。一般在18至25歲期間，骨化過程逐漸完成，骨就不再長長，人也就不再增高。女性通常比男性提前2至3年完成骨化過程。影響骨生長的因素很多，當中包括：遺傳、種族、激素、營養、外力等。

腦垂體分泌的生長激素，對骨的生長尤為重要。幼年期間生長激素不足會導致生長遲緩，身材矮小；若分泌過多，又會令骨的生長過快，稱為巨人症。此外，甲狀腺的分泌不足，亦會導致骨的生長起了障礙，使身材矮小，智力低下。性腺分泌的激素對骨的生長成熟也起著重要作用，在性腺發育早熟的情況下，骨化過程亦會加快完成，骨也就不再增長了。

在營養方面，缺乏維生素A會導致骨的畸形生長及骨骼生長緩慢，但過多又會令到骨變得脆和易折斷。缺乏維生素C會使骨的生長停滯，骨折也不易愈合。缺乏維生素D則會影響腸道對鈣和磷的吸收，因而導致骨組織不能鈣化，造成軟骨病。

在骨的骨化過程中，受壓力較大的部位比受壓力較小的部位發育得快。例如，足骨比手骨發育快。因此，正常的體力勞動及體育活動可促進骨骼強壯結實。反之，勞動或坐立姿勢不良則會使骨骼發生畸形的現象。

第二節 關節(Joints) 總論

一、關節種類

關節在解剖學上指的是兩塊或兩塊以上的骨之間能活動的連接。可分為不動關節和可動關節。

(一)不動關節又分為纖維性及軟骨性關節。

1.纖維性關節：

(1)縫隙連接，例如顱骨之間。

(2)韌帶聯合：介於其間的纖維性結締組織形成一層骨間膜或韌帶，例如尺骨與橈骨之間的連接，是由前臂的骨間膜與肘的斜索(obligue cord)組成。

(3)釘狀關節：其中一個圓錐狀突起插入一個窩狀部，例如莖狀突在顳骨中，或牙在牙槽內。

2.軟骨性關節：

(1)軟骨結合：藉助透明軟骨構成的連接，通常是暫時性的，在成人以前，介於其間的透明軟骨一般都已變成骨，例如胸骨

(2)聯合(Symphysis)：其骨對合面由纖維軟骨板緊密連接，例如椎間盤。

(二)可動關節(Synovia，滑液關節、滑膜關節)

可動關節的兩塊骨之間會有腔隙，關節面會有關節軟骨，整個關節在外形上是一個關節囊。它由外面的纖維膜Membrana fibrosa(緻密結締組織)和內面的滑膜Membrana synovialis(類似表皮組織的結締組織)組成。具有關節韌帶以穩定關節。關節韌帶可分為囊外韌帶和囊內韌帶兩種，後者會部分過渡成為滑膜。關節囊內是具有腔隙的關節腔，其內有粘性液體填充，稱為滑液，它是滑液膜的分泌物。

可動關節(滑液關節)可分成 3 種運動類型(單軸、雙軸和多軸關

節)與6種構造型態。

1.單軸關節：只能在一個軸上運動。

(1)樞紐關節(Hinge joint，又稱屈戊關節、鉸鏈關節)：

是於一個平面內移動的關節，一個圓柱體鑲嵌在一個彎曲的凹窩中。這些骨塊可上下運動，做屈曲和伸直，但無法左右移動可以。例：肘關節，由肱骨、尺骨和橈骨所構成；膝關節，由股骨、腓骨和脛骨所構成；踝關節，距骨、脛骨和腓骨所形成；手指關節；足趾關節。

(2)車軸關節(Pivot joint，又稱樞軸關節、寰(環)軸關節)：

骨骼的圓面或尖面和部分骨骼部分韌帶所形成的環狀結構形成關節，可以旋轉。例：頸部脊椎——寰椎與軸椎(寰椎是頸椎第一節C1，軸椎是第二節C2，又名樞椎)；肘部的橈尺關節。

2.雙軸關節：可在兩個軸上運動。

橢球關節(Ellipsoidal joint，橢圓關節)，又稱髁狀關節：

具有一個卵形頭，嵌在一個卵形杯中，卵形杯僅能包覆半球形的卵形頭，並不像杵臼關節完全包覆。兩塊骨塊可相對前後或左右移動，為特化的球窩關節。例：腕部橈骨與腕骨之間；掌骨與指骨的「掌指關節」(大拇指除外)。

3.多軸關節：可做各方向的運動。

(1)滑動關節(Gliding joint)，又稱平面關節(Plane joint)：

骨骼的關節面是平的，兩骨塊間彼此滑過而產生動作，可進行多方向的相對移動，但只能在小範圍內有限度的滑動。例：腕骨之間；跗骨之間；肩峰與鎖骨之間；脊椎骨的關節突之間。

(2)鞍狀關節(Saddle joint)：

兩骨之間的關節為馬鞍狀，可做多方向運動。例：大拇指與掌骨之間關節。

(3)球窩關節(Ball and socket joint)，又稱杵臼關節：

骨骼的球狀面嵌入另一骨骼的杯狀凹陷內，可做各方向的運動。例：肩關節；髖關節

二、關節的靈活性和運動幅度

關節的主要結構有關節面及關節軟骨、關節囊和關節腔。有些關節還有滑膜囊、關節內軟骨、韌帶和滑膜壁等輔助結構。關節的靈活性和運動幅度主要受下列因素所影響：

1. **關節面積大小的差別**：構成關節的兩個關節面的面積相差越大，關節越靈活，運動幅度也越大，但穩固性就差。
2. **關節囊的厚薄與鬆緊程度**：關節囊薄而鬆弛則關節越靈活，運動幅度越大，但穩固性差；關節囊厚而緊則關節靈活性差，運動幅度亦小，但穩固性卻高。
3. **關節韌帶的多少與強弱**：關節韌帶多而強則關節越穩固，但運動幅度卻小，關節亦欠靈活；關節韌帶少而弱則運動幅度大，關節也越靈活，但穩固性則差。
4. **關節周圍的骨結構**：關節周圍有骨突起，就會阻礙關節的活動，因而影響其靈活性及運動幅度。
5. **關節周圍肌肉的體積、伸展性和彈性**：關節周圍肌肉的伸展性和彈性好，則關節的運動幅度大而靈活；反之則小而差。此外，關節周圍肌肉的體積太大亦會影響到關節的靈活性與運動幅度。
6. **年齡**：兒童及少年的軟組織內水分較多，彈性亦好，所以關節的運動幅度大。隨著年齡的增長，軟組織內的水分減少，彈性亦下降，關節的運動幅度亦因而逐漸下降。
7. **性別**：女性軟組織內的水分和脂肪較多，所以彈性比男性好，關節的運動幅度也較大。
8. **訓練水平**：訓練水平高的人，他們關節的靈活性與運動幅度都一般較高。

三、鍛鍊對骨骼和關節的影響

長期而有規律的體育鍛鍊，可促進骨骼的新陳代謝，使骨的內部結構得到進一步的改善(例：骨小樑按張力和壓力的變化而排列得更加整齊和有規律)，因而使骨骼變得更加粗壯和堅固，不易折斷及變形。反之，若訓練不當，便會使骨骼朝著不正常的方面發展。

不同的運動項目對人體不同部位骨骼的影響亦有所差異。例如，經常從事跑和跳的運動員，他們的跑跳動作對下肢骨的影響較大，對上肢骨的影響較小。又例如：跳遠運動員第二蹠骨的直徑增大、芭蕾舞演員的第二及第三蹠骨的骨密質增厚、足球員第一蹠骨的骨密質亦增厚等。就算在同一個人身上，若肢體所承受的負荷比較平均(例：游泳)，兩側骨骼的發展亦相同；倘若某一側所承擔的負荷通常較大(例：投擲、拍類運動、劍擊等)，則這一側的發展就越明顯。

有系統的體育鍛鍊還可以使骨關節面骨密度增厚，從而能夠承受更大的負荷。體育鍛鍊亦可以增強關節周圍肌肉的力量，使肌腱和韌帶變粗，令關節軟骨增厚，這都大大提高了關節的穩固性。不過，為了保持關節的靈活性及運動幅度，應該有系統地進行柔軟度練習(例：伸展運動)，使到關節的穩固性與靈活性及運動幅度能夠同時得到均衡的發展。

第三節　結締組織(connective tissue)

主要功用有組成身體結構的框架、運轉體內的液體、保護器官、支持與包圍組織、儲存能量、保護機體，免受細菌及病毒入侵。可以分成以下三類：

1. **固有結締組織**：脂肪、肌腱、韌帶和筋膜。
2. **支持結締組織**：軟骨與骨頭。
3. **液體結締組織**：血液與淋巴。

一、結締組織的三種纖維母細胞：

1. 膠原

膠原是最常見的纖維，可形成強力的纖維束，也是組成肌腱、韌帶和筋膜的基本單位。

2.網狀纖維

比膠原纖維細，且非常堅韌，富有彈性。網狀纖維形成網路狀，網狀結構可使其能抵禦來自多方的外力。

3.彈力纖維

彈力纖維是三種纖維中數量最少的，其纖維能夠伸展到靜止長度的150%，且容易彈回。每節椎骨間的韌帶中都有彈力纖維。

二、固有結締組織作用的實例

1.肌腱由膠原纖維束組成，主要功用是連結肌肉與骨骼，是肌肉的一種演化變形所產生。人體的結構運動可藉由肌腱的強韌性，以獲得穩定。

2.韌帶也是由強力的膠原纖維束所組成的。作為骨骼之間的連接，韌帶對關節有牢固的支持作用，使得骨骼在運動中不會脫離其連接，此外，韌帶也可支持內臟和組織，以保持其穩定度。

3.筋膜則是維持機體的內部結構，它透過連接、分隔、附著、穩定和包圍肌群及其它內臟器官以發揮作用。筋膜不僅能包圍神經纖維，亦能將肌肉纖維包圍成束，並且鑲襯在器官與血管部位。筋膜是構成身體輪廓與結構的基本元素，它將零件連接成環節，再將環節連接成系統。筋膜連接我們身體各個部份，並將其組織成一個有活力的整體。

筋膜的結構、外觀和感覺的不同主要取決於它所包圍或鑲襯的物體。在包圍骨骼時它形成一層薄而光滑的被膜，而在包圍肌肉時則形成厚的軟骨狀的白色被膜。

三、筋膜的結構與功能

筋膜主要是由膠原纖維組成的。共有三層：

1.淺層

淺筋膜緊鄰皮膚下層。當我們捏起皮膚時，通常也會捏起了淺層的筋膜。淺層筋膜有隔離與填襯作用，使得皮膚與皮下結構，如肌肉可以分別獨立運動。

2.深層

深層筋膜較淺層筋膜或漿膜下筋膜更緻密，由於膠原纖維排列的緣故，它是三層筋膜中彈性最大的。深層筋膜中膠原纖維呈層狀排列。每一層內，纖維呈同一方向排列；不同層之間，排列方向則有些微變化。這種層與層之間的纖維排列方式，可使深筋膜得以承受來自不同方向的外力。在我們做各種運動時，深層筋膜構成強力的纖維網，將體內各種結構束縛在一起。它包圍肌肉，與組成肌腱的纖維混合，然後再與包圍骨骼的筋膜纖維相聯合。

3.漿膜下層

漿膜下層筋膜位於深層筋膜與體腔膜之間。它可以避免肌肉或器官因運動產生的變形或與體腔膜的觸碰。

四、支持結締組織(Supporting Connective Tissue)：軟骨與骨骼

軟骨有支撐作用，可以減少骨面之間的摩擦、減輕壓力、吸收震盪，以及防止骨與骨的接觸和摩擦。大部分的軟骨是由膠原纖維或彈力纖維所組成。根據它在體內的不同位置，軟骨可分三類：

1.透明軟骨：由緊密排列的膠原纖維組成，在肋骨與胸骨之間構成肋軟骨，在膝關節、肘關節表面構成關節軟骨。

2.彈力軟骨：顧名思義，主要由彈力纖維組成，構成外耳與會厭軟骨。

3.纖維軟骨：它由緊密編織的膠原纖維組成，構成恥骨聯合處軟骨盤，組成椎骨之間的椎間盤，並與某些關節和肌腱交織在一起，是軟骨中最堅韌和耐用的。

膠原纖維構成了骨骼的1/3，而其餘的2/3是鈣鹽的複合物。膠原纖維與鈣鹽的結合賦予骨骼強壯、堅韌和抗打擊的特性。

第四節 肌肉總論

一、肌肉組織（Muscle Tissue）的分類

1. **骨骼肌**：又叫作橫紋肌(striated mucsle)，因為有明暗相間的橫紋；也叫作「隨意肌」，因為其收縮可受意志支配。是通過肌腱固定在骨骼上，以用來影響骨骼如移動或維持姿勢等動作。平均而言，骨骼肌最多可達成人男性體重的42%，成人女性的36%。人體主要的骨骼肌約有400條以上。骨骼肌的特性是收縮快而有力，但易於疲勞。骨骼肌又可以分為兩種類型：

   第一型：慢肌，富含微血管、肌紅蛋白及粒線體，使其顏色呈現紅色。慢肌可以運載較多的氧氣，且支援有氧的運動。

   第二型：快肌，又再依收縮速度由慢而快分為三種主要類型：
   (1)IIa型：和慢肌一樣是有氧的，富含粒線體和微血管，且呈現紅色。
   (2)IIx型：亦稱為第IId型，含有較少的粒線體和肌紅蛋白，是人體內最快的肌肉類型。收縮地更快，且較有氧的肌肉更為有力，但只能維持較短的時間，在肌肉變得疼痛(時常被錯誤地歸因於乳酸的產生)之前做無氧的運動。
   (3)IIb型：為無氧的、行糖解作用的「白色」肌肉，含有更少的粒線體和肌紅蛋白。在小動物如囓齒類的身上，這是它們快肌的主要類型，也因此它們的肉會是白色的。
2. **平滑肌**：沒有橫紋，受自主神經支配而不受意識所控制，因此又稱為「非隨意肌」。出現在食道、胃、腸、支氣管、子宮、尿道、膀胱、血管的內壁上，甚至也出現在皮膚上(用來控制毛髮的直立)。平滑肌的特性是收縮緩慢但持久。
3. **心肌**：在結構上和骨骼肌較相近，有橫紋但不受意識所控制，因此又屬於「非隨意肌」，且只在心臟內出現。心肌的特性是自動且有節奏地收縮。

心肌和骨骼肌是條紋狀的，它們的基本組成單位是肌小節(sacromere)，由肌小節規則排列成束狀；但平滑肌卻不是這樣，並沒有肌小節，也不是排成束狀。骨骼肌的排列為規則且相平行的束狀，而心肌則是以交錯、不規則的角度相連接(稱之為心肌間盤)。條紋狀的肌肉有爆發力，而平滑肌一般來說是持續的保持緊縮。

二、肌肉的組成

肌肉由數千個稱為「肌纖維」(又名肌細胞)的微小圓柱狀細胞所構成。這些肌纖維平行分布，有些可長達三十公分。每條肌纖維裡有無數個成細絲狀的「肌原纖維」，肌原纖維讓肌肉能夠收縮、放鬆及延展。每個肌原纖維又由數百萬個稱為「肌小節」的肌束所構成，而肌小節又由眾多粗細肌絲交疊組成，每條粗肌絲和細肌絲的主要構成物是收縮性蛋白——「肌動蛋白」(較細)與「肌凝蛋白(又名肌球蛋白)」(較粗)。由於肌肉和肌膜含有較上述其他構造數量更多的彈性組織，因此肌肉和肌膜應該是柔軟度訓練的重點。

又肌纖維由肌束膜捆綁在一起叫做肌束；這些束聚集在一起然後形成肌肉，由肌外膜排行。肌肉紡錘遍佈在肌肉裡，並對中樞神經系統提供反饋知覺資訊。

肌外膜(肌外衣)→肌束衣→肌纖維→肌原纖維→肌小節(小肌束)→粗肌絲和細肌絲→肌動蛋白與肌凝蛋白

三、肌肉依形狀(肌肉纖維之架構)分類(Muscle Types)有如下數種

有條形、單羽、雙羽、梭形、方形、扁平、帶狀、三角形、二腹、螺旋、環形、十字……等。不同的形狀也扮演著不同的功用。

四、肌肉的作用(Actions of Muscles)

肌肉的收縮是由神經系統所控制。來自神經的衝動會促使肌纖維的細胞釋出鈣離子而引起收縮。肌肉在收縮時會變短，且在肌肉的附著處施加拉力。

五、肌肉的起點與止(終)點

肌肉的起點(起始端)和止點(終止端)可看它移動的方向，一般而言，起點是固定的，而止點會往起始點移動。就位置而言，通常起點會在近心端或骨的近側附著點，止點則在遠心端或遠側附著點。

肌肉依起點和止點的分類如下

1.單一起點和止點，多數肌肉屬此。
2.雙頭起點，單一止點，如肱二頭肌。
3.多頭起點，單一止點，如髂腰肌。

肌肉亦可依其跨越的關節數來分成單一關節肌肉和多關節肌肉。不同的肌肉形態扮演著不同的功用。

六、肌肉組織的五個主要特性

1.**興奮性**：肌肉對刺激的接受與反應能力。
2.**收縮性**：肌肉受刺激時所產生的收縮能力。
3.**伸展性**：肌肉的伸張能力。
4.**彈性**：肌肉在收縮或伸張後恢復原來形狀的能力。
5.**黏滯性**：肌肉收縮時，肌纖維之間摩擦所產生的阻力稱之。溫度低時，肌肉的黏滯性增大，因此運動前要暖身，以使體溫升高，減少肌肉的黏滯性。

七、肌肉收縮的機制

1.肌肉收縮有三個主要功能

⑴運動 ⑵維持姿勢 ⑶產生熱量

2.運動單位

一般而言，每一條神經有一條動脈和一至二條靜脈伴隨進入骨骼肌。一個運動神經元與所有它所刺激的肌肉細胞合稱為運動單位。控制精細動作的肌肉，每一運動單位的肌纖維少於10條，如眼部，而負責較粗動作的肌肉，每一運動單位的肌纖維可達500條之多，如大腿肌。每條肌纖維僅接受一個運動神經元控制。

3.肌肉的運動作用

(1)肌肉所產生的力量只有拉動肢體而沒有推的力量。當一組肌肉產生收縮動作時，與此動作相反的一組肌肉則必須舒張，此稱為相互拮抗肌。

(2)持續的肌肉活動可使肌纖維的大小增大，稱為肥大。相反的，肌肉被固定一段時間不動就會萎縮。如果支配骨骼肌的運動神經被切斷，肌肉就會立即萎縮。

(3)單肌纖維的肌肉運動是遵守「全」或「無」定律，也就是不會有有的肌纖維動，而其它肌纖維卻不動的現象。

(4)肌肉收縮強度與參與收縮的肌纖維數目有關。

(5)運動方向與肌纖維的走向有關。

4.肌小節肌肉的收縮作用：(肌纖維的收縮單位→以Z線為界)

(1)運動時：肌動蛋白絲和肌凝蛋白絲發生滑動→二條Z線間距拉近→肌小節縮短→引起肌纖維收縮。

(2)休息時：僅有少數肌纖維呈收縮狀態(輪替休息)。

(3)疲勞時：一塊肌肉連續受到刺激→各個肌細胞無法完全獲得恢復→收縮力將愈來愈弱，最後停止。

肌小節收縮說明如右圖：

A帶(暗帶)：由粗肌絲(肌凝蛋白)，兩端游離，構成的暗帶區域

I帶(明帶)：由細肌絲(肌動蛋白)，一端游離，構成的明帶區域

八、肌肉收縮的四種型態

1.等長收縮 (Isometric)：等長收縮是靜態的收縮，關節角度不產生明顯的變化。例如：山式(Tadasana) 站立時，任何一個關節的角度都沒有明顯改變，保持山式的主要肌肉所做的是等長收縮。當我們保持某一個瑜伽體式時，在不改變身體姿勢的延續期，也是在做等長收縮。而一旦肢體運動，該肢體所用到的肌肉就不再做等長收縮了。

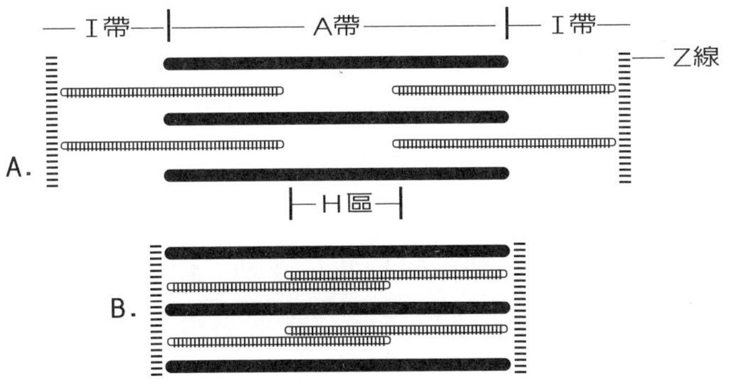

A.肌原纖維靜止時，一個肌小節中肌絲排列的情形。

B.肌原纖維收縮時肌絲的滑動情形，粗肌絲不動，細肌絲向中央滑動，兩Z線互相靠近，肌肉乃縮短。

2.**等張收縮**(Isotonic)：等張收縮是肌肉克服一定的重量或阻力進行的收縮，收縮時肌肉長度雖改變，產生的張力卻相等。如手持啞鈴，反覆屈伸，動作過程中，肌肉都以同樣的張力在運動。

3.**向心收縮**(Concentric)：向心收縮會產生抵抗重力的運動，它是使肌肉縮短的收縮。例如：當以山式(Tadasana)站立時，我們向前向上抬起雙臂，經耳旁舉過頭頂，這時三角肌前束與肱二頭肌所做的就是向心收縮。

4.**離心收縮**(Ecentric)：離心收縮是隨著重力減慢的運動。它是使肌肉拉長的收縮(記住這裡的術語拉長與一般瑜伽術語中的拉長不同)。在上一個例子中，如果我們將雙臂從頭頂慢慢放回身體的兩側，在向前向下的過程中，肱二頭肌和三角肌前束會做離心收縮以避免雙臂太快放下。

凡是克服重力的運動，都是向心收縮。凡是順從重力的運動，都是離心收縮。在做動作時，基本上是，主動收縮，被動伸展。

九、肌肉之間的關係

1.**主動肌**(Prime Movers，**原動肌**)：收縮時使關節產生運動的肌肉。

2. **協同肌**(Synergists)：在主動肌發揮作用時，協助產生同樣作用的肌肉。

3. **拮抗肌**(Antagonists)：主動肌收縮時，拮抗肌處於放鬆，拮抗肌對於關節的運動，產生相反的作用，如果拮抗肌過緊會影響主動肌的作用。

4. **穩定肌**(Stabilizers)：穩定肌不產生運動，但可以穩定機體，使運動正常進行。穩定肌工作得越好，運動越容易進行，姿態也更加優美自然。

舉例：不用手的眼鏡蛇式——完全的脊椎伸展

主動肌是豎脊肌；協同肌是半棘肌、棘間肌和腰方肌；拮抗肌是多組肌肉，包括腹直肌；穩定肌是腿後肌、臀大肌、髖內收肌和腹橫肌。

十、氧債

1. 定義：在劇烈運動時，肌細胞內肝醣分解成的乳酸，遠較乳酸的氧化進行快。結果，肌肉中便蓄積大量乳酸，且亟待進行氧化分解，這種情形，叫作氧債。
2. 氧債去除：積在肌肉之乳酸，實際只有1/5被氧化成CO2與H2O，此氧化釋出之能量恰好用於使其餘4/5的乳酸再合成為肝醣，以補充肌纖維內肝醣的儲存量。
3. 氧債需藉運動完畢後之喘息，以獲得大量額外的氧氣來償還，故氧債的去除是在運動後的休息。

十一、運動受限制時的現象

當運動受到限制時，會出現下列一種或多種情況：

1. 主動肌與協同肌較弱，收縮不足以帶動關節達到最大範圍的運動。
2. 拮抗肌太短或太緊，妨礙主動肌進行運動。
3. 穩定肌不能提供起始運動的支持基礎。

4.關節的病變：例如關節炎會妨礙關節的充分運動。

5.疼痛會限制了運動範圍。

十二、怎樣判斷關節是否以最佳幅度運動

你是放鬆的，能自在呼吸，關節正在向你所設定的方向運動，沒有卡住的現象，沒有感到疼痛。

第五節 神經系統簡介

一、神經系統

1.神經系統為身體的控制中樞及聯絡網。神經系統有三項主要功能：(1)感覺體內及外在環境的變化 (2)解釋這些變化 (3)對這些解釋以肌肉收縮或腺體分泌的形式產生反應。

經由感覺整合及反應，神經系統是維持身體恆定的最快方法，神經系統與內分泌系統共同來維持身體的恆定，其作用速率較內分泌系統快，但作用範圍卻不及內分泌系統來得廣。神經系統有兩個主要部份：中樞神經系統及周圍神經系統。這兩個系統又有更小的區分，如下圖：

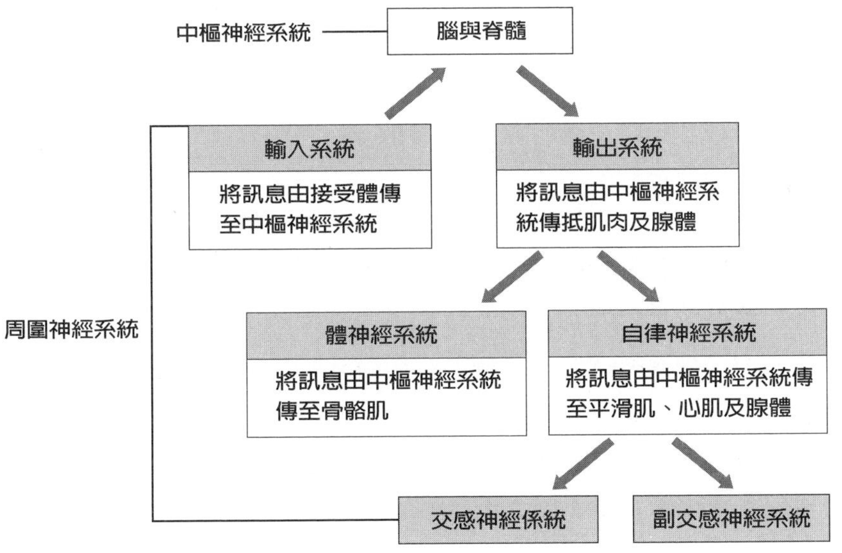

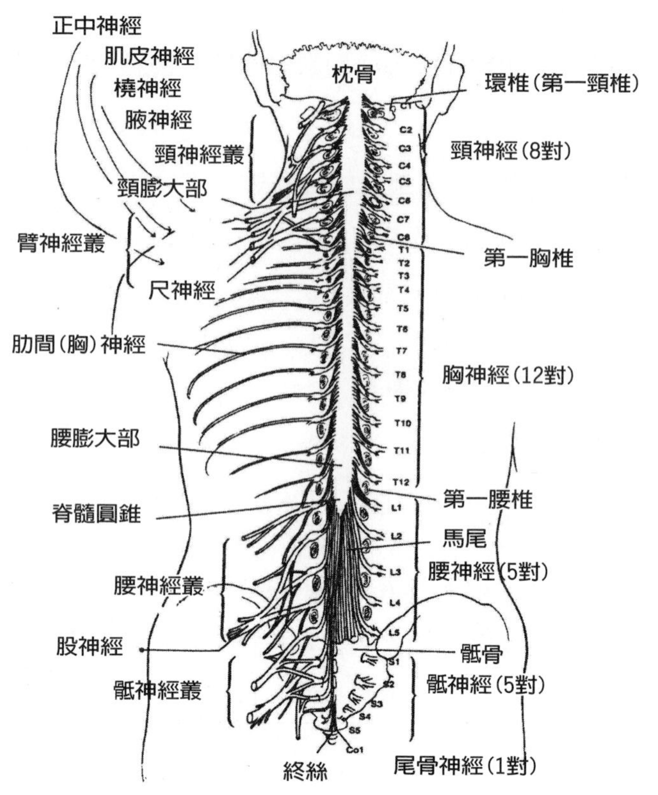

圖1.脊髓與脊神經

中樞神經系統為整個系統的控制中樞，由腦與脊髓所組成。所有身體的感覺如果要被解釋和被執行，必須由接受體將這些感覺傳送到中樞神經系統。所有刺激肌肉收縮和腺體分泌的神經衝動亦需通過中樞神經系統。

將腦與脊髓連結至接受體、肌肉或腺體的各種神經突起組成周圍神經系統。周圍神經系統又分輸入(感覺)系統和輸出(運動)系統。輸出系統再被細分成體神經系統和自律神經系統。體神經系統由將訊息從中樞神經系統傳達至骨骼肌組織的輸出神經元所組成，只有骨骼肌產生動作且是在意識控制下，因此它是隨意的。相反的自律神經系統包括將訊息由中樞神經系統傳至平滑肌、心肌及腺體的輸出神經元，它經常是不隨意的。內臟接受由自律神經的交感及副交感來的神經纖維。一般，交感和副交感對器官運動的控制上作用相反。

2. 神經組織可分為白質和灰質兩種，白質為髓鞘軸突的聚集，灰質含有神經細胞體及樹突或成束的無髓鞘軸突及神經細胞。**(見圖2)**「神經」是位於中樞神經系統外面的神經纖維束，大部分是白質。神經節為中樞神經系統外的神經細胞聚集而成，為灰質團塊。「徑」是位於中樞神經系統內的纖維束，可以在脊髓內往上或往下行走。把神經衝動往脊髓上方傳導的稱為上升徑，與感覺衝動的傳導有關。將神經衝動往脊髓下方傳導的稱為下降徑，為運動徑。
3. 脊髓是一圓柱形構造，連接於延腦，由枕骨大孔延伸至第二腰椎的位置。外觀有二個明顯膨大部，頸膨大部由第1頸椎延伸至第4胸椎，分佈至上肢的神經由此開始，腰膨大部由第9胸椎延伸至第12胸椎，分佈至下肢的神經由此開始，腰膨大部以下，脊髓變細而成一圓椎終止於第1與第2腰椎間的間盤位置。終絲為脊髓的非神經纖維組織，由脊髓圓錐起，往下延伸至尾椎並附著於尾椎上。終絲大部分由軟腦膜組成。

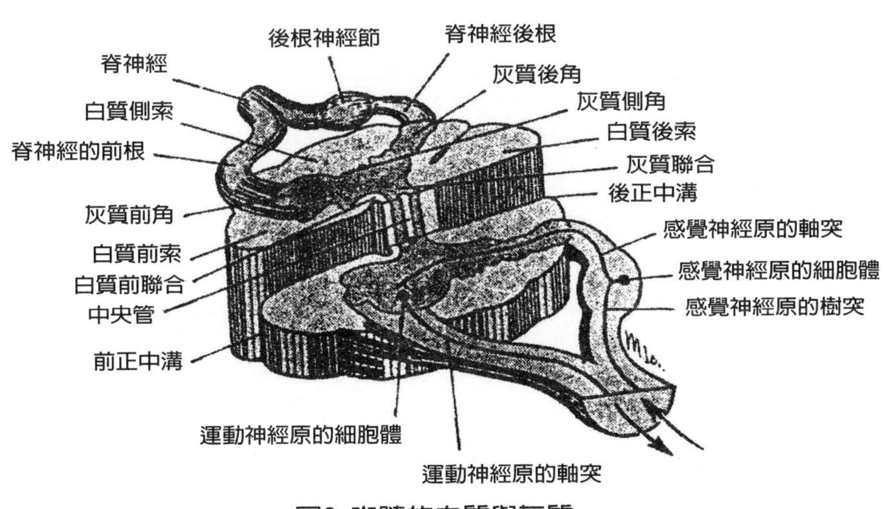

圖2. 脊髓的白質與灰質

4. 脊髓是位於脊柱的椎管內，受到脊椎骨，脊椎韌帶，腦脊髓液及三層膜的保護，最外層的膜是硬腦膜，中間層是蜘蛛膜，最內層為軟腦膜。在蜘蛛膜與軟腦膜之間為蜘蛛膜下腔，為腦脊髓液的循環處。而脊髓被軟腦膜的膜狀延伸物——齒狀韌帶，懸浮在硬腦膜鞘的中間位置。此韌帶保護著脊髓，防止其受到衝擊與突然的位移。

   脊髓同時由灰質及白質所組成。灰質在白質內形成H的形狀。在灰質的中央有一小小的空隙，稱為中央管或中心管。此中央管貫穿整條脊髓，並與第四腦室相連，其內含有腦脊髓液。

   脊髓的第一個主要功能為：由末梢將感覺傳導至腦部及由腦部將運動衝動傳導至末梢。第二個主要功能為：當作反射中樞，將感覺性神經衝動轉變為運動性神經衝動。

5. 脊神經共有31對。包括8對頸神經，12對胸神經，5對腰神經，5對薦神經和1對尾神經。脊神經是依照其所出現的位置給予命名及編號。第一對頸神經位於環椎與枕骨之間，其餘是由相鄰脊椎之間的椎間孔離開脊柱。脊髓終止於第1或第2腰椎，因此下

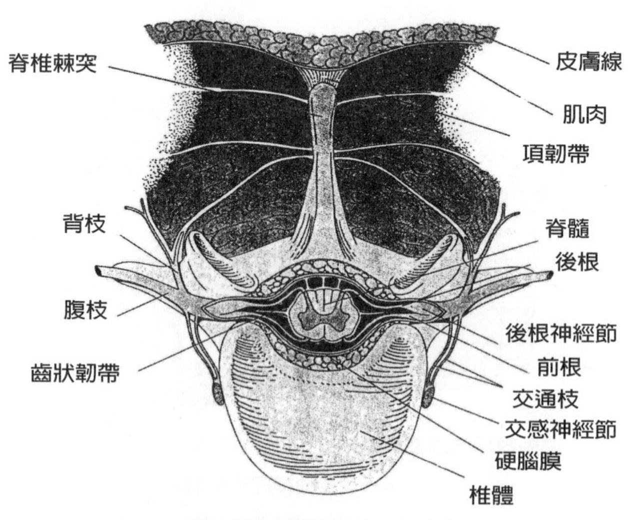

圖3.典型脊神經的分歧

面的腰神經，薦神經及尾神經在脊椎出現以前必須往下降至他們的孔，此種排列構成了馬尾。

脊神經在脊髓上有兩個附著點，一後根及一前根。後根與前根在椎間孔處合併成一脊神經。因為後根含有感覺纖維，而前根含有運動纖維，所以脊神經為混合神經。

脊神經離開椎間孔後形成幾個分枝。一為背枝，分佈到背部背面深層的肌肉及皮膚。其二為腹枝，分佈到背部表層的肌肉及四肢的所有構造和外側與腹側的軀幹。其三為交通枝，連結交感神經。此外還有脊髓膜分枝，此分枝經由椎間孔進到脊管，而後分佈到脊椎、脊椎韌帶、脊髓的血管和腦脊髓膜。**(見圖3)**

6.神經叢：除了胸神經(T2-T11)以外，脊神經的腹枝並不直接分佈到身體，而是在兩側與鄰近的神經合併成網狀構造，稱為神經

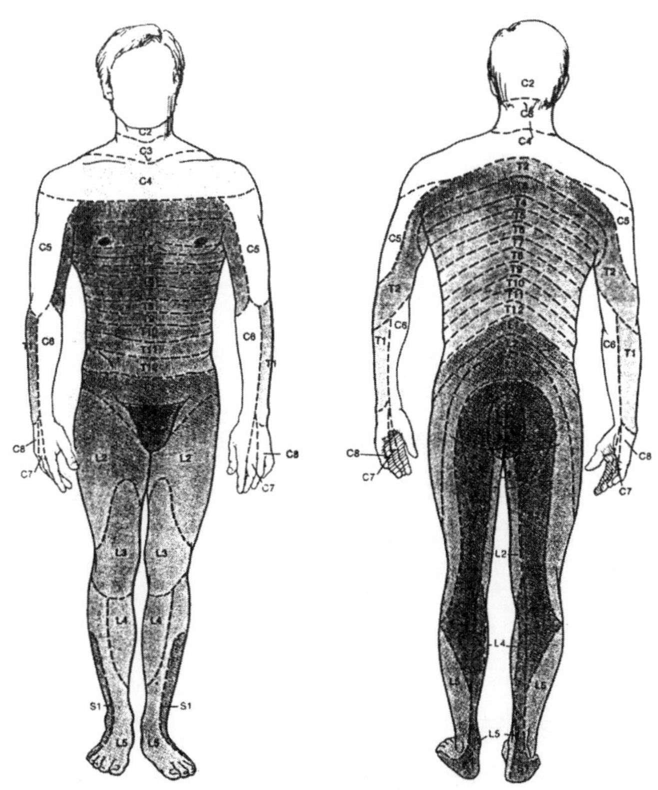

圖4.脊神經至皮節的分佈

叢。主要的神經叢，包括頸神經叢(C1-C4)、臂神經叢(C5-T1)、腰神經叢(L1-L4)、薦神經叢(L5-S3)及尾神經叢(S5和CO1)，胸神經的T2-T11，直接分佈到肋間隙。

7. 皮節(身體表面感覺神經的分佈)：

除了C1外，所有的脊神經皆分佈到皮膚。由脊神經的後根(感覺神經)所分佈的皮膚節段稱為皮節。對皮節的認識，可以判斷那一節的脊髓或那一脊神經的功能不正常。舉例說明：當皮節分佈圖上的C6部位有異常現象時(例如無力)，則可推斷第六頸神經(C6)可能有問題。相反的，當知道第六頸神經(C6)有問題時，則皮節分佈圖上C6部位的功能就會受影響。**(見圖4)**

為了方便辨識神經的相關作用部位及其症狀，特列表於右，以供參考。

8. 自律神經(自主神經)：神經系統中調節平滑肌，心肌及腺體活動的部份稱為自律神經系統。在功能上它經常在不隨意的控制下操作。此系統開始被稱為自律的，但現已知自律系統在構造上和功能上並非與中樞神經系統無關，它受到腦內的中樞所調節，特別是受大腦皮質、下視丘及延髓的調節。

自律神經系統包含兩大部分，交感和副交感。除少數例外，所有接受自律神經的器官，均受此兩部分的支配，因為兩者的作用是相互拮抗。例如，一器官的交感刺激過盛或過速，則副交感會發出相對的刺激，使其作用減緩。通常，自律神經系統所屬的器官，均含有等量的交感與副交感作用，但由於情緒的影響，某些器官會接受其中之一較多的衝動。**(見圖5和圖6)**

自律神經系統實是一支配體內臟器的運動系統，有別於支配骨骼肌的隨意運動系統。自律神經系統的標的器官是：1.具分泌功能的腺體，如肝、唾液腺、汗腺。2.含有平滑肌的器官，如胃、腸、子宮、膀胱、血管和眼睛的虹彩等。3.心肌。

自律神經的內臟輸出是由二個神經元組成，一個是節前神經元，一個是節後神經元。節前神經元將衝動由中樞神經系統傳

脊椎神經相關症狀表

脊椎神經	相關部位	脊椎神經相關症狀
C1	頭部血液循環、腦下垂體、頭皮、臉、眼、目、鼻、喉、交感神經系統	頭痛、頭皮痛、失眠、頭暈、神智不清、高血壓、偏頭痛、發燒、眼疾、記憶減退、其他
C2	耳、鼻、喉、舌、聲帶口	鼻竇炎、過敏、眼疾、耳聾、扁桃腺炎、腮腺炎、失聲
C3	咽、頰、肩、交感神經、橫膈膜神經	咽喉炎、肩酸、肩痛、肩僵、交感神經亢進、呼吸困難
C4	頭部肌肉、臂	頭部肌肉痛、肩痛、臂無力、臉部血管壓迫
C5	食道、氣管、肘、聲帶	氣管炎、肘痛、咽喉炎痛
C6	甲狀腺、副甲狀腺、腕、頸部肌肉、扁桃腺	甲狀腺炎、副甲狀腺炎、手腕痛、斜頸、扁桃腺炎
C7	大拇指、甲狀腺	富貴手、甲狀腺炎
C8	氣管、食道	氣管炎
T1	心臟、食道、氣管、手指、手腕	心臟病、支氣管性氣喘、咳嗽、呼吸不正常
T2	心臟、食道、氣管	心臟病、心肌痛、食道炎、心瓣膜炎
T3	肺、支氣管、食道	支氣管炎、肺炎、肺結核、食道炎、肋膜炎
T4	肺、支氣管、食道、胸腔、膽囊	肺炎、肋膜炎、胸痛、乳房炎、各種膽囊病
T5	肝、脾、胃	肝炎、膽炎、脾腫、胃炎
T6	胰、胃、膽	胃炎、胰臟炎、膽炎、胃潰瘍、消化不良
T7	胃、十二指腸、胰島腺	胃炎、十二指腸炎、糖尿病
T8	脾、橫隔膜	呃逆、身體抵抗力降弱、呼吸困難
T9	腎上腺	腎上炎、過敏症、痲疹
T10	腎臟	腎臟炎、腎盂炎、血管硬化
T11	腎、輸尿管	皮膚病、痔瘡、小粒疹、濕疹
T12	膀胱、腎臟、大腸	膀胱炎、腎臟炎、大腸炎、頻尿
L1	輸尿管、股四頭肌、大腿前側、大腸	輸尿管炎、大腿痛、尿床、便秘、腹瀉
L2	卵巢、輸卵管、盲腸	卵巢炎、卵巢瘤、子宮外孕、輸卵管阻塞、盲腸炎
L3	膀胱、子宮、大腿外側、生殖器官	膀胱炎、子宮肌瘤、膝痛、月經不調
L4	前列腺、腰部肌肉、坐骨神經	腰疼、坐骨神經痛、前列腺炎、排尿不順
L5	足、直腸、膀胱、子宮	坐骨神經痛、痔瘡、膀胱炎、小腿痛、踝痛、腳冰
S	直腸、肛門、腎、大腿後側、攝護腺、生殖器	攝護腺炎、腎部痛、髖關節痛、性病
C	直腸、尾椎	肛門炎、尾椎痛、直腸炎

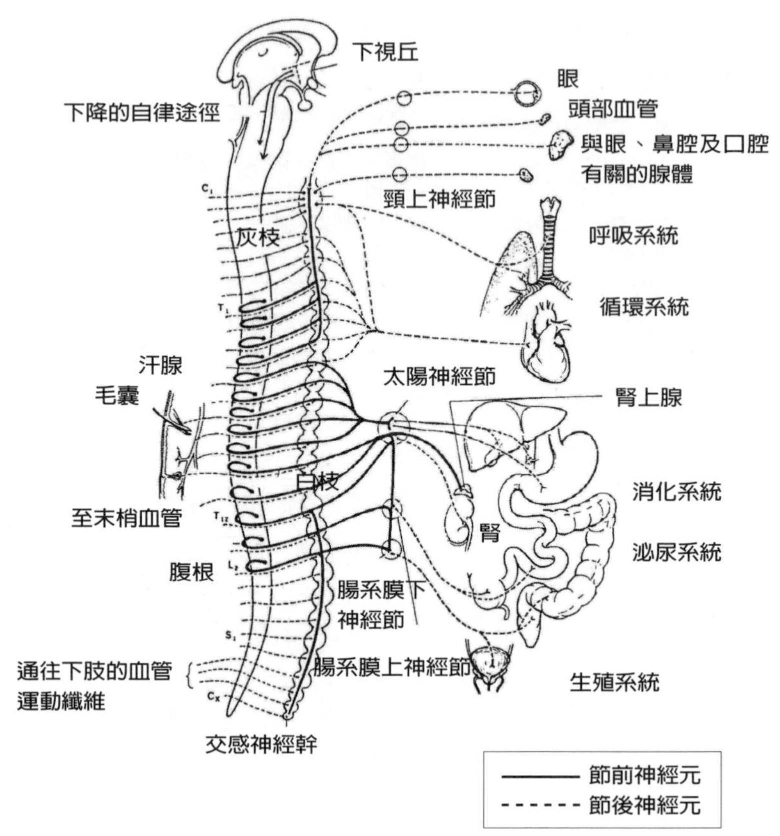

圖5.交感神經系統

至自律神經節，而節後神經元將衝動由自律神經節傳至內臟動作器。

交感神經的節前細胞體位於脊髓的胸椎T1至T12和腰椎L1至L4的灰質側角，因此又叫胸腰神經。每一脊髓神經都有兩交通枝與交感神經相連結。交感神經節彼此又相連結，形成外觀類似兩條項鍊分別在脊椎的兩側。副交感神經的節前細胞體位於腦幹的第三、七、九、十腦神經的神經核與脊髓的薦椎S2-S4的灰質側角，因此又叫腦薦神經。

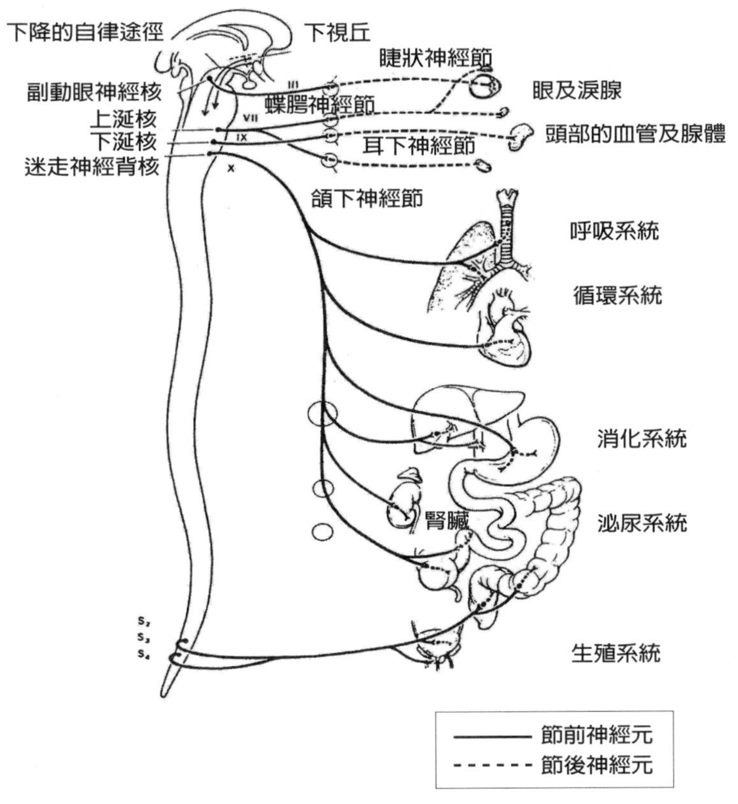

圖6.副交感神經系統

器官對自律神經的反應相當多，以下略舉數項：

器官	交感反應	副交感反應
汗腺	分泌	（ 不分泌 ）
唾液腺	分泌減少	刺激分泌
瞳孔	擴散	收縮
心率	增快	減慢
胃	1.括約肌收縮 2.平滑肌動作抑制	1.括約肌舒張 2.平滑肌動作促進
肺小氣管	擴張	收縮
膀胱	1.括約肌收縮 2.平滑肌舒張	1.括約肌舒張 2.平滑肌收縮

由上表得知，一般而言，交感神經會加速反應，副交感神經會降低反應。例如交感神經會使心跳速率加快，副交感神經會使心跳速率降低。但是胃和膀胱則與一般的反應相反(如心臟等)，交感神經反而會抑制和舒張平滑肌的動作，而副交感神經卻使平滑肌加速和收縮作用。

9. 由研究顯示，超覺冥想(Transcendental Meditation;TM)可改變生理反應，受試者的代謝速率及血壓皆降低，而氧的消耗及二氧化碳的排除同時削減。同時，其心跳速率下降，腦部 α 波增強，血中的乳酸量劇減，且皮膚的電阻增加。後面四種反應是精神高度鬆弛狀態的特性。這些反應為整合反應。低的代謝狀況是交感神經去活化所造成。由於整合反應的存在，使人聯想到中樞神經系統對自律神經系統存在著某種控制。

二、神經細胞(神經元)

1. 神經元(Neuron)

每一個神經元都有一個細胞本體，將信息衝動帶入細胞本體的是樹突，將信息衝動帶離細胞本體是軸突。

2. 突觸(Synapse)

兩個神經細胞的交界稱為突觸。神經訊號經由名為神經傳導物質的化學分子之釋放，而由一個細胞到達另一個細胞。這些神經傳導物質通過突觸裂，且鎖入特定的受體位置，因而可容許產生電荷而引起神經訊號的轉運。

第六節 內分泌與淋巴系統

一、內分泌系統

1. 體內恆定現象的維持是靠神經系統與內分泌系統的共同作用。神經系統是藉由電的衝動來執行其功能，而內分泌系統則以其釋放的荷爾蒙來影響。神經系統的作用是引起肌肉的收縮或腺體的分泌，而內分泌的影響是使組織代謝活動變化。神經衝動的產生比荷爾蒙的分泌來得快，但效果較短暫。這兩大系統間可以相互影響，例如神經系統的某些部份可以刺激或抑制荷爾蒙的分泌，而反過來，荷爾蒙也能刺激或抑制神經衝動的流動。
2. 腺體可區分為外分泌腺和內分泌腺兩種。外分泌腺指腺體本身

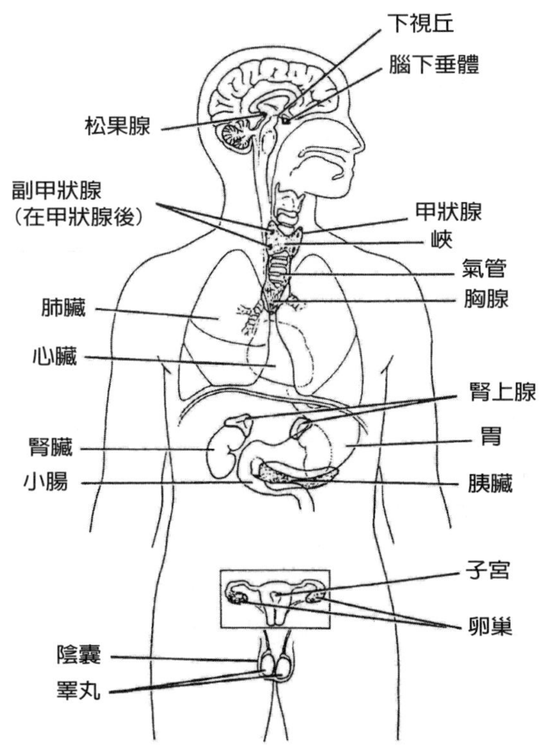

圖 內分泌腺及其相關構造

有特殊的管狀結構，腺體的分泌物經由導管直接排出去作用，如唾液腺。內分泌腺為無管腺，其分泌物直接被分泌至分泌細胞周圍的細胞外空間，而後進入微血管內隨血液循環被送至其標的組織發生作用。內分泌腺所分泌的物質稱為荷爾蒙(HORMONE)或激素。任何荷爾蒙要產生其效果，必須與〝標的細胞〞或〝標的器官〞的接受體結合，而改變它們的活動。身體的內分泌腺包括松果體、腦下垂體、下視丘、甲狀腺、副甲狀腺、(胸腺)、腎上腺、胰臟、卵巢、睪丸、腎、胃、小腸及胎盤。這些腺體中，有些是同時為外分泌腺及內分泌腺，例如胰臟。**(見上圖)**

3. 內分泌腺的荷爾蒙並非製造完成即分泌出來，而是貯存著，其分泌多寡受下述三種機轉控制：

   (1)神經控制：指荷爾蒙的分泌受腦內某部位的神經刺激影響。如情緒緊張時，腎上腺的分泌增高。

   (2)液遞控制：指荷爾蒙的分泌受血液內某種物質含量增減的影響。如血糖增高，胰島素的分泌就會增加。

   (3)交互抑制性控制或回饋控制：指兩個腺體的分泌互為影響。例如甲狀腺素分泌低時，腦下垂體會分泌促甲狀腺素以刺激甲狀腺素分泌，而當甲狀腺素分泌增高到某種程度又回饋抑制促甲狀腺素的分泌。

4. 各腺體略述於下：

松果體：

位於第三腦室頂。在青春期以後松果體開始鈣化，此種鈣的沉積稱為腦砂。目前對松果體的功能尚不確定。Melatonin為松果體所分泌的一種荷爾蒙，它可藉由抑制促性腺素而對生殖活動產生抑制作用。松果體分泌Melatonin具有週期性，每天晚上在血中含量升高，到了白天即回降，呈現日週期節律，與光週期有關。其它在松果體被發現的物質包括：NE、GnRF、GABA、組織胺(Histamine) 及血清

胺(Serotonin)。(目前已知的分泌激素約有二十多種)

腦下垂體：

位於蝶鞍內，附著在下視丘。分前葉與後葉。前葉分泌如下：

荷爾蒙	主要作用
生長激素(GH)	細胞生長、蛋白質同化作用
促甲狀腺機素(TSH)	控制甲狀腺的分泌
促腎上腺皮質激素(ACTH)	控制腎上腺皮質的分泌
濾泡成熟促激素(FSH)	在女性，引發卵子的發育及誘導卵巢分泌女性素。在男性，刺激睪丸製造精子
黃體生成促激素 (LH)	在女性，與女性素一起作用刺激排卵及黃體的形成，子宮進行著床的準備，及乳腺準備分泌乳汁。在男性，刺激睪丸的間質細胞發育並製造睪丸素酮
催乳激素 (Prolactin)	維持乳腺的乳汁分泌
促黑色素細胞激素 (MSH)	刺激黑色素細胞內黑色素顆粒的分散

後葉分泌如下：

催產激素 (OT)	在生產時刺激懷孕子宮平滑肌的收縮並刺激乳腺細胞收縮，以使乳汁排出
抗利尿激素 (ADH)	降低尿量，在嚴重出血時，可使動脈收縮而增加血壓

由上可知腦下垂體所分泌的荷爾蒙可調節多種身體活動，並影響其它內分泌腺的分泌，有〝腺體首領〞之稱。

下視丘：

為間腦的一小部份，形成第三腦室的底板及部分的側壁。主要功能如下：

(1)控制並整合自律神經系統對平滑肌的刺激，心肌收縮速率的調節及腺體分泌的控制。

(2)參與接收由內臟來的感覺衝動。

(3)為神經系統與內分泌系統之間的主要調節者。當下視丘測得身體的某些變化時，它釋放調節因子的化學物質來刺激或抑制腦下垂體前葉釋放調節身體各種生理活動的荷爾蒙。下視丘亦製造抗利尿激素及催產激素兩種荷爾蒙，而被送至腦下垂體後葉貯存，當身體需要時，這些荷爾蒙由貯存處被釋放。

⑷它是精神控制肉體現象的中樞。

⑸它與憤怒及攻擊的情感有關。

⑹它控制正常的體溫。

⑺調節食物的攝取。

⑻它含有口渴中樞。

⑼它是維持清醒狀態及睡眠類型的中樞之一。

⑽它存在一自我維持振動器的性質，而當作一引導者以推動很多的生物節律。

甲狀腺：

位於喉部的正下方，主要分泌如下：

(1)甲狀腺素(T4)和三碘甲狀腺素(T3)：主要功用為調節新陳代謝、生長與發育及神經系統的活動。

⑵降鈣素(CT)：主要功用為利用加速骨頭對鈣的吸收而降低血鈣量。

副甲狀腺：

位於甲狀腺側葉後面，每側上下各一個，共計四個。分泌副甲狀腺素，其主要功用為：1.調節血中鈣質與磷質的濃度。2.增進腎小管對鈣的再吸收，而加速磷的排出。3.在維他命D存在時，可刺激腸管對鈣離子的再吸收。

胸腺：

扁平狀兩葉位於胸骨後面胸腔內，在小孩時較大，青春期後逐漸萎縮。傳統上視為內分泌腺，近代則歸入淋巴系統研究。

腎上腺：

有一對分別位於左右腎上方呈三角形。分皮質部和髓質部，各分泌不同的激素。皮質部分泌：1.礦物皮質固醇，可增加鈉及水的再吸收並降低鉀的再吸收。2.醣皮質固醇，可促進正常的新陳代謝，幫助抗危急並當作抗發炎劑。3.少量性激素。髓質部分泌：1腎上腺素，功能和交感神經系統類似，有應付緊急的功能。2.正腎上腺素，功能和腎上腺素類似。

胰臟(胰島細胞)：

有外分泌腺和內分泌腺，內分泌腺分泌兩種激素：1.胰島素，可降低血糖。2.升血糖素，可升高血糖。

睪丸：

分泌睪丸酮，與第二性徵的發育及正常發育和功能維持有關，附屬腺體有三：1.精囊，其上皮可分泌富含果糖的鹼性液體，以提供精子代謝所需的營養。2.前列腺，分泌前列腺素有助於精子的運動，並可刺激子宮收縮，減短精子授精前的路程。3.尿道球腺體，分泌黏液以為潤滑作用，並中和尿液和陰道的酸性。(前列腺位於膀胱口往前陰的尿路兩側，通常是透過肛門用手指向內觸診)

註：

精子的成熟是受腦下垂體濾泡成熟促激素(FSH)影響，腦下垂體切除後，睪丸即萎縮，也無法分化成精子。睪丸亦分泌抑制素(一種荷爾蒙)可抑制腦下垂體FSH的分泌，而調節精子產生的速率。

卵巢：

分泌女性素(動情素)和黃體素。前者與第二性徵的發育有關。後者與月經週期及受精卵子著床和妊娠維持有關。

除了內分泌腺外，身體的某些組織亦可分泌荷爾蒙。胃腸道可合成一些荷爾蒙來調節胃及小腸的消化，如胃泌素、腸促胰激素、膽囊收縮素、促腸液激素等。人類的胎盤為一暫時性內分泌腺，可製造人類絨毛促性腺激素、女性素、黃體素、鬆弛素，這些都與懷孕有關。腎臟可製造紅血球生成激素；而皮膚也可藉陽光，自行合成維生素D的先驅物，維生素D可視為一種荷爾蒙，可增加腸道對鈣離子的吸收。

附註：

從人的整體來看，松果體和腦下垂體是主腺體，其餘為次腺體。從各個脈輪來看，亦有其主腺體和次腺體。如胃泌素即是第三脈輪的次腺體。

二、淋巴系統(THE LYMPHATIC SYSTEM)

(一)西醫的淋巴系統概念

淋巴系統是我們的防禦系統。此管道系統將廢棄物和外來入侵者移除，並且運送和過濾間質液 (在淋巴管內時稱為淋巴)；間質液為維持組織及細胞所必須。淋巴內充滿了白血球，這是身體對抗如細菌和病毒等外來入侵者的重要成分。以下是一些主要概念。

1. 淋巴系統是血管靜脈系統中回流的輔助系統，可將細胞間的組織液(又稱為間質液)送回靜脈。組織液是由血液經微血管壁滲透到組織細胞間所形成，組織液中的營養物質、代謝廢物都可經由淋巴系統吸收及運輸。流經淋巴管的組織液稱為淋巴液(Lymph)(淋巴液幾乎沒有顏色。其主要成分是水，其餘的有蛋白質分子、鹽類、葡萄糖、尿素、淋巴球(特化的白血球)、脂質等)。
2. 淋巴系統包括：淋巴、淋巴管、淋巴結及三個淋巴器官——扁桃腺、胸腺及脾臟所組成。主要功能為：(1)把水及蛋白質由組織間隙運送回血液內。(2)將消化後的脂肪由小腸腔運送至血液內。(3)製造淋巴球亦產生抗體，擔任體內防禦系統的一部份。
3. 淋巴循環：淋巴管起源於組織細胞間之盲端毛細淋巴管，幾條毛細淋巴管結合形成淋巴管，而數條淋巴管再結合形成胸管或右淋巴管。其循環途徑為身體右側上半部(頭部右側、胸部右側以及右手)的淋巴由右淋巴總管收集至右鎖骨下靜脈；其他部分(頭部左側、胸部左側、左手、腹部以及下肢)的淋巴液，由胸管收集至左鎖骨下靜脈，最後一併注入上腔靜脈，最後進入右心房。**(註)**
4. 淋巴管內壓力差較低，為防止淋巴液倒流，管內有許多的瓣膜，瓣膜是由鄰近肌肉收縮所控制。淋巴的流動主要是靠：(1)骨骼肌的收縮(運動與按摩)。(2)呼吸運動(正常一天24小時淋巴液流量是2～4升，運動時淋巴液的流量可增加3～4倍)。(3)部分是靠地心引力

5. 淋巴結為卵形構造，沿著淋巴管存在，主要分佈在口腔底部、頭頸部、腋窩、胸腔、鼠蹊部。主要功能為：(1)過濾並吞噬有害物質。(2)製造淋巴球和單核球，產生抗體。在另一方面，在癌症病人和急性嚴重感染時，淋巴管反成為迅速擴散癌細胞和細菌的途徑。
6. 脾臟為體內最大的淋巴組織，主要功能為：(1)吞噬細菌及破損細胞。(2)製造淋巴球及漿細胞。(3)當作血液儲藏所。
7. 胸腺：能分泌某些荷爾蒙。在組織學上，它是由不同大小的淋巴細胞所組成。人體的淋巴組織主要是由B細胞與T細胞所組成。胸腺為免疫系統中T細胞的成熟所必須，而且它的荷爾蒙可造成B細胞分化成製造抗體的漿細胞。

註：

消化系統的淋巴管稱為乳糜管，可傳送淋巴液內的脂質及養分。

(二)淋巴結(Lymph nodes)

淋巴結被一纖維性被囊所包被，其延著淋巴管沿線成群分佈，可過濾並清潔由傳入淋巴管來之淋巴，過濾完後，再經由傳出淋巴管帶至靜脈系統。

(三)瑜伽、阿育吠陀、中醫的淋巴概念

1. 瑜伽和阿育吠陀認為淋巴是人體的精華液(shukra)，在中醫的觀念裡則認為淋巴屬水，且都認為淋巴屬精細的生命能，。
2. 不管是瑜伽、中醫或阿育吠陀都認為淋巴可補腦，可使人體輕盈，可滋養全身，使人容光煥發。
3. 在阿育吠陀裡還認為淋巴是荷爾蒙的一種，或至少認為它是荷爾

蒙的先驅物質。

4. 淋巴系統除了靠骨骼肌運動、呼吸作用、地心引力和淋巴管內的防止回流瓣外，也受到日月星辰、食物、心念和「場」的影響。

如何預防瑜伽運動傷害簡述

一、可能導致受傷的因素

1.暖身不足
2.沒有配合適當的呼吸
3.該放鬆的部位沒有放鬆
4.姿勢不正確，著力點不對等技巧上的不當
5.不同體位法間的大休息不足
6.超過安全臨界點(S.Z.S)
7.練習的時間過長
8.按摩不足
9.一次練習太多種體位法
10.宿疾、潛在疾病和體內毒素的誘發
11.情緒因素
12.睡眠不足
13.飲食和飲水不當
14.做了一些不適合自己的體位法
15.沒有考慮到平衡原則
16.沒有注意到可動範圍的限制
17.忽略了漸進練習的原則
18.忽略了身體中心線的原則
19.忽略了相關肌肉與關節的協調性
20.專心度不足
21.忽略了傾聽內在的聲音

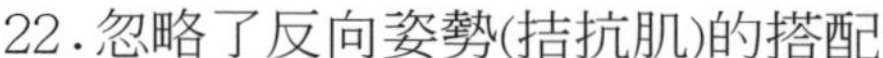

22.忽略了反向姿勢(拮抗肌)的搭配
23.沒有適當的運用根鎖、臍鎖
24.核心肌群的訓練不足
25.對相關解剖學的了解不足
26.忽略了骨質疏鬆的問題
27.缺乏對脈輪的了解
28.不當的雙人瑜伽練習
29.不當的外力調整
30.不當的熱瑜伽鍛鍊
31.練習的環境與墊子的因素
32.瑜伽輔具使用不當
33.忽略了左鼻孔的通暢
34.在不當的時機練習
35.其它因素：例如，穿著不當、指甲沒修剪、練完後馬上沖冷水和進食等

二、可能受傷的部位

肌肉、肌腱、韌帶、臟器、膝關節、腰椎、頸椎、手腕、髖關節、肩關節、踝關節。其它如軟骨損傷、骨刺(骨質增生、退化性關節炎)、脊椎錯位、荷爾蒙失調……等。

附註：

PRICE 的急救原則

P：Protection保護患部

R：Rest 休息

I：Ice冰敷

C：Compression壓迫(固定患部，減少腫脹)

E：Elevation 抬高患部(減少腫脹)

第12章

瑜伽四大部經典暨其他相關經典簡介

瑜伽最重要的經典有如下四部：《勝王瑜伽經》(rāja yoga)、《哈達瑜伽經》(haṭha yoga)、《王者之王瑜伽經》(rājadhirāja yoga)、《博伽梵歌》(bhagavad-gītā)。

《勝王瑜伽經》重點摘要

勝王瑜伽是世界最寶貴的瑜伽聖經，珍藏最神秘完整的瑜伽精髓與八部功法的修煉方式，是每一位瑜伽鍛鍊者必備的偉大經典，也是一部直啟天道，通往解脫的生命之書。

作者帕坦佳利誕生於西元前200至500年間的印度，是一位偉大的瑜伽行者，他將一生修煉的成果，融合瑜伽各派精華蒐集整理，寫成著名的《勝王瑜伽經》，其中影響至今著名的「瑜伽八部功法」即在此經做一完整的敘述。

在《勝王瑜伽經》中一開始，帕坦佳利即將瑜伽最重要的定義及心法做一清楚明白的揭示——他說：「從現在起我要闡述什麼是瑜伽。」瑜伽是「控制物質導向的心靈，使心靈的各種習性和心緒傾向得以懸止，如此我們就能安住在真如的本性中，最後得到與整個大宇宙合而為一的三摩地。」所以瑜伽真正的目的不在於形體的強健或者青春不老，而是與整個天道融合，尋獲我們此生最終極的存在意義，並得到解脫。

《哈達瑜伽經》第一章第一、二節這麼描述勝王瑜伽：「哈達瑜伽是要達到勝王瑜伽的一個階梯」、「哈達瑜伽的唯一目的是要使人們達到勝王瑜伽」，第四章也提到：「缺乏勝王瑜伽的修煉是無法獲得解脫的果實」，這些都一再地說明勝王瑜伽的重要性。

全經導讀～摘要

一、帕坦佳利(Patañjali)簡介

帕坦佳利所處的年代已有許多的哲學和修煉法，他將這些哲學、修煉法，再加上他自己的修證整理歸納成瑜伽經(Yoga Sūtra)，提供瑜伽界和有志靈修者一條清晰明白的修證之路。世人稱帕坦佳利的瑜伽修持法門為勝王瑜伽(Rāja Yoga)。

二、本經的核心觀念與結構

(一)核心觀念

一般人談起勝王瑜伽就聯想到瑜伽八部功法，其實瑜伽八部功法只是一種方法，它的目的是為了達到天人合一，天人合一才是瑜伽的核心思想。

(二)本經的結構簡述

共分成四章計一百九十六節，全文簡明扼要、意義深遠、功法確實、用心虔敬，僅用一百九十六句話就把瑜伽和修行的哲學功法全部道盡。

1. 三摩地品，主要是講述如何讓真我當家作主，以獲致三摩地。
2. 修煉品，主要是講述修煉的意涵和瑜伽八部功法的前五部修煉法。
3. 神通品，主要是講述透過瑜伽八部功法的後三部——集中、禪那與三摩地，即可證得各種神通、超能力，並告誡神通是三摩地的障礙。
4. 解脫品，主要是講述心靈的目的是與真我合一，以獲得解脫；大宇宙的解脫之境是純意識(宇宙大我的目證覺性)和造化勢能(創造法則)都復歸本源。

《哈達瑜伽經》重點摘要

哈達瑜伽經是世界最完整的瑜伽修煉秘笈，它揭露了瑜伽完整的鍛鍊次第，從持戒、精進、有益飲食法到瑜伽體位法、各種淨化法、生命能控制法、身印、鎖印、諦聽秘音和最後的融合與三摩地，它是所有瑜伽愛好者達到至高勝王瑜伽的寶藏地圖。

本經作者斯瓦特瑪拉摩曾說，哈達瑜伽是引領靈修的渴望者達到至高勝王瑜伽的階梯。也為此，他在本經裡揭露了如上所述有次第且完整的瑜伽鍛鍊法。瑜伽體位法僅是所有功法中的一小部分，且鍛鍊體位法的主要目的不僅是為了身體的健康，而更在於平衡腺體、強化脈輪、打通脈輪，並以此作為達到勝王瑜伽的基礎。

哈達是ha+ṭha所組成，ha是右脈、太陽脈的音根，ṭha是左脈、月脈的音根，所以哈達是右左脈的鍛鍊法門。但實際上哈達瑜伽鍛鍊的目的不僅是肉體層次的鍛鍊，也不只是為了左右脈的合一，其更重要的是為了打通中脈與脈輪，使生命能和拙火能進入中脈並流通於中脈，這才是通往究竟解脫的不二法門。

本經中作者僅列出十五個體位法，十種呼吸法和十一種身印，這些是作者所認定最為重要的。相較於當今體位法有上萬種，呼吸法和身印也都各有上百種而言，可以說是單純多了。多有多的好處，少有少的妙處，能選對適合個人所需，並且正確地鍛鍊才是重要的，但話又說回來，這一切仍然必須依靠良好的上師，才能給予我們最正確的指引。

全經導讀～摘要

一、哈達瑜伽經的由來與意義

(一)由來：

早在西元前五千多年就有哈達瑜伽的鍛鍊，但直到西元十四至十六世紀左右，才有幾位偉大的瑜伽聖者著作了比較詳備的經論。其中最有名的就屬斯瓦特瑪拉摩(Svātmārāma)所著的《哈達瑜伽經燈炬》(Haṭha Yoga Pradīpikā)，本書將其中譯為《哈達瑜伽經》。

本經作者的名字為Svātmārāma，其字義為愛真我自性的人(sva，自己＋ātmā，真我自性＋rāma，愛)，他大約是西元十四至十六世紀左右的印度人。有關他的生平，依其在本經上的自述，只知他的瑜伽體系是傳承自魚帝尊者和牧牛尊者，除此之外，並沒有其它相關的歷史記載。

作者認為哈達瑜伽是要引領靈修者達到至高勝王瑜伽的階梯，而著作此書的目的也是為了使人達到勝王瑜伽。

(二)經名意義：

1. haṭha的意義是透過左右脈的鍛鍊來使中脈淨化。
2. Yoga的字義是「天人合一」。
3. Pradīpikā的字義為燈炬、光，在此處特別指的是能照亮真我自性的慧炬。

二、本經的目的與結構

(一)目的：

有些人對哈達瑜伽的概念仍停留在健身上，但實際上卻不然。如作者所述，撰寫哈達瑜伽經的唯一目的，就是要使人達到勝王瑜伽的境地。什麼是勝王瑜伽呢？當心靈成為一時，就是勝王瑜伽，瑜伽行者就等同上帝成為創造和毀滅者(第四章第七十七節)。成為一，指的就是與一切萬有，包括所修的一切法都合而為一，沒有所謂二元性的存在。

(二)結構：

為了達到勝王瑜伽的境地，作者闡述了哈達瑜伽鍛鍊的奧秘。他認為哈達瑜伽鍛鍊的次第應該是瑜伽體位法為首，其次是生命能控制法，再其次是身印，如此才能達到三摩地的境地。所以該經典的章節順序也依此原則編排：第一章為瑜伽體位法共六十七節，第二章為生命能控制法共七十八節，第三章為身印共一三〇節，第四章為三摩地共一一四節，合計共四章三八九節。而其中所講述的功法，依其重點可分為八大部分：

1.持戒、精進、有益飲食法
2.瑜伽體位法
3.六種淨化法
4.生命能控制法(呼吸控制法)
5.身印
6.鎖印
7.諦聽秘音
8.融合與三摩地

《王者之王瑜伽經》重點摘要

《王者之王瑜伽經》是世界上最靈性的瑜伽經典，此經有如佛教的《金剛經》、《六祖壇經》和《心經》；道家的《道德經》、《莊子》和《清靜經》；儒學的《易經》和《中庸》。本書清楚明白地告訴我們：「能了知真我自性即至上本體者，知道『有與無』只是一種妄執」；「放下所有的一切，即使冥想亦要放下，不要執持任何一切。你的真我自性確確實實是自在解脫的，……」；「你可能宣說過或聽聞過各種經典許多次，儘管如此，除非你能遺忘所有的一切，否則你無法安住在你自己裡面。」

本經原名是Aṣṭāvakra Saṃhitā或Aṣṭāvakra Gītā，中文的直譯為「阿士塔伐克拉集」或「歌集」，作者即是阿士塔伐克拉上師。此經被公認為是最靈性的經典，並且被推崇為王者之王瑜伽(rājadhirāja yoga)，以有別於「勝王瑜伽」和「哈達瑜伽」，因此筆者特別選用「王者之王瑜伽」作為本經的中文名稱。

在此一提的是，雖然在此本最上乘經典的論述中，主張萬事萬物是一元性的，我們是本自解脫，不假藉修煉，也提到義務與責任感是屬於世間性的，但上師的意思並非要我們什麼事都不做，而是要我們不離真我自性，活在當下，沒有執著的就像小孩一樣，以無為而為、沒有對待之心去從事所有自行到來之事；也要像心如虛空的人一樣，當任何事情到來他就去從事，並維持以目證的角色來看待萬事萬物。

全經導讀～摘要

一、本經的由來與作者簡介

就如譯註者序中所說的，本經原名Aṣṭāvakra Saṃhitā 或Aṣṭāvakra Gītā，中文之意是「阿士塔伐克拉集」或「歌集」，但由於被推崇為「王者之王瑜伽」(Rāijadhirāja Yoga)，所以筆者就將此書定名為《王者之王瑜伽經》，以有別於《哈達瑜伽經》和《勝王瑜伽經》。

本經是上師阿士塔伐克拉和其弟子佳那卡(Janaka)間的對話，其中又以上師的開示為主，所以作者可以說是阿士塔伐克拉。

二、本經經名的意義及其在瑜伽界的地位

斯瓦特瑪拉摩撰寫《哈達瑜伽經》的目的是為了使人達到勝王瑜伽的境界，他在第四章第七十七節說：「當心靈成為一時，就是勝王瑜伽；……」。「勝王」的梵文為Rāja，而「王者之王」的梵文是Rājadhirāja，其字義是「王中之最尊貴者」，所以「王者之王瑜伽」可說是究竟中的最究竟者，以佛教的名詞來說，就是「無上正等正覺」。

三、本經的結構

本經是上師阿士塔伐克拉與其弟子佳那卡的神性對話集，由佳那卡問第一句話，然後由上師回答，共計二十章298節。含第一章在內，阿士塔伐克拉所講的有十四章共234節，佳那卡所講的有六章共64節(含第一章第一節的啟問)，各章長短不一，最長的有100節，最短的只有4節。所有對話的內容都圍繞在無二元性的菩提本智上，因此每一章並沒有特定的章名或標題。

四、本經的核心思想

《王者之王瑜伽經》與《薄伽梵歌》、《勝王瑜伽經》、《哈達瑜伽經》在核心思想上是相似的，都是以「一元性」為主的信念，只是側重的點不同。本經的緣起是佳那卡向其上師阿士塔伐克拉請益，要如何獲得「知識、解脫和不執著」等三個問題，而開啟此師徒神聖的對話。但上師回答的總體精神，卻不是在告訴你要如何修煉、要如何獲得知識、解脫和不執著；相反地，他說：「解脫不是獲得來的，而是應了悟到你是本自解脫的，解脫是不假修煉的。為了獲得解脫而從事冥想修煉，這其實就是你最大的束縛。」《論語》〈里仁篇〉:「朝聞道，夕死可矣！」此句之義是「了悟真我自性與至上之道者是超越生死的」。所以能了悟到「你是本自解脫的」，才是人生最重要的一件事。

《博伽梵歌》重點摘要

《博伽梵歌》是瑜伽界公認的最高指導經典，也是世界四大名著之一，目前已被譯成數十種語言在上百個國家流通。在本書中，人格化身的上主克里師那，精闢地闡述了包括宇宙創造論、「場」、「場的知曉者」以及如何超越二元性對待等觀念，以使吾人達到與「至上」合一的解脫之境。此歌集與其它哲學書籍最大不同之處就是，人格化身的「上主克里師那」即是「至上本體」，祂是靈修者的至上目標，與靈修者有著最甜美的神性關係。

《博伽梵歌》又譯成《薄伽梵歌》，全經以歌集的方式呈現，共有十八章，七百首詩句，每一章的章名都是以「瑜伽」二字做結尾，主要是記錄西元前一千五百年間，發生在印度的《摩訶婆羅多》大戰役中，人格化身的上主克里師那與其弟子阿尊那之間的神聖對話。在此歌集中，上主將身心靈的完整修持心法都傳授給阿尊那，內容包括：「場」、「場的知曉者」、宇宙的創造、至上本體、至上意識、造化勢能和其三種屬性力、真我本性，知識、行動、禪那和虔誠瑜伽、上主人格化與無所不在的示現及與至上合一的究竟解脫法。在本經中，上主除了告訴我們靈性修持的重要，還非常重視務實的鍛鍊，所以祂用造化勢能三種屬性，來詮釋知識、行為、食物、快樂、捨棄、布施、苦行、奉獻等一般我們很容易混淆的觀念，其解說之深入真是精采絕倫，詳細解說請看全經導讀。

《哈達瑜伽經》提供了相當完備的修煉法，《勝王瑜伽經》闡述欲達天人合一的完整次第法——瑜伽八部功法，《王者之王瑜伽經》微妙地道盡完全無二元性的靈修心法，而本經《博伽梵歌》則是完備地詳述整體身心靈修持的法要。但與其它三部經相較起來，這本經的重點其實並不在摩訶婆羅多大戰役，甚至也不是各種「世俗知識」和「靈性智慧」的詮釋，而是在「上主克里師那」本身。《王者之王瑜伽經》所述的解脫是了無掛礙的、自在的，而《博伽梵歌》的解脫，則是增加了與上主克里師那合一的甜美；《勝王瑜伽經》在1-2節中將瑜伽定義為「將心緒傾向懸止稱為瑜伽」，這種合一的瑜伽，一樣缺乏與上主合一的甜美關係，無怪乎在《博伽梵歌》12-2節上主說：「以『上主』為其信念並禮敬『上主』者，才是上主所稱的最完美的瑜伽修持者。」在12-5節上主又說：「將心意專注在未顯現的至上者，會遭遇到較多的困惑、苦惱，因為具有人身軀體者要達到不具軀體、未顯現的至上是很困難的」。

全經導讀～摘要

一、背景說明

《博伽梵歌》(bhagavad-gītā)共有十八章七百首詩句，原本是出自《摩訶婆羅多》(mahā-bhārata)第十八篇中毗師摩(bhīṣma)篇的第二十五至四十二章，其內容在闡述摩訶婆羅多大戰役中，上主克里師那(kṛṣṇa)對阿尊那(arjuna)的開示。

二、經名釋義

(一)博伽梵(bhagavān、bhagavad)的意義

bhagavān的詮釋有兩種：1. bha是「照亮所有層面者」，ga是「萬有的本源」，所以bha+ga+字尾matup＝bhagavān。2. bhagavān是由

bhaga＋vān組成。vān是「擁有」，bhaga有三個意思，1.神聖的光輝，2.最原始的肇因，3.具有六種特質者。所以bhaga＋vān即代表擁有上述多種神聖特質者，簡言之即是無所不能的上主、世尊，音譯為博伽梵或薄伽梵，在本經裡，博伽梵即代表「至上」的人格化身——「上主克里師那」。

本書的梵文名是bhagavad-gītā，bhagavad是bhagavān的形容詞，表示「博伽梵的」。

(二)歌(gītā)的意義

gītā之意是指「被唱誦的」，在古代許多種語言的表述都是用簡潔的詩詞歌賦來表達，博伽梵歌亦不例外，用現在白話來說，「歌」就是「話語」。

(三)博伽梵歌(bhagavad- gītā)

博伽梵歌的直譯是「被上主克里師那所唱的歌」，白話則可簡譯成「上主所說的話」。這是描述在摩訶婆羅多大戰役中，上主的人格化身克里師那和阿尊那之間的靈性對話。此博伽梵歌的對話是經由偉大的詩人、文學家維亞薩(vyāsa)所轉述出來。

三、本經的結構與主要內容

本經的背景是摩訶婆羅多大戰役中，上主克里師那與其弟子阿尊那間的神聖對話，共有十八章七百首詩句。它起始於持國王問其秘書「良知」，有關他的孩子和般度王的孩子集結在達磨和俱盧之地，到底發生了什麼事情。阿尊那面對族人間的大殺戮不忍下手，因而意志消沉，於是上主克里師那即對阿尊那展開一場靈性的開示，主要內容包括知識、行動、禪那和虔誠瑜伽、世俗知識和靈性智慧、永恆的至上本體、造化勢能的三種屬性力、至上無所不在的化現、「場」、「場的知曉者」和如何達到究境解脫。

四、本經的靈性意涵

(一)克里師那(kṛṣṇa)的幾個意義

博伽梵歌的核心不在摩訶婆羅多，而是在上主克里師那本身，因此對「克里師那」一詞的認識將有助於對博伽梵歌的了悟，有關克里師那的幾個重要意涵簡述如下：

1. kṛṣṇa的其中一個字義是代表最吸引人的「黑色」，但不是指上主克里師那的皮膚是黑色，而是代表克里師那是最吸引人的人。
2. kṛṣṇa代表「一個依於另一個的存在而存在」，簡言之就是「萬物依祂而存在」之意，什麼是萬物之所依？那就是「至上意識、上帝」，所以克里師那就代表「至上意識、上帝」。
3. 人類最高的控制所——「頂輪」即名之為kṛṣṇa，kṛṣṇa即是「至上核心意識」。
4. kṛṣṇa代表一個誕生於西元前一千五百年的聖者。kṛṣṇa原名為vāsudeva，因為他父親的名字是瓦蘇德(vasudeva)，所以他的名字就是將a改為ā的瓦蘇德瓦(vāsudeva)。在他小的時候，有一位親戚見到他器宇非凡，於是就將他取名為克里師那(kṛṣṇa)。本經裡的上主克里師那指的就是這一位，祂是具屬性至上本體以五大元素所組成的人格化現。

（二）持國王(dhṛtarāṣṭra)、良知(sañjaya)、持國王百子、般度五子(pāṇḍava)、達磨之地(dharma-kṣetra)、俱盧之地(kuru-kṣetra)和難敵(duryodhana)的靈性意涵。

1. 持國王(dhṛtarāṣṭra)：dhṛta意指「控制」，即控制的實體，而rāṣṭra意指「結構」，也就是控制肉體結構實體的「心靈」。所以持國王代表控制肉身結構的「心靈」。心靈是具有業力，是盲目的，所以持國王天生就是一個目盲者。
2. 良知(sañjaya)：是指能明辨是非，分別善惡的力量。盲目的心靈無法看清事情的真相，所以代表盲目心靈的持國王必須藉由「良知」才能看到作戰的狀況。
3. 持國王百子：「心靈」本身並沒有覺知與活動力，所以要靠五個感覺器官(眼、耳、鼻、舌、皮膚)和五個運動器官(聲帶、手、腳、前陰和後陰)來作用。五個感覺器官和五個運動器官在代表「空間」的十個方向(東、西、南、北、東北、東南、西北、西南、和上、下)作用，所以心靈的作用就有(5+5)×10＝100個特質，因此持國王的一百個兒子即代表此心靈作用的特質。

4. 般度五子(pāṇḍava)：般度五子是般度王的五個孩子，代表最底下五個脈輪所主掌的五大元素，也代表要獲得靈性智慧的過程。要使沉睡的拙火(kuṇḍalinī，又譯為靈蛇)上達眉心輪的有餘三摩地，就必須先通過上述的五個脈輪。
5. 達磨之地(dharma-kṣetra)：dharma是指法性、肉身和正義，kṣetra是「地或場」。所以達磨之地是指法性、肉身和正義的戰場
6. 俱盧之地(kuru-kṣetra)：又指俱盧(kuru)的戰場，kuru之意是「做、從事」，kṣetra之意是「地或場」，所以俱盧戰場指的是行動之地，也就是我們所處的世界，其意涵是在此世界的修行。此外，kuru又代表「邪惡」，所以法性和俱盧之戰也代表正義與邪惡的戰爭。無論是身體內在的修煉以及世俗生活的外在修煉，抑或是正義與邪惡之戰，這兩者都無時無刻在進行著，這就是修行。
7. 難敵(duryodhana)：dur是「困難」，yudh意指「與之作戰」，所以duryodhana(難敵)就代表很難與之作戰。持國王的長子名為「難敵」，「難敵」代表習氣之首，意指要克服我們的習氣是非常困難的。

【後 記】

瑜伽的鍛鍊最好能有明師或好老師的指導，若尚未遇到，那麼可參考本書的指導。

拙火的提升不一定要懂很艱深的道理，也不一定要從事很困難的鍛鍊，只要你有一顆善良純潔的心，無私無我的大愛，則拙火必能得到提升。

願我們

所做的每件事　所說的每句話　所生的每個念

都是無私的愛

Oṇ̂ṃ Śāntih Oṇ̂ṃ Śāntih Oṇ̂ṃ Śāntih

一切祥和平安

延伸閱讀介紹

1.《勝王瑜伽經詳解》

翻譯及講述者：邱顯峯

特色：提供詳盡的瑜伽整體修持觀念和方法，內含著名的瑜伽八部功法

2.《哈達瑜伽經詳解》

翻譯及講述者：邱顯峯

特色：提供詳盡的瑜伽整體修持法，內容包括體位法、生命能控制法、身印、諦聽祕音、融合與三摩地

3.《王者之王瑜伽經》

翻譯及講述者：邱顯峯

特色：世界上最靈性的瑜伽經典，提供最上乘的修行法要

4.《博伽梵歌靈性釋義》

翻譯及講述者：邱顯峯

特色：詳盡解說知識、行動、禪那和虔誠瑜伽的修煉，是瑜伽界最高的指導經典

5.生命的奧秘.脈輪科學觀

作者：師利．師利．阿南達慕提上師

特色：詳細解說每個脈輪的各種心緒傾向

6.瑜伽心理學

作者：師利．師利．阿南達慕提上師

特色：從瑜伽的觀點，精細地闡述心靈的相關作用與修持之秘法

7.超越心靈的奧秘

作者：阿南達蜜特拉

特色：詳盡解說心靈的層次

訂購處：編號1-4在吳氏圖書公司、網路書店、本協會、中國瑜伽出版社（Tel：03-5780155）及各大書局均有售；編號5-7在本協會、中國瑜伽出版社有售。

國家圖書館出版品預行編目資料

脈輪與拙火瑜伽/ 邱顯峯作. — 初版. —
臺北市 : 喜悅之路, 民101.09

面 ; 公分

ISBN 978-957-99387-8-5(平裝)

1.瑜伽

137.84 101017827

書名：脈輪與拙火瑜伽

Cakra & Kuṇḍalinī Yoga

作者：邱顯峯（keshava）

封面設計：張詠萱、張瑜芳

美術設計：左耳

攝影：周平

體位法示範：李政旺、吳妍瑩、邱淑芬、盧靜瑛、邱顯峯

打字：吳妍瑩、邱淑芬、盧靜瑛

校對：張祥悅、呂淑貞

出版者：中華民國喜悅之路靜坐協會

地址：台北市忠孝東路4段295號8樓

電話：（02）2771-3559　傳真：（02）8771-5969

伊通分會：台北市伊通街63號4樓

電話：（02）2506-3749

協會網站：http://www.sdm.org.tw

電子信箱：sdm.taipei@msa.hinet.net

總經銷：吳氏圖書股份有限公司

電話：（02）3234-0036　傳真：（02）3234-0037

住址：新北市中和區中正路788-1號5樓

郵撥帳號：07983495

本公司網站：www.wusbook.com.tw

ISBN：978-957-99387-8-5（平裝）

出版日期：中華民國101年9月初版

定價　：350元